친구 여동생이 나한테만 짜증나게 군다

vol. 3

작가
미카와 고스트
일러스트 **토마리**

“거, 거듭 미안해.”

"그럼, 아래쪽을 너무
쳐다보지 말아줬으면
좋겠는데."

"…………."
"여친 만들어서 애정 행각을 벌이는
사람도 있는 것 같아요."

© tomari
“쌔액…… 쌔액…….”

“괜찮잖아요.
이어폰
나눠 껴요.”
“무라사키 시키부 선생님께서 나가신다~!!
비켜비켜비켜비켜비켜비켜비켜~!!”
© tomari

"그만해.
코드 당기지 마,
바보야."

CONTENTS

친구 여동생이 나한테만 짜증나게 군다

vol. 3

미카와 고스트 지음
토마리 일러스트
이승원 옮김

000 ····· 지난 권의 줄거리 ·····

억지 친분 사양, 여친 사절, 친구는 진정으로 가치 있는 한 명만 있으면 된다. 『청춘』의 모든 것은 비효율적이며, 가혹한 인생 레이스에서 살아남기 위해서는 낭비를 극한까지 줄여야 한다— 그런 신조를 가슴에 품고 있는 나, 오오보시 아키테루의 방에 눌러앉은 애가 있다.

코히나타 이로하. 여동생도, 친구도, 하물며 애인도 결코 아닌, 그저 친구 여동생.

짜증나고 성가신 후배인 이로하에게는 비밀이 하나 있다.

그것은 정체불명의 애플리케이션 게임 제작 집단 《5층 동맹》의 숨겨진 멤버라는 점이다.

《5층 동맹》는 프로듀서인 나, 천재 프로그래머 OZ인 코히나타 오즈마, 일러스트레이터 무라사키 시키부 선생님인 카게이시 스미레, 라이트노벨 업계의 초신성 베스트셀러 작가면서 어째선지 우리에게 협력해주는 시나리오 라이터 마키가이 나마코, 이렇게 네 명이 중심인 창작 집단이다.

대표작인 『검은 새끼 염소가 우는 밤에』는 시장에 거의 없는 본격 호러×매력적인 캐릭터 콘텐츠로 인기를 끌고 있으며, 많은 유저가 즐기고 있다.

그 게임에 정체불명의 성우로서 몰래 참가한 이가 바로 코히나타 이로하다.

혼자서 남녀노소를 불문하고 모든 캐릭터의 목소리를 연기한, 팔색조 목소리의 소유자—.

피치 못할 이유로 이름을 밝히고 활동할 수 없는 이로하를 위해, 나는 기회와 환경을 제공했다.

보답 같은 건 바라는 건 아니다. 재능을 헛되이 하는 건, 이 사회의 손실이니 말이다.

낭비와 비효율을 싫어하는 나의 개인적 신조에 따랐을 뿐이다.

딱히 은혜를 베풀었다고는 생각하지 않지만, 이로하 녀석은 그 후로 나한테 치근덕대고 있다. 남의 집에 눌러앉아서는 쓸데없이 발육만 좋은 몸으로 나를 놀리는 것을 즐긴다거나, 괜히 골탕을 먹이는 식으로 말이다. 나 말고 다른 사람 앞에서는 평소와 다름없으면서 말이다. 정말 곤란한 녀석이다.

그런 우리의 평범한 일상은, 츠키노모리 마시로라는 전학생의 침입에 의해 송두리째 뒤흔들렸다. 그녀는 진심 어린 「고백」이 혼란을 부른 것이다.

나는 마시로의 고백을 거부하면서 《5층 동맹》 우선, 청춘은 뒷전이란 입장을 강조했다. 하지만 마시로는 포기할 생각이 없는지, 내가 자기를 좋아하게 될 때까지 철저하게 여친 행세를 하겠다고 말했다.

게다가 이번에는 우리 작품의 얼굴인 일러스트레이터, 무라사키 시키부 선생님이 말도 안 되는 망언을 늘어놨다.

『저와— 결혼, 해주세요.』

고개를 조아리며 한 그 한 마디 탓에, 우리는 새로운 트러블에 휘말리게 된다. ……이야기가 또 이딴 식으로 전개되는 거냐.

등장인물 소개

오오보시 아키테루

주인공. 고등학교 2학년. 청춘을 낭비하는 걸 질색해서, 친구도 딱 한 명뿐인 극도의 효율충. 자칭 평균적인 고등학생이지만, 실은 「5층 동맹」의 프로듀서. 자주 패밀리 레스토랑에 가지만, 주로 회의를 위해 가는 것이기에 선호하는 메뉴 같은 건 딱히 없다.

코히나타 이로하

고등학교 1학년. 오즈마의 동생. 학교에서는 밝고 상냥하며 청초한 우등생이지만, 본성은 슈퍼 하이 텐션. 아키테루한테만 묘하게 치근덕거린다. 팔색조의 목소리를 지닌 연기 천재. 패밀리 레스토랑 메뉴 중에서 좋아하는 건, 케첩을 듬뿍 뿌린 오므라이스.

츠키노모리 마시로

고등학교 2학년. 아키테루의 동급생이자 사촌이며, 또한 가짜 여친. 현실에서는 아키테루를 매우 차갑게 대하지만, LIME에서는 정반대되는 태도를 보인다. 실은 대히트 작가, 마키가이 나마코이기도 하다. 해산물을 좋아해서 패밀리 레스토랑에 가도 고등어 된장 정식을 주로 시킨다.

코히나타 오즈마

고등학교 2학년. 아키테루의 유일한 친구. 아키테루를 절대적으로 신뢰하는 미남. 여동생과 달리 남을 배려할 줄 아는 호남형. 「5층 동맹」의 버팀목인 천재 프로그래머. 패밀리 레스토랑에서는 스파게티 이외의 메뉴를 랜덤으로 시킨다.

카게이시 스미레

결혼 조바심이 없는 25세. 아키테루의 담임이자, 《맹독의 여왕》이라 불리며 학생들에게 두려움의 대상이 되고 있다. 그녀의 정체는 마감을 안 절대 지키지 않는 민완 일러스트레이터 「무라사키 시키부 선생님」. 술이라면 종류 가리지 않고 다 좋아하며, 패밀리 레스토랑에 가도 일단 맥주부터 시킨다.

prolgue ······ 프롤로그 ······

결혼이란 최악의 가성비를 자랑하는 구닥다리 제도다.

매달 지출이 늘어나고, 타인과 항상 함께 생활하기에 긴장해야 하며, 중대한 책임을 짊어지게 된다는 위험 부담을 안게 된 끝에 얻게 되는 건 눈곱만큼의 안도감 뿐이다. 게다가 그 안도감조차도 부부싸움이나 불륜 등으로 위협받게 되니 정말 못 해먹을 짓이다. 솔직히 말해 망겜이다.

인류가 멸종해도 괜찮냐고?

결혼을 하고, 애를 낳아서 기르지 않는 건 독선적인 짓이라고?

정신 나간 거 아냐? 인간이란 종의 존속을 최우선으로 여긴다면, 결혼제도는 그야말로 비효율적이다.

경제력과 아이를 낳은 여성의 체력에 한계가 존재하는 만큼, 남자 한 명과 여자 한 명이 평생 낳을 수 있는 아이의 숫자는 한정되어 있다.

그렇다면 유복하고 자식 욕심이 있는 남자가 수많은 여자와 맺어져서 많은 자손을 남기는 시스템이 효율적이리라.

결혼이란 결국, 기호품 같은 것이다. 종족을 번영시키기 위한 필수 요소는 아니다.

그렇다면, 그것을 동경하지 않는 나 같은 인간이 일부러 그 레일 위에 올라설 필요는 없으며, 아마 그럴 기회는 영원토록 찾아오지 않을 것이다.

그렇게 생각하며 살아왔다.

하지만—.

"갑작스러운 일이기는 한데, 무라사키 시키부 선생님과 결혼하게 됐어."
"아키, 좀 진정하는 게 어때?"

내가 진지한 표정으로 말을 꺼내자, 오즈 또한 진지한 표정으로 나를 제지했다.

7월 중순. 아침이라 아직 인적이 없는 교실 안. 절친의 이마에 맺힌 땀방울은 더위 탓일까.

혹은 친구의 발언이 너무 황당무계하고 비현실적인 넋두리인 탓일까.

"으음, 내가 잘못 들었을지도 모르잖아. 다시 한번 말해줄래?"

"무라사키 시키부 선생님과 결혼하게 됐어."

"트위터 풍으로 부탁해."

"사적인 일입니다만, 일러스트레이터이신 무라사키 시키부 선생님과 결혼하게 되었습니다."

"영어로 부탁해."

"I decided to marry Ms. Murasaki Shikibu."

"오케이, 알았어. 아키, 너는 병에 걸린 거야."

두 손 두 발 다 든 의사처럼 고개를 젓는 이는 코히나타 오즈마, 통칭 오즈.

뛰어난 외모와 성격을 겸비한 인간을 만들자고 생각한 신이 이 세상에 내려보낸 듯한 강캐 남성이다.

그리고 나의 유일한 친구이자, 《5층 동맹》을 떠받치고 있는 슈퍼 프래그래머이기도 하다.

옛날에 이런저런 일을 겪었지만…….

지금은 전방위적으로(본인은 자각 없음) 이성을 꼬셔대는 어엿한 러브코미디 주인공이다.

그렇게 되도록 꾸민 사람이 다름아닌 나이기에, 딱히 질투하지는 않는다. 뭐, 중요한 이야기도 아니니 이쯤에서 넘어가도록 할까.

"병에 걸렸다니…… 그렇게까지 말할 건 없지 않아?"

"**병에 걸린 게 아니라면 정신이 나갔다**고 봐야 하거든? 혹시 상식을 뜯어고치는 최면에 걸린 거야?"

"에로 만화도 아니고, 그런 게 있을 리가 없잖아."

"그런 설정이 아니라면 이해가 안 돼. 결혼 상대가 **바로 그** 무라사키 시키부 선생님인걸."

"에이, 말이 너무 심하지 않아?"

"그녀의 인격 자체에는 아무 문제 없어. 심성이 곱고, 머리도 좋으며, 대화를 나누면 즐거운데다, 그림도 잘 그리지."

"그렇게 말하니 완벽한 애인감이네."

"『그것 말고는 전부 꽝』이란 점을 눈감아준다면 말이야."

한가운데 직구다.

"뭐, 오즈의 심정도 이해는 돼. 무라사키 시키부 선생님은 툭하면 내빼려고 하지, 오타쿠 토크가 시작되면 말이 빨라지지, 때와 장소와 경우를 따지지 않으며 BL망상에 빠지지, 여교사면서 쇼타콤이지, 방 청소도 안 하지, 마감도 안 지키지, 술이 들어갔다 하면 들러 붙어서 주정을 해대서 귀찮고 짜증나지, 때때로 별 이유도 없이 발끈하지—."

"아니, 아키야말로 말이 너무 심하지 않아?"

"—하지만, **그렇게 때문에 오케이인 거야.**"

나는 단호한 어조로 그렇게 말했다.

결혼은 비효율적이다. 한물간 콘텐츠다. 그렇게 단언하던 내가 태어나서 처음으로 결혼하고 싶다는 생각을 했다.

결혼해야 마땅하다고, 진심으로 생각했다. 그런 인물이 바로 무라사키 시키부 선생님— 카게이시 스미레란 여성이다.

"아키……."

오즈는 내 눈을 응시하며 한숨을 내쉬었다.

"그래. 진심이구나."

"응."

"이로하가 아니라 무라사키 시키부 선생님을 선택할 줄은 몰랐어."

"응. ……왜 이 상황에서 이로하를 언급하는 거야?"

이로하는 오즈의 여동생인 코히나타 이로하를 말한다.

나에게 있어서는 친구 여동생—— 즉, 평범한 후배인 것이다.

얼마 전에 나한테 고백을 했고, 차인 후에도 계속 대시를 하고 있는 마시로를 언급한다면 몰라도 말이다.

이로하와 결혼하는 루트는 상상조차 안 된다.

"굳게 결심한 것 같네. 나는 네가 이로하와 맺어지길 바랐는데 말이야. 아키가 이 정도로 무라사키 시키부 선생님을 사랑하니 어쩔 수 없지. 나도 포기할게."

"응. ……어, 잠깐만 있어 봐."

"어?"

흘려넘길 수 없는 단어를 들은 내가 그렇게 말하자, 오즈는 고개를 갸웃거렸다.

방금 그게 무슨 소리지.

"누가 누구를 『사랑한다』는 거야?"

"어? 아키가, 무라사키 시키부 선생님을, 사랑하는 거잖아?"

"말도 안 되는 소리 하지 마."

"어…… 아까부터 결혼할 거라고 계속 말하지 않았어?"

"바보야. 오해하지 말라고. 결혼이라고 해도 평범한 결혼이 아냐."

"아, 그런 거구나. 다행이야~."

오즈는 가슴을 쓸어내렸다.

표정이 하도 심각해서 뭔가 이야기의 핀트가 어긋나는 느낌이 들었는데, 아무래도 내 말의 의미가 제대로 전해지지 않았던 것 같다.

진짜 어이가 없네.

"무라사키 시키부 선생님을 진정으로 사랑하게 되어서 결혼한다, 같은 일이 벌어질 리 없잖아?"

나는 그저—.

"그 녀석의 몸뚱이만 손에 넣을 수 있으면 돼."
"그러니까 대체 무슨 소리를 하는 거냐고."

또 한소리 듣고 말았다. 있는 그대로 말하고 있는데, 왜 내 뜻이 전해지지 않는 걸까.

이대로 가다간 영원히 평행선을 달릴 뿐이다.

오즈를 이해시키기 위해선, 이 일의 발단부터 차근차근 설명할 필요가 있을 것 같았다.

확실히 내 설명이 좀 뜬금없었던 걸지도 모른다.

만약 내 인생을 감시하는 신이 있다면, 이 녀석 대체 무슨 소리를 하는 거야? 하고 생각했을지도 모른다.

"알았어, 오즈. 차근차근 설명해줄게. 실은 말이지. 일전의 연극 페스티벌의 뒤풀이 때……."

*

"저와— 결혼, 해주세요."

그날, 무라사키 시키부 선생님이란 펜네임을 쓰는 카게이시 스미레는 무릎을 꿇고 고개를 조아리며 그렇게 말했다.

그리고, 식기가 깨졌다.

"그, 그, 그게, 무슨 소리, 야?"

"스미레 쌤, 그 말은……."

등 뒤에서 마시로와 이로하의 떨리는 목소리가 들려왔다.

—너희 둘, 깬 접시는 변상해라.

"저기, 아키테루 님. 놀라지 말고 제 말 좀 들어줬으면 하는데요—."

"아, 그럴 필요 없어요."

"어?"

"안 들어도, 무슨 일이 벌어진 건지 짐작이 되거든요."

나는 심각한 표정으로 이야기를 시작하려 하는 스미레를 향해 손을 내밀며 말을 막았다.

나는 학습하는 인간이다.

자기 주위에서 어떤 현상이 일어나고 있는지, 잘 안다.

—어차피 러브코미디 이벤트 같은 거지?

요즘 들어, 현실에서 일어날 리가 없다고 여겼던 일들이 연이어 터졌다.

가짜 여친이 생겼다. 그 애에게 고백을 받았다. 그 애는 아직 나를 좋아하는 것 같다. 여자애들로만 구성된 연극부를 도와줬다. 연극 페스티벌에서 트러블이 연이어 발생하면서 배우가 부족해진 바람에 대타로 무대에 서게 됐다—.

통계학적으로는 말도 안 되는 일이지만, 그렇다고 이렇게 연이어 일어나는 일을 부정하는 것도 비현실적이다.

기묘한 난수(亂數)가 작용하면서, 나에게 러브코미디 이벤트가 쉽게 발생하게 됐다.

어쩌면 마시로와의 가짜 커플 행세라는 비일상적인 러브코미디 환경을 받아들인 순간, 나는 세상을 뒤바꿔 버리는 스위치를 누른 것일지도 모른다.

그래서, 스미레로부터 느닷없이 프러포즈를 받은 것이다.

"너무 뻔한 전개잖아요. 어차피 제 예상대로일걸요? 에로 게임 전개 아니면 러브코미디 전개일 게 틀림없다고요."

"노, 농담하지 마. 나는 지금 진심이거든? 2차원 취급하지 말란 말이야!"

"아, 예. 에로 게임 쪽인가 보네요."

“정말! 나 지금 진지하거든~?!”

내가 이야기를 건성으로 듣자, 스미레는 발끈한 표정을 지으며 나에게 매달렸다.

“진짜로 뻔한 전개라서 예상이 된다면, 나한테 무슨 일이 일어났는지 맞힐 수 있겠네?!”

“아마 가능할걸요?”

“으으으으으……! 진짜지?! 그럼 하나둘셋에 동시에 말하는 거다?!”

“뭐, 좋아요.”

“하나둘셋~!”

“본가에서 빨리 결혼하라면서, 맞선을 주선해주겠다고 한 거죠?”

“본가에서 빨리 결혼하라면서, 맞선을 주선해주겠다고 난리야!!”

…………………….

………….

“……맞죠?”

“어떻게 안 거야아아아아아아아아아아아아?! 초능력자?! 멘탈리스트 AKI?!”

트집 잡지도 못할 만큼 해답이 완벽하게 일치하자, 스미레는 눈을 치켜뜨며 패닉에 빠졌다.

—역시 그렇게 된 건가.

예상치 못한 일에 휘둘리는 일이 늘어나기는 했지만, 슬슬 그 경향을 파악할 수 있게 됐다.

"뭐, 이쯤 오면 정석적 전개를 예상할 수 있거든요."

"뭐?! 정석적?! 나한테는 지긋지긋한 현실이거든?!"

"현실……."

울먹거리며 매달리는 스미레의 몸을, 머리부터 발끝까지 차분히 살펴봤다.

지금은 수수한 체육복 차림에 안경을 쓴 무라사키 시키부 선생님 모드라 겉으로 드러나지 않지만…….

크고 탄력이 넘치는 가슴과 호리호리한 몸매는 모델급이며, 젊음과 농익은 색기란 두 매력을 겸비하고 있다. 화장을 가볍게 하고 옷차림도 조금 꾸며준 교사 카게이시 스미레로서의 그녀는 눈매와 말투로 다가서기 힘든 분위기를 연출하면서도, 종합적으로는『미인』으로 분류되는 스펙을 지녔다. 남자한테 인기가 많을 것이다. 마음만 먹으면 금방 꼬실 수 있을 게 틀림없다.

"현실 같은 소리를 늘어놓고 있지만, 스미레 선생님은 아직 스물다섯이죠? 아직 맞선을 볼 나이는 아니잖아요. 선생님 같은 미인이라면, 조바심— 으윽?!"

누군가가 옆구리를 꼬집었다.

그것도 양쪽에서 말이다.

"선배, 왜 그래요?"

"……흥."

뒤를 돌아보니, 방긋방긋 웃고 있는 이로하와 고개를 옆으로 돌린 마시로가 눈에 들어왔다.

두 사람이 나를 공격하기 위해 손이 닿는 거리까지 접근한 것처럼 느껴지는 건 내 기분 탓일까?

……뭐, 됐다.

"조바심 안 내더라도, 얼마든지 괜찮은 상대를 찾아낼 수 있을 거잖아요."

"응. 스물다섯 살이면 아직 서두를 나이는 아냐. 하지만, 우리 가문은 좀 특이해."

"특별?"

"카게이시 가문은 본가가 깊은 산속의 시골에 있거든? 그래서 속세와 좀 동떨어져 있어."

고향의 풍경을 떠올리는 건지, 스미레는 먼 곳을 쳐다보는 듯한 눈길로 말을 이었다.

"옛날옛적의 고리타분한 가치관이 진하게 남아 있는 거야. 좋게 말하면 전통을 중시하는, 나쁘게 말하면 시대착오적인 규율에 여전히 얽매여 있는 일족이지."

"그래서 젊은 나이에 결혼해야 한다는 이야기도 나오는

거네요.”

“응. 이제까지는 일에 전념하고 싶다는 말로 거절해왔어. ……하지만, 더는 피할 수 없을 것 같아.”

“스미레 선생님…….”

스미레는 새파랗게 질린 얼굴을 힘없이 숙였다.

그 모습을 보자, 마음이 울컥했났다.

—그렇다. 평소 시끌벅적한 모습만 보여주기에 잊었지만, 그녀도 《5층 동맹》의 일원이다.

집안 문제 같은 어이없는 이유로, 뛰어난 재능을 포기하려 했던 비운의 천재다.

처음 여름 즉매회에서 그녀의 이런 일면을 알게 된 나는 다양한 방법으로 그녀를 꼬드겼다. 그 과정에서, 나만은 스미레의 가벼운 태도의 이면에 숨겨져 있던 『진짜 마음』을 알고 말았다.

그런 솔직한 본심마저 숨겨야 할 정도로, 카게이시 가문의 규율은 엄청난 강제력을 지니고 있는 것이다.

그것은 떨고 있는 스미레의 얼굴만 봐도 알 수 있다.

“……그래서 저한테 프러포즈를 한 건가요. 저와 결혼하면 맞선을 볼 필요가 없으니까 말이에요.”

“응. 그래, 맞아! 나는 아직 결혼하고 싶지 않아! 나한테는 마음속에 정해둔 상대가 있는걸!”

“윽!”

뒤편에 있던 마시로가 숨을 삼키는 소리가 들렸다.

그리고 내 옷자락을 잡아당기더니, 나에게만 들리는 목소리로 속삭였다.

"이 전개는 불길해. 스미레 선생님이 아키를 노릴 듯한 느낌이 들어."

"무슨 소리를 하는 거야, 마시로. 이 사람이 그럴 리가—."

"하지만 가짜 약혼자 설정은 황색 신호야. 지금은 좋아하지 않지만, 묘한 힘이 작용해서 선생님이 아키한테 반할지도 몰라."

"에이, 그건 말도 안 돼. ……어?"

나는 그 말을 부정하려다 짚이는 구석을 발견했지만, 개의치 않기로 했다.

그리고, 그것보다 더 신경 쓰이는 단어가 있었다.

"마음속에 정해둔 사람? 스미레 선생님한테 좋아하는 사람이 있단 말은 처음 들었네요."

"뭐?! 그, 그게…… 응."

스미레는 볼을 붉히더니, 몸을 배배 꼬며 고개를 숙였다.

—저 반응은 뭐지.

어차피 2차원 캐릭터일 거잖아? 하고 생각했지만, 최애캐 이야기를 할 때와는 텐션이 미묘하게 다른 듯한 느낌이 들었다.

"설마 진짜로 좋아하는 사람이 있어요? 2차원 캐릭터 말고요."

"이제 와서 이런 이야기를 하려니 좀 멋쩍네."

안경 아랫부분이 붉게 달아오른 스미레가 나한테 눈짓을 보냈다.

커플링충인 그녀는 2차원 존재에게 「아내」니 「남편」이니 같은 가치관을 적용하며 좋아하는 경우가 거의 없었다.

어디까지나 작품 속의 존재 『그 자체』에 반하고, 캐릭터와 캐릭터의 관계성에 모에를 느끼는 타입인 것이다.

오타쿠 토크를 할 때도 사랑에 빠진 꿈많은 소녀 같은 식의 발언은 거의 하지 않았다.

그런 그녀의 입에서 어떤 발언이 나올까? 긴장에 사로잡혀서 귀를 기울이고 있는 건 나만이 아니었다. 이로하와 마시로도 마른침을 삼키며, 다음 말을 기다리고…….

"나—『샤프 진 군』의 아라시마 군을 좋아해."

"자, 해산하자."

"마시로 선배, 깨진 접시 파편을 치울게요. 다 치울 때까지 발밑을 조심해요."

"마시로도 도울래. 빗자루와 쓰레받기는 어디 있어?"

"다아아아아아들 왜 그러어어어어언 소리를 하는 거야아아?!"

질렸다는 듯한 표정으로 해산하려 하는 우리 셋을 한꺼번에 끌어안으려고 한 스미레는 이로하와 마시로는 놓치고 말았다. 하지만 나만은 절대 놓치지 않겠다는 듯이 꽉 움켜잡더니, 눈물과 콧물을 아낌없이 흩뿌려댔다.

왜 이러는지 몰라서 그러는 거냐. 『샤프 진 군』은 금요일 밤에 하는 어린이용 국민적 TV애니메이션이다. 유치원생이 바보 같지만 즐거운 일상을 보내는 코미디풍 작품이며, 아라시마 군은 주인공인 진 군에게 딴죽을 날리는 약간 얼간이 느낌의 미남 츤데레 남자애다. 유치원생이다. 2차원 쇼타다.

"진지하게 이야기를 들어준 내가 바보였어. 이참에 맞선이든 결혼이든 다 하라고."

"잠깐만! 나는 진심이야!"

"시끄러워! 아라시마 군이 나온 시점에서 아웃이거든?! 시리어스 수치 하한가를 쳤다고!"

"왜야?! 콧대 높은 츤데레 마니아들의 근원적 존재야! 그야말로 이상적인 쇼타란 말이야!"

"좀 닥치라고, 성적 취향에 문제 많은 교사야!"

"결혼이란 걸 하면 자유 시간이 없어져. 유부녀는 파출부나 다름없다고 들었어! 집안일과 육아를 도맡아야 하는데다, 시아버지와 남편의 직장 동료, 옆집 미남에게 NTR당해서 능욕 조교 더블 피스 영상을 남편에게 보내기나 할 거야!"

"말도 안 되는 소리 하지 마. 그딴 편중된 만화 지식을 늘어놓지 말라고."

"아무튼 아직 결혼하고 싶지 않아아아아아아! 아키테루 님과 결혼을 전제로 사귀고 있는 걸로 할래! 진짜로 『척』만 하면 돼! 나도 그 이상은 사양이야!"

"지금 시비 거는 거지?"

나도 스미레에게 이성으로서의 관심은 없지만, 그래도 이렇게 디스를 당하면 마음에 상처를 입는다고.

"시비 거는 게 아니야. 나는 받고 싶을 뿐이야. 아키테루 님의 약혼 동정을……!"

"최악의 단어네. 그건 그렇고, 나와 사귄다는 거짓말로 해결이 되긴 하는 거야?"

"그건 걱정하지 마!"

스미레는 풍만한 가슴을 출렁이며, 우쭐대는 듯한 어조로 설명했다.

"아키테루 님은 지금 몇 살이더라?"

"응? 열여섯이야."

"그래. 내 스트라이크존을 아득히 벗어난 노친네지."

"어깨와 허리 중 한 곳을 골라."

"자, 잠깐만 있어 봐. 이야기를 이어갈 수 없으니까 잠깐 멈춰! 혈을 고르지 마! 암살자처럼 손가락 관절을 풀지 말란 말이야!"

"이야기의 허리와 물리적인 허리가 동시에 꺾이는 게 싫다면, 요점만 빨리 말해."

"아, 알았어. —즉, 아키테루 님은 열여섯 살이야. 결혼을 할 수 있는 나이가 될 때까지, 아직 2년이란 유예가 있는 거잖아."

"……아~. 그렇구나."

그녀가 하고 싶은 말을 정리하자면 이렇다.

현시점에서 결혼 가능한 남성을 가짜 약혼자로 삼았다간, 본가에서 지금 바로 혼인하라는 소리를 할 게 뻔하다.

하지만 결혼 자체가 불가능한 나를 약혼자로 소개한다면, 지금 바로 혼인할 수가 없는 것이다.

"어떤 작전인지는 이해했어. 하지만 문제가 산더미처럼 많아."

"뭐가 문제인데?"

"자기가 속한 학교의 학생과 사귄다고 설명해도 돼? 그것도 교사 일족의 본가에다 말이야."

"괜찮아. 교육에는 열정적이지만, 학생과 교사 사이에서 자연스럽게 피어난 사랑을 부정하진 않거든."

"의외로 관용적이네."

자연스럽든 아니든 아웃이라고 생각하는데 말이다.

"전례도 있으니 마음 푹 놔."

"전례가 있는 거냐?!"

학생과 결혼한 전례가 이미 있다니, 교사 일족이 그래도 되는 거야?

고등학교에서라면 그런 일도 있을까? 중학교나 초등학교

가 아니길 빌고 싶다.

"으음. 하지만 그건 문제를 나중으로 미룰 뿐인 거 아냐?"

"나도 알아. 하지만 일단 눈앞의 문제부터 어떻게든 하자! 1년 후에 어떻게 할지는 1년 후의 나한테 맡길래!"

"네가 항상 마감을 어기는 이유를 알 것 같아."

"……결혼해서 행복해질 수 있다면 그것도 나쁘지는 않아. 그래도, 맞선은 절대 싫어."

스미레는 차분한 톤으로 딱 잘라 그렇게 말했다.

"맞선으로 만난 남성에게는 내 본성을 계속 숨겨야만 하는걸. 무라사키 시키부란 내 본성을 드러내지 못하는 부부 생활 같은 건 견딜 자신이 없어."

"결혼한 후에, 실은 이런 사람이었어요~ 하고 판명! …… 같은 식은 무리인 거예요?"

빗자루를 가지고 오던 이로하가 불쑥 대화에 끼어들었다.

"무리야. 총명한 쿨 뷰티와 결혼했더니, 실은 매사에 대충인데다 칠칠치 못한 여자라면 경품 표시법에 저촉될 레벨의 사기인걸. 이의제기를 한다면 본가에도 내 본성이 알려질 거야."

"의외로 자기가 어떤 사람인지 자각하고 있나 보네."

"하지만, 심정은 이해돼."

내가 딴죽을 입에 담았을 때, 작은 목소리가 들렸다.

그 목소리의 주인은 쓰레받기를 꼭 안아 든 채 이로하의 등 뒤에서 고개를 내민 마시로였다.

"마시로도…… 결혼할, 거라면…… 전부, 드러내고 싶어. ……안 그래? 아키."

"왜, 왜 나한테 동의를 구하는 거야?"

"알잖아?"

"알긴 하는데…… 그래도 말이야."

마시로의 온화한 미소, 달아오른 볼, 쓰레받기와 젖은 눈동자를 똑바로 바라볼 수 없었던 나는 고개를 돌렸다.

츠키노모리 마시로. 《5층 동맹》의 허니플레이스 워크스, 줄여서 허니플레 취업을 조건으로, 나는 그녀가 고등학교를 졸업할 때까지 가짜 남친 행세를 하게 됐다. 그녀는 허니 플레 사장의 친딸이자, 내 사촌이다.

하지만 가짜 남친인 나를 어느새 진짜로 좋아하게 됐고…….

고백 건 자체는 일단 마무리됐지만, 그녀는 포기할 생각이 없는지 철저하게 내 여친 행세를 해서 나를 함락시킬 속셈 같았다.

"…………."

마시로는 나를 지그시 응시했다.

묘한 분위기가 감돌면서, 시간이 천천히 흐르는 것 같았다.

—사춘기 느낌 물씬 나는 자기자신의 본능이 싫어지네.

지금은 연애에 휘둘릴 때가 아니라는 것을 이성적으로 알지만, 마시로 같은 귀여운 여자애에게 유혹을 받으니 싫지 않은 정도가 아니라 가슴이 미친 듯이 쿵쾅거렸다.

이대로 마시로에게 계속 밀리다간, 진짜로 그녀를 좋아하게 될 가능성도 있다.

뭐, 그래도…….

"……으…… 으으으…… 이, 이로하 양. 식기 정리, 다, 다 했어."

"예? 아, 예. 그러네요."

—마시로의 노골적 유혹 모드는 3분, 아니, 1분도 유지되지 않는다.

원래 낯가림이 심한 편이라 그런지, 유혹을 시작하고 조금 지나면 부끄러워하며 도망치고 만다. 덕분에 나는 완전히 그녀에게 넘어가지 않은 채, 현재에 이른 것이다.

나는 하아, 하고 한숨을 내쉬며 스미레를 쳐다보았다.

"……뭐, 본성을 숨기며 부부생활을 하는 게 무리라는 건 이해해, 스미레 선생님."

"정말?! 그럼—."

"응. 가짜 약혼자가 되어줄게. ……아, 잠깐만 있어 봐."

그 말을 입에 담은 순간, 하늘의 계시를 받은 것처럼 머릿속에 번개가 쳤다.

유부녀는 노예와 마찬가지이며, 자기만의 시간이 없다고 스미레가 방금 말했지. 그럼 혹시 이 녀석은 남편의 말을 절대 거스르지 않는다는, 아니, 거스를 수 없다는 가치관을 가지고 있나?

그렇다면…….

"결혼이라…… 괜찮겠는걸."

"뭐?"

"아니, 진짜로 결혼하는 것도 괜찮겠다 싶어서 말이야."

"""……윽?!"""

쨍그랑! 하면서, 쓰레받기에 담겨있던 식기 파편이 또 지면에 떨어졌다.

"서, 서서서서, 선배?! 지금 뭐라고 지껄인 거예요?!"

"아, 아키가 이상해졌어. 백 보 양보해서 가짜 약혼자는 좋아. 하지만 진짜로, 결혼한다니……."

"아니, 잘 생각해봐. 남편의 말을 거역할 수 없다는 건, 결혼하고 나면 항상 마감에 맞춰서 일러스트를 완성해줄 거란 거잖아? 서류상 결혼만으로 무라사키 시키부 선생님의 일러스트가 안정적으로 납품된다면, 수지맞는 장사 아냐?"

"어……."

이 녀석이 무슨 소리를 하는 거야, 하고 말하는 듯한 눈길로 두 사람은 나를 쳐다보았다.

이로하가 저렇게 어이없다는 듯이 쳐다보니 열받네.

"으음~. 뭐, 서류상의 관계라면 좋아. 1년 후에 또 본가를 설득할 방법을 생각 안 해도 되니까, 나로서도 WIN-WIN 이네. ……무조건적으로 일러스트를 완성해줄 거라 여기는 게 좀 걸리지만, 일단 본가 쪽을 속일 수는 있을 거야."

"자, 자, 잠깐만요, 스미레 쌤! 아무리 서류상이라도, 그냥 관두는 편이 좋을걸요?! 선배 같은 악랄 가정 폭력남과 결혼했다간 큰일 날 거예요! 즐겨보는 에로 만화만 봐도 취향이 꽤나 하드코어하단 말이에요!!"

인마. 그걸 폭로하면 어떻게 해.

"마, 맞아, 선생님. 아키는 여자 마음을 모르는 구제 불능 숫총각이야. 금방 갈라서게 될 게 분명해."

어이, 왜 그딴 설정을 추가하냐고. 나는 그런 쪽 경험이 없긴 하지만, 아무리 그래도 구제 불능 소리를 들을 정도로 엉망은 아닐 거야. 미경험자라 확실치는 않지만, 아마 괜찮을 거라고. 괜찮……겠지?

"두 사람이 그런 말 안 해도 돼. 아키테루 님을 누구보다 많이 화나게 한 사람이 과연 누구일 것 같아? 아키테루 님이 얼마나 구제 불능인지는 내가 누구보다 잘 알아!"

느닷없이 폭언을 노도와도 같이 쏟아내기 시작한 이로하와 마시로에게, 스미레 또한 의기양양한 표정을 지으며 맞섰다.

"하지만 쇼타가 아니라 처음 보는 아저씨와 맞선을 볼 바에야, 아키테루 님이 훨씬 나아! ―꺄아앗?! 뭐야?! 왜 두 사람 다 아무 말도 없이 내 옆구리를 꼬집는 건데?!"

"아니, 그게 말이에요. 스미레 쌤이 선배를 디스하는 소리를 들었더니 울컥해서……."

"짜증나서…… 아니, 웃음을 제공해주고 싶어졌어."

"잠깐만, 옆구리를 간지럽히지 마! 아하하하! 나, 거기 약하단 말이야~! 안 돼애애애애앳!"

바닥에 쓰러져서 몸부림을 치는 스미레, 그리고 핑거 테크닉으로 스미레를 농락하는 이로하와 마시로…….

미묘하게 핑크한 분위기가 감도는 광경을 내려다보며, 나는 땅이 꺼지도록 한숨을 내쉬었다.

"너희는 인생을 참 즐겁게 사네."

*

『—뭐, 그런 일이 있었던 거야.』

『걱정하지 마. 내가 보기엔 아키도 충분히 인생을 즐겁게 살고 있거든.』

001 제1화 …… 친구 여동생이 나한테만 무섭게 군다

《스미레》 어제는 덕분에 참 멋진 밤을 보냈어. 고마워.

《AKI》 뜬금없이 소름 돋는 메시지 보내지 마.

《스미레》 어머, 한 번 같이 잤다고 주인 행세하는 거야? 침대 위에서는 마조히스트면서.

《스미레》 이래서 오늘의 밀월을 버텨낼 수 있겠어?

《스미레》 함께 수영복을 고르는 도중에 발정난 개처럼 흥분한 네 모습이 벌써 눈에 어른거리네.

※《AKI》 님이 《스미레》 님을 차단했습니다.

《OZ》「우에에에엥, AKI한테 차단당했어어어!」라는 오열 메시지가 나한테 왔는데 말이야…….

《AKI》 오케이. 민폐 끼쳐서 미안해.

※《AKI》 님이 《스미레》 님의 차단을 해제했습니다.

《AKI》 다음에 또 그딴 헛소리를 보내면 스샷을 찍어서 경찰에 넘길 거야.

《스미레》 너무해! 결혼을 전제로 사귀는 커플다운 대화를 나누고 싶었을 뿐이거든?

《스미레》 LIME의 스샷을 본가에 보내서 우리의 러브러브함을 어필!

《스미레》 가짜 약혼 설정에 설득력을 더하자는 작전이야!

《AKI》 그래서 「무라사키 시키부 선생님」이 아니라 「스미레」의 계정으로 말을 건 거야?

《스미레》 그래. 가족용 계정이야.

《AKI》 괜한 짓은 안 하는 편이 나을 것 같은데…… 자기 무덤 파는 게 될 거라고요.

《스미레》 괜찮아, 괜찮아. 나한테 맞춰서 커플 느낌 나는 답변 좀 해줘!

방과 후에 최단 거리 통학로로 귀가 도중, 나는 짜증나기 그지없는 LIME 대화를 강요당했다.

장마와 한여름의 경계 즈음인 이 계절에는 피부를 태울 듯한 태양과 살갗을 뒤덮은 불쾌한 눅눅함 때문에 온몸에서 기분 나쁜 땀이 난다.

안 그래도 덥고 나른한 계절인데, 왜 기분마저 축 처지게 만드는 짓을 해야만 하는 걸까.

안정적으로 일러스트를 손에 넣을 수 있다면 가짜 약혼을 해도 괜찮다고 생각했지만, 이렇게 성가신 짓거리를 해야 한다면 성급한 판단이었을지도 모른다.

실은 오늘도 알리바이 공작을 위해 잠시 후에 같이 수영복을 사러 가기로 되어 있다.

모레부터 시작되는 여름 방학 때도 데이트를 실컷 하며 러브러브한 사진을 찍자는 스미레의 LIME 메시지를 보고 기분이 가라앉은 가운데, 나는 맨션 로비로 들어섰다.

바로 그때, 스마트폰이 또 진동했다.

확 알림을 차단하자고 생각하며 스마트폰을 꺼내 보니, 메시지를 보낸 상대는 스미레가 아니었다.

《마시로》 여름 방학에, 추억을 잔뜩 만들자♡

《마시로》 더위 안 먹게 조심해. 수분만이 아니라 염분도 보충하는 거야.

《마시로》 아무리 더워도 수면은 충분히 취해. 건강이 우선이야♡

네가 무슨 내 여친이냐. 아니면 마누라냐. 혹은 엄마냐.

노도와도 같은 치다꺼리 LIME 이력을 보니, 피곤 게이지가 미묘하게 상승했다.

역시 고백을 거절한 그 날 이후로, 마시로의 여친 행세는 격렬해진 것 같다.

물론 나도 남자다. 누가 봐도 미소녀 그 자체인 여자애가 이렇게 챙겨주는 것이 기분 나쁠 리가 없다.

하지만 그런 마음의 흔들림을 억누르고라도, 해내야만 하는 일이 나에게는 존재한다.

스마트폰 게임 애플리케이션『검은 새끼 염소가 우는 밤에』의 운영을 순조롭게 이어가서, 《5층 동맹》 스태프 전원이 허니플레에 무시험 무조건 입사하게 하는 것이다.

집안 사정, 성격, 환경 등, 온갖 이유로 재능을 발휘하지 못하던 녀석들을 국내 최대 엔터테인먼트 기업에 취직시켜서, 재능을 헛되이 하게 되는 사태를 막는다. 그것이 나의 현재 목표다.

그것을 위해 필요한 모든 수단을 강구하고, 목표 달성을 위한 최단 거리를 계산해서 효율적인 루트를 나아가기 위해선, 학창 시절의 청춘 같은 것에 허우적댈 시간이 없다.

그래. 알았다, 알았어. 마시로에게 답장을 보낸 후, 나는 내 집인 502호실에 들어갔다.

"……어?"

현관문에는 내 것이 아니지만 눈에 익은 신발이 놓여 있었다.

"그 녀석…… 또 허락도 없이 들어온 거냐?"

이 후덥지근한 날에 후덥지근한 녀석을 상대해야만 하는 건가.

하나같이 제멋대로라니까. 내가 얼마나 고생하는지 생각 좀 해달라고.

뭐, 됐다. 지금은 한시라도 빨리 교복을 벗고 샤워를 한 후, 시원한 사복으로 갈아입고 싶다. 그 녀석이 이미 와있다면 에어컨을 빵빵하게 틀어놨을 것이다. 그것만이 유일한 위안이다.

신발을 벗고 서둘러 복도를 나아간 나는 침실 문 손잡이를 움켜쥐었다.

—철컥.

"어라? ……어이. 왜 잠가둔 거야?"

『앗, 혹시 선배예요~?』

문 너머에서는 지성이 전혀 느껴지지 않는 목소리가 들려왔다.

뭐, 이 녀석일 줄 알았어. 주인이 없는 남의 집에 멋대로 침입하는 고얀 놈은 이 녀석뿐이니 말이야.

내 절친인 오즈의 여동생이자, 《5층 동맹》의 그림자 멤버이기도 한 여자애.

때때로 「어? 이 녀석, 꽤 괜찮은 애 아냐?」 싶기도 하지만, 기본적으로는 1년 365일 나한테 짜증나게 구는 성가신 여자애의 대명사.

친구 여동생, 코히나타 이로하다.

"어이, 문 열어."

『잠시만요~! 잠시만 기다려주면 안 될까요? 지금 옷 갈아입고 있거든요!』

"옷 갈아입어? ……남의 집에서 말이야?"

『사소한 건 신경 쓰지 마세요~. 여고딩이 옷 갈아입은 방으로 무료 업데이트 중이거든요? 갓 운영이라고 불러주세요☆

"영문을 모르겠네. 너희 집에서 옷 갈아입고 오면 되잖아."

『어…… 이 모습으로 현관 밖 복도로 나가라는 거예요? 선배는 진짜 악마네요…….』

"너 지금 대체 어떤 꼴을 하고 있는 건데?!"

집 밖으로 나가지 못할 레벨의 복장이 대체 뭐냐고.

『그야…… 그거예요. 그거. 여름 하면 그거잖아요.』

"여름하면, 그거……?"

『예, 그거요. 마침 올해의 신작이 나왔으니 입어볼까~ 싶더라니까요♪』

"여름의, 그거…… 올해의, 신작……."

이로하의 대사가 가리키는 단 하나의 심플한 해답을 상상한 나는 마른침을 삼켰다.

지금, 내 머릿속에 펼쳐져 있는 건 황금빛 해변이다.

찬란히 빛나는 태양, 그리고 파도 소리를 BGM 삼으며, 여러 새된 목소리가 바람을 타고 들려왔다.

모래사장에 조그마한 발자국을 남기며 살갗이 대담하게 드러나는 비키니 차림의 이로하가 뛰어온다. 그런 그녀가 손을 흔들며 다가오는 모습은 남녀 가리지 않고 많은 관광객의 시선을 사로잡았다.

얇은 천에 겨우겨우 감싸여 있는 풍만한 열매, 대담하게 파인 하의 아래로 뻗어 있는 예술적일만큼 아름다운 다리…….

다리를 얻은 인어공주가 실제로 존재한다면, 분명 이런, 아니, 그런 게 아니다. 망상이여, 꺼져라. 망상이여, 썩 꺼져라.

저 녀석, 무슨 생각으로 남의 방에서 수영복으로 갈아입는 거야.

성인군자. 순진무구. 강철 이성의 마신으로 널리 알려진 나니까 망상 정도로 끝났지, 다른 자식 방에서 수영복으로 갈아입어봐. 책 종류에 따라선 2컷 후에 바로 전력 짝짓기로 이어질 거라고.

그런 생각을 하고 있을 때…….

『다 됐어요~. 들어와도 돼요~.』

"……윽!"

입실 허가가 내려졌다. 그와 동시에 잠겨 있던 문이 열렸다.

나는 마른침을 삼켰다.

이제 문손잡이는 간단히 돌아갈 것이며, 안에 들어가는 것도 얼마든지 가능하다.

아까는 두껍게 여겨지던 문이, 불가사의하게도 이제는 얇게 느껴졌다.

순순히 들어갔다간 수영복 차림인 이로하와 대면하게 될까. 맙소사. 큰일 났다. 나, 버틸 수 있을까.

하지만 이대로 냉방이 안 되는 거실에 있으면 덥고, 땀이 줄줄 날 것이며, 땀 냄새 나는 교복에서 빨리 사복으로 갈아입고 싶은데다, 잘 생각해보니 거실 에어컨을 켜면 되잖아. 이제 보니 저 녀석의 페이스에 완전히 휘말려서 거기까지 생각이 미치지 않았네.

—에잇, 상관없어! 여기는 내 집이라고!

문을 열자마자 눈을 감고 이로하를 무시한 후, 최단 거리로 옷장 쪽으로 가서 갈아입을 옷과 수건을 챙기자마자 침실을 나서서 욕실로 향한다— 시뮬레이션을 마친 나는 숨을 들이마시면서 결의를 다진 후, 침실의 문을 열었다.

"원통하다~!!"

"끄아~?!"

무심코 비명을 질렀다.

—이, 이게 뭐야?!

문을 연 순간, 소복을 입은 여자가 내 품에 뛰어들었다.

방 안은 서늘한 공기로 가득 차 있었다.

흰색 삼각건을 이마에 붙인 여자는 달그락달그락 하는 기괴한 소리를 내며 고개를 기울이더니, 아래편에서 내 얼굴을 올려다보았다.

새파랗게 질린 얼굴. 보라색으로 물든 눈가. 입가에서 흘러내리는 붉은 피.

망자. 그렇게 부를 수밖에 없을 듯한 여자가 내 품속에 뛰

© tomari

어들었다는 사실에 등골이 서늘해졌다.

몇 초 후에 자신이 저주받아 죽는 미래가 주마등처럼 스치며 내 머릿속은 온갖 기억과 후회로 가득 찼다.

이상하다. 왜 이렇게 된 거지. 문 너머에는 수영복 낙원이 기다리고 있는 줄 알았는데 말이다.

이렇게 될 줄 알았으면 인생을 더 효율적으로 운용해서 다양한 경험을 해둘 걸 그랬다.

질릴 정도로 해외여행을 가보고 싶었다. 시간이 아까워서 플레이하지 않았던 게임도 해보고 싶었으며, 보고 싶은 영화 또한 썩어 넘칠 만큼 많다. 이번 분기 애니메이션의 최종화를 못 보는 것도 아쉬우며, 초등학생 시절에 빠졌던 명작 게임의 리메이크 버전을 플레이하지 못 한 것도 죽도록 분하다.

진짜 이렇게 될 줄 알았다면, 무라사키 시키부 선생님한테서 일러스트를 열 장 정도 더 받아둘 걸 그랬다. 그러면 마키가이 나마코 선생님의 메인 시나리오 제5부까지의 소재가 전부 갖춰지니, 내가 없더라도 일단 엔딩까지— 이 주마등, 참 기네. 아직도 안 죽는 건가.

나는 머뭇거리며 눈을 떴다.

이 여자와 닿은 손에서 체온이 느껴졌다.

"푸…… 푸풉~! 선배, 진짜로 겁먹은 거예요~?! 귀여워라~♪"

"너, 너…… 이로하?!"

"딩동댕~이에요. 여름의 신작 SADAKO[#1] 스타일, 눈물 날 정도로 마음에 들었나 보네요☆"

"우, 운 적 없거든?!"

"부끄러워할 필요 없어요. 남자의 눈물은 반전 매력! 저한테만 꼴사납게 우는 모습을 보여준다면, 이 이로하 님은 진심 행복사할지도 몰라요!"

깔깔 웃으며 내 가슴을 손바닥으로 두드리는 이 압도적 짜증 유발자는 바로 내 친구의 여동생인 코히나타 이로하 본인이 틀림없다.

"선배~, 문 열기 전에 목소리를 들려줬는데도 겁먹었나 보네요. 이번만큼은 저의 완전 승리~☆"

"제…… 젠장……."

찍소리도 못하겠다. 내가 문을 열기 전부터, 이로하는 안에 자기가 있다는 것을 밝혔다.

그런데도 진짜로 저주를 받아 죽을 거라고 믿어 의심치 않았던 것은…….

"아까 그 **호러 보이스**는 뭐야?! 완전 반칙이잖아!"

"응~? 아, 그거라면~……."

이로하는 시치미를 떼듯 고개를 갸웃거린 후, 내 어깨에 손을 얹으면서 발돋움을 하더니…….

"이 목소리 말인가요~?"

#1 SADAKO 일본의 유명 호러 시리즈 〈링〉의 등장 귀신.

"우왓?! 인마, 하지 마! 그 목소리로 귓속말하지 말라고!"

"아하하! 선배의 약점을 하나 더 발견했어요☆"

"하아, 하아…… 정체를 아는데도 등골이 오싹해졌잖아. 너, 대체 연기의 폭이 얼마나 넓은 거야?"

"여차할 때에 대비해 연습해뒀어요☆ 호러 보이스는 오토이 씨가 이펙트를 넣어줄 때가 많았는데, 그게 좀 분하더라니까요~. 제 목소리만으로 그런 소리를 낼 수 있다면 선배가 깜짝 놀라겠네~ 싶어서 몰래 익혀뒀어요."

"그 마음가짐은 높이 사지만, 이렇게 어이없는 상황에서 선보일 건—."

"사랑해요, 선배."

"그러니까 그만하라고~!"

"훗훗훗. 이래서 선배를 놀리는 걸 관두지 못한다니까요."

내가 밀쳐내자, 이로하는 소복 소매로 입가를 감추며 의기양양하게 웃었다.

완벽한 특수 분장으로 망자의 얼굴을 연출하고 있지만, 이로하의 활기 넘치는 표정이 분장을 한 상태에서도 넘칠 듯한 생기를 자아내고 있었다. 정통 호러 작품의 무시무시한 귀신이라기보다, 유아용 작품에 나오는 장난꾸러기 유령 같았다.

그보다 저 분장을 직접 한 건가. 쓸데없이 재주 좋은 녀석이라니까.

"하지만 여름의 그거 같은 의미심장한 소리를 늘어놓는

건 너무하지 않아? 사람을 마구 기대하게 해놓고 유령 코스프레로 등장하다니, 완전 전대미문의 일이라고."

"응? ……흐음~."

내가 그렇게 투덜거리자, 이로하는 히죽 웃었다.

"왜, 왜 그래?"

"방금, 『기대하게 해놓고』라고 말했죠?"

"그런 적 없어."

『사람을 마구 기대하게 해놓고 유령 코스프레로 등장하다니, 완전 전대미문의 일이라고.』

"녹음기 켜뒀던 거냐?!"

"선배 놀림거리 조달에는 이게 직빵이라는 걸 최근에 깨우쳤거든요!"

가짜 유령은 문명의 이기인 스마트폰을 들어 보이면서 히히히 하고 웃었다.

물리 공격(보디 블로)으로 성불시켜줄까 하는 공격성이 치밀어 올랐지만, 나는 꾹 참았다.

"마, 말했는데, 그게 어쨌다고?"

"저한테 뭘 기대했어요? 혹시~, 섹시한 수영복 차림, 같은 건가요~?"

"바, 바보야. 그럴 리가 없잖아. 너 같은 꼬맹이의 수영복 차림에는 흥미 없다고."

"어~, 진짜려나~. 수상하네~. 그럼 뭘 기대했는데요~?"

"되, 되게 짜증나게 구네. 관심 끄라고."

"으음~. 뭐, 아무래도 상관없지만요~. 답 안 해주면 제가 멋대로 정답~을 정해도 괜찮은 거죠? 선배는 후배의 수영복 차림을 상상하며 벌건 대낮에 흥분했을 뿐만 아니라, 한심한 변명이나 늘어놓는 꼴사나운 변태 씨인 걸로 이로하님 메모리에 새겨둬도 되는 거네요?"

"큭……."

"순순히 『수영복을 기대했다』 하고 말하는 게 어때요? 그러면 평가를 『귀여운 선배』로 상향 조정해줄 수 있거든요?"

슬금슬금 다가온 이로하가 내 복근을 손가락으로 훑으며 그렇게 말했다.

간지럼을 느낄 여유는 없었다.

건방진 후배 여자에게 남자의 존엄을 짓밟힐 위기에 처했기 때문이다.

—오케이, 알았어. 꼴사나운 변태가 될 바에야, 나는 남자다운 최후를 맞이해주겠다고.

"……인정, 할게. 나는, 수영복을 기대했어."

"오~♪"

주먹을 부들부들 떨며 내가 자백하자, 눈이 ☆로 변한 이로하가 환한 목소리로 외쳤다.

"드디어 인정한 거죠? 제 수영복 차림을 기대했다는 걸요!"

"—아, 그건 아냐."

"예?"

"내가 기대한 건 작화 자료로 쓸 수영복이야. 어디까지나 작화 자료로서의, 수영복을 입은 너라고!"

"뭐, 뭐라고요~?!"

나는 당혹스러워하는 이로하의 코끝을 향해 손가락을 쑥 내밀었다.

"이번 여름, 나는『검은 새끼 염소가 우는 밤에』의 여름 한정 이벤트를 위해서 무라사키 시키부 선생님에게 수영복 입은 캐릭터의 일러스트를 세 장 그려달라고 할 생각이야. 그리고 그 인간은 실제 사람이 모델이 되어주면 작업 속도가 곱절로 빨라지거든! 그래서 네가 수영복을 입어준다면, 그대로 무라사키 시키부 선생님한테 끌고 갈 속셈이었다고!!"

거짓말이다. 방금 생각해낸, 허술하기 그지없는 변명이다.

하지만 이 여자의 매력에 굴하는 사태만은 절대 있어선 안 된다.

"큭…… 정말 반론하기 힘든 논리네요. 선배의 성격이나 신념과 어긋난다면 바로 모순을 지적했을 텐데……!"

"푸하하. 나를 얕보지 말라고. 알았으면 순순히 물러나는 게 어때?"

"으으으~!"

내가 기고만장한 태도를 보이자, 이로하는 더는 방법이 없다는 걸 눈치챈 것 같았다.

볼을 부풀린 이로하는 분한 것처럼 고개를 휙 돌렸다.

"흐, 흥~이예요. 괜찮거든요? 곧 여름이거든요? 놀릴 기회라면 얼마든지 있거든요~? 온종일 선배 방에 눌러앉을 수 있는 보너스 스테이지라고요."

"매일 우리 집에 올 거냐……."

"당연하잖아요. 보고 싶은 만화와 하고 싶은 게임이 잔뜩 있으니까요."

"뭐, 네가 그리 말하면 나도 더 할 말은 없어."

이로하의 처지를 알기에, 그 점에 대해서는 뭐라 말하기 힘들었다.

코히나타 가에서는 엔터테인먼트 관련, 예능 관련을 접하는 것이 엄격히 금지되어 있다. 그것은 그녀의 어머니인 오토하 씨의 방침이다. 과거에 무슨 일이 있었는지 모르지만, 오락 배척의 의지는 매우 굳건하며, 게임기는 고사하고 텔레비전과 컴퓨터, 음악 플레이어 같은 것도 이로하는 가지고 있지 않다.

오즈는 엔터테인먼트와 전혀 상관없는 프로그램 공부를 한다는 명목으로 컴퓨터 환경 구축에 성공했지만…….

이로하가 오락을 즐기고 싶으면, 내 방에 올 수밖에 없는 게 현실이다.

"그렇게 됐으니 여름 방학에 잘 부탁해요~."

그렇게 말한 이로하는 침대에 뛰어들어서 데굴거리기 시작했다.

그 모습에 어이가 없어진 나는 쓴소리를 입에 담았다.

"……그건 괜찮지만, 매일은 무리 아냐? 숙제도 해야 하잖아."

"예? 숙제도 여기서 할 건데요."

"어째서야. 공부는 너희 집에서 해. 즐길 거리가 없는 곳에서 공부가 더 잘 되잖아."

"무슨 소리 하는 거예요! 선배는 저보다 한 학년 위인 진짜배기 선배잖아요?"

"그렇긴 한데, 그게 어쨌다는 거야?"

"이미 같은 숙제를 1년 전에 해봤던 선배가 가르쳐준다면, 금방 마칠 수 있을 거예요. 실질적 2회차 뉴게임! 『어? 제가 또 무슨 사고 쳤어요~?』 같은 느낌으로 후딱 끝내주세요."

"너, 인생을 너무 얕보는 거 아냐? ……뭐, 효율적이란 점은 인정하지만 말이야."

솔직히 말해, 여름 방학 숙제 같은 건 수험 공부에 전혀 영향을 주지 못한다고 생각한다.

열심히 하든 대충 하든 학력에 상관이 없다면, 최소한의 에너지 소모로 숙제를 마친 후에 다른 활동 및 공부에 시간을 할애하는 편이 효율적일 것이다.

실제로 이로하의 학교 성적은 매우 우수하다. 전교 1등이라고 들었다. 숙제하며 꼼수 좀 부렸다고 학력이 떨어질 리가 없다.

"그럼……!"

"하지만 안 돼."

이로하는 기대에 찬 눈길로 쳐다보았다. 나는 그런 그녀의 이마를 손가락으로 두드리며 딱 잘라 거절했다.

"어~, 왜 안 되는데요~?"

"내가 자기 시간을 소비해 쌓아온 성과물로 덕을 보려고 하는 네 마음가짐이 마음에 안 들거든."

"쪼잔해!! 선배는 너무 쪼잔해요!"

"시끄러워!! 너한테 숙제를 가르쳐주려면 내 시간을 낭비해야 하잖아. 나한테는 메리트가 너무 적다고."

"저처럼 귀여운 여자애와 매일 꽁냥꽁냥할 수 있는데요?"

"닥쳐, 악령. 자, 악령아 물렀거라! 물렀거라!"

"자, 자자, 잠깐만요! 왜 쫓아내려고 하는 거예요?!"

나는 침대 시트로 이로하를 돌돌 만 후, 문 쪽으로 굴렸다.

"더우니까 옷 갈아입을 거야. 자, 빨리 나가."

"싫~어~요~! 거실은 에어컨 안 켜져 있어서 덥단 말이에요!"

"그럼 켜면 되잖아."

"싫어요~. 시원해지는 데 시간이 걸리니까 싫다고요~! 옷 안 갈아입어도 되잖아요! 이 방에 있으면 땀도 안 날 거라고요!"

"땀 냄새가 신경 쓰이거든. 너도 남자 땀 냄새 맡기 싫잖아?"

"응~? 그렇게 신경 쓰여요?"

시트 안에서 빠져나온 이로하가 얼굴을 내밀었다.

그리고 내 교복에 얼굴을 대더니 코를 킁킁거리며 냄새를 맡았다.

"어이, 그만해. 사람 땀 냄새를 맡지 말라고."

"으음~. 이야~, 딱히 신경 쓰일 정도로 냄새가 심한 것 같지는 않은데요."

"……정말이야? 너, 혹시 냄새 페티시즘 있어?"

"말이 너무 심한 것 아니에요? 체육 수업 후에 교실에서 코가 삐뚤어질 것 같다고 느낄 때도 있다고요."

이로하는 질색하는 듯한 표정을 지었다. 뭐, 그게 일반적인 감성일 것이다.

지금 나한테서는 땀 냄새가 꽤 심하게 난다고 생각하는데, 이로하의 기준에선 질색할 정도는 아닌 것 같았다.

불가사의한 일도 다 있다.

"뭐, 네가 신경 쓰이지 않는다고 해도 나는 신경 쓰여. —그리고 옷을 갈아입어야만 할 이유도 있거든."

"이유?"

"이제부터 데이트해. 스미레 선생님과 수영복 사러 갈 거야."

"예?! 그게 무슨 소리예요?! 처음 듣는 소리거든요?!"

"말 안 했으니 당연하지."

불만을 늘어놓으며 다가오는 이로하의 머리를 밀쳐낸 후, 나는 시계를 확인했다.

오후 다섯 시.

스미레의 학교 업무가 오후 여섯 시에 끝나기에, 여섯 시 반에 쇼핑센터에서 만나기로 했다.

"약혼 건은 어디까지나 가짜죠? 그렇죠?"

"당연하잖아. 그 사람과 진짜로 사귄다는 게 말이 되냐."

"그럼 그렇게까지 철저하게 할 필요는 없지 않아요? 왜 데이트까지 하는 거예요?"

"본가에 어필할 때 쓸 알리바이를 만들기 위해서야. 솔직히 말해 나도 성가셔 죽겠다니깐."

그래도 하기로 작정했으니, 그 정도는 어울려주는 편이 나을 것이다.

"흐음~. 그럼 괜찮지만요. 하지만, 그렇다면—."

이로하는 히죽 웃었다.

그리고 양손을 벌리며 문을 막아섰다.

"—이대로 보내줄 수는 없겠네요☆"

"뭐……?"

"선배는 땀 냄새를 없애야 데이트를 하러 갈 수 있어요. 데이트하러 안 가면 곤란하죠. ……그렇다면 저는 당연히 그걸 방해해야 하지 않겠어요?! 옷 갈아입는 것도, 샤워도, 반드시 저지할 거예요!"

"네 사고회로는 고장 난 게 틀림없어."

이로하가 카바디 카바디[#2] 하고 중얼거리며 길을 막자, 나는 천장을 올려다보았다.

#2 카바디 인도 지방에서 생겨나 성행 중인 스포츠로 술래잡기와 피구 및 격투기가 혼합된 형태의 투기종목.

하아, 정말…….

왜 내 주위에는 이렇게 성가신 여자뿐인 걸까.

결국—.

침실의 에어컨을 꺼서 후덥지근해진 방안의 열기를 견디다 못한 이로하가 도망치자, 나는 당당히 샤워를 마치고 옷을 갈아입었다.

*

『………….』

『오즈, 왜 그래? 히죽거리는 입가와는 다른 생각이 어린 어린 듯한 눈길로 쳐다보는 거냐고.』

『아키, 한 마디 해도 돼?』

『응.』

『이 꽁냥꽁냥 공간은 대체 뭐야?』

해산물 토마토(2)

이로하

땅땅땅! 이제부터 선배의 수영복 재판을 시작하겠습니다!

마시로

무슨 일이야?

이로하

선배가 말이죠? 이제부터 스미레 쌤과 수영복을 사러 간대요.

마시로

뭐?

이로하

용서할 수 없죠? 이건 중대한 인싸 행위라고요!

이로하

마시로 재판장님, 판결을 부탁드립니다!

마시로

죽어.

이로하

즉각 사형을 선고하셨습니다!

마시로

어이가 없네. 약혼자 행세를 하기로 했을 뿐이었지?

이로하

예, 어디까지나 행세죠.

마시로

그런데, 같이 수영복을 사러 가는 거야?

해산물 토마토(2)

이로하
사려 가나 봐요.

마시로
죽어.

이로하
2심 판결이 내려졌습니다. 사형!!

이로하
그럼 결정적 증거를 잡으러 가지 않겠어요?!

마시로
설마.

이로하
미☆행하자고요!

마시로
아하, 그런 방법이 있었네.

이로하
그럼 빨리 준비하세요! 맨션 복도에서 만나요!

마시로
으, 응. 금방 갈게!

이로하
선배가 선 넘는 짓을 하지 않는지 저희가 감시해요!

마시로
조, 좋아~!

002 제2화 …… 담임 선생님이 나한테만 타피오카

"진짜 언제 봐도 이 녀석은 짜증 그 자체라니깐."

약속장소인 쇼핑센터 입구, 만남의 장소로 유명한 『짜증 올빼미 상』의 절묘하게 사람을 짜증나게 하는 면상을 살펴보던 내가 그렇게 투덜거렸다.

오후 6시 30분.

근면 성실한 회사원들로 붐비기에는 조금 이르고 학생들이 모이기에는 약간 늦어서, 사람들로 붐비는 곳을 질색하는 내가 딱 좋아하는 시간대다. 여름에 수많은 인파에 끼여서 이리저리 치이면 불쾌지수가 급상승하는 만큼, 이 한적함은 퍽 마음에 든다.

그러고 보니 스미레— 무라사키 시키부 선생님과 처음 만난 것도 한여름의 수많은 인파 속이었다.

그때는 일러스트레이터를 발굴한다는 사명감 덕분에 아드레날린이 분비됐고, 그 현장은 재능의 보물 창고였기에 전혀 심심하지 않았지만 말이다.

그런 생각을 하며 스미레가 오기만 기다리고 있을 때, 갑자기 호주머니 안에 넣어둔 스마트폰이 울렸다.

LIME의 착신음이다. 메시지를 보낸 이는 마시로였다.

《마시로》 스미레 선생님과 데이트한다며? 괜찮아. 마시로는 아키를 믿어.

믿기는 무슨.

일부러 메시지를 보냈다는 건 눈곱만큼도 신용하지 않는다는 의미잖아, 하고 말하고 싶어졌지만, 나는 마음을 가라앉히며 무난한 이모티콘을 보냈다. 어떤 반응을 보내면 좋을지 감이 오지 않을 때는 별 의미 없는 이모티콘을 보내는 게 최고다. 이건 인류의 커뮤니케이션 역사에 길이 남을 대발명이다.

그런 생각을 하고 있을 때, 투박한 4륜 구동 자동차가 눈앞의 도로를 통과하면서 주차장으로 들어갔다.

"왔구나."

눈에 익은 그 차의 운전석에는 핸들을 쥔 채 즐거운 듯이 리드미컬하게 머리를 흔들고 있는 여교사가 있었다. 스미레였다.

좋아하는 애니송을 흥얼거리고 있는 게 틀림없다. 차 밖에서 들릴 만큼 크게 틀지 않는 건 산전수전 다 겪은 오타쿠다운 매너 의식이지만, 차 안이 자기만의 공간이라 여기며 완전히 긴장을 푸는 건 좀 그렇지 않을까? 다른 학생이 차 안을 본다면 《맹독의 여왕》의 위엄은 박살나고 말 테니 말이다.

그리고 잠시 후, 여교사 느낌의 정장 차림을 한 스미레가 손을 흔들며 빠른 걸음으로 다가 오더니…….

"나, 왔, 어, 달링~♡"

달콤한 목소리로 그렇게 말하며, 내 팔을 꼭 끌어안았다.

찰싹 달라붙은 스미레를 힐끔 쳐다본 나는 아무 말 없이 그녀를 떼어냈다.

"만나자마자 들러붙지 마. 기분 나쁘다고."

"기분 나쁘다니…… 방금 그 말은 너무한 거 아냐?!"

"시끄러워. 나이 차이를 생각하라고."

"아홉 살 차이 정도는 아무것도 아니잖아! 너야말로 나이를 한 자릿수 정도 줄이고 나서 그딴 소리를 하란 말이야!"

"당당하게 범죄 선언을 하지 마. ―그리고 오늘은 가족에게 보낼 날조 러브러브 사진을 찍는 게 목적이잖아?"

진짜로 러브러브 꽁냥꽁냥할 필요는 없는 것이다.

"미리 분위기를 잡아둬야 사진도 실감이 날 것 같거든. 카드 일러스트를 그릴 때도 전후 시추에이션을 상상하며 그려야 진실미가 묻어나는 그림이 되듯 말이야."

"음. 듣고 보니 그런걸."

무라사키 시키부 선생님이 그린 일러스트의 강점은 2차원의 매력을 물씬 풍기면서도 실제로 현실에 있는 듯한 존재감이 느껴지는 생동감 넘치는 캐릭터 묘사다. 그것은 시추

© tomari

에이션에 대한 깊은 이해와 통찰력, 그리고 압도적인 망상력에 의해 이뤄지고 있다.

날조 사진 한 장을 찍는데도 이렇게 신경을 쓰는 그 『프로』다움에 감탄한 나는 무심코, 아니, 잠깐만 있어봐.

"창작자다운 그 마음가짐은 높이 사. 하지만 이번에는 안 돼."

"왜?"

스미레는 눈을 깜빡이며 고개를 갸웃거렸다.

"여기는 학교에서 꽤 가깝다고."

나는 주위를 둘러보며 목소리를 낮췄다.

"누가 보기라도 했다간 이상한 소문이 퍼질 거야. 들통났다간 징계 면직 감의 불상사잖아."

"뭐? 아키테루 님의 얼굴을 기억하는 학생이 있긴 해?"

"……돌아가겠어."

"에이, 농담하지 마. 그런 누구나 다 아는 사실 가지고 상처 입는다는 게— 어, 어라?! 뒤돌아섰어! 진짜로 돌아가려는 거야?!"

"나, 상처 입었어. 친정으로 돌아갈래."

"남자가 그런 소리를 하는 건 처음 들어!"

"저기 말이야. 《5층 동맹》 녀석들은 오해를 하고 있는 것 같은데, 나도 마음에 상처를 입을 때가 있다고."

나는 열여섯 살, 한창 사춘기를 겪고 있는 고등학교 2학년이다.

남들이 청춘에 빠져 허우적대고 있는 사이, 효율적으로 장래를 구상하며 활동하고 있긴 하다. 그렇다고 완전무결하게 냉혹무비한 성숙남인 건 아니다.

귀여운 여자애와 가까워지면 가슴이 뛰고, 친구가 적어서 교실에서 존재감이 옅다는 지적을 들으면 마음에 상처를 입는다.

타인에게 시간을 빼앗기기 어려운 환경이 효율적이라 여기는 사고방식과, 그 상태에서 일말의 쓸쓸함을 느끼는 마음은 모순되지 않으며 동시에 존재한다. 하지만 남들의 공감을 얻기 어려운 것 같았다.

"미, 미안해. 삐치지 마. 응? **오오보시 군.**"

스미레는 약간 어른스러운 말투로 그렇게 말했다.

교실에서 보여주는 교사의 모습. 맹독의 여왕. 거기서 독기만 뺀 듯한 목소리다.

"교실에서 존재감 없는 나날을 보내고 있다 해도, 이 선생님은 네 편이야."

"교사로서 신경써주고 있다는 건 알지만, 시키부의 본성을 알고 있어서 그런지 바보 취급을 당하고 있는 것처럼 느껴지네요……."

하아, 하고 한숨을 내쉬었다.

나는 뒤돌아선 후, 스미레의 얼굴을 똑바로 바라보았다.

"농담이에요. 돌아가지 않을 테니까, 걱정하지 마세요."

"정말이야? 다행이야~."

교사 모드의 차분한 텐션을 유지한 채로 손뼉을 친 스미레는 기쁜 것처럼 환한 미소를 지었다.

이러고 있으면『연상의 누나』같아서 평범하게 매력적이기까지 한 데 말이다.

대체 왜 이 모양 이 꼴이 되는 걸까.

—지금은 그것보다 중요한 이야기를 해야 할 때다.

"아무튼, 남이 보면 곤란해요. 그러니 과도하게 꽁냥꽁냥 대지는 말죠."

"으음……."

"평범한 남녀로서 평범하게 데이트를 즐기는 것만으로도, 사진에서 진실미가 느껴질 거예요. 이 세상에는 바보 커플만 있지는 않으니까요. 오히려 차분하고 어른스러운 교제야말로 여교사 카게이시 스미레의 교제 풍경으로 자연스러울 거라고 생각해요."

"아하. 그건 오오보시 군의 말이 옳을지도 몰라."

스미레는 입술에 손가락을 대더니, 차분히 고개를 끄덕였다.

어떤 캐릭터를 연기해야 할지 확정되어서 그런지, 말투도 여교사 모드로 안정된 것 같았다.

무라사키 시키부 선생님 상태로 계속 데이트를 했다간 텐션이 너무 높아서 나도 피곤할 테니, 개인적으로 환영할 일이다.

그럼 나도 거기에 맞춰 존댓말을 써야겠다.

……이 녀석이 사고를 치지 않는 한, 말이다.

"자, 방침이 정해졌으니 바로 데이트를 시작하도록 할까요."

"응. 좋아. 실은 계획을 짜뒀어."

스미레는 유능한 과학자처럼 클립보드를 꺼내 들었다.

"효율충인 오오보시 군이 만족할 수 있도록, 연인이 갈 만한 장소를 최단 루트로 효율적으로 돌 수 있게 계산해봤어."

자주 깜빡하지만 사실 수학 담당 교사인 그녀는 지성이 묻어나는 미소를 머금었다.

"우선 가장 먼저 가볼 곳은 바로—."

그리고 미래를 좌우할 새로운 발견을 발표하기 위해 학회로 향하는 박사처럼, 지혜의 나무에 열린 열매만 먹으며 살아온 듯한 그 입에서 그 말이 흘러나왔다.

"—타피오카 밀크티 가게야."

*

유행에 따르기만 하는 여고생들은 한심하다. 하지만 더 한심한 것은 그 유행을 거스르며 살아왔으면서, 도중에 신념을 꺾고 뒤늦게 그 유행에 뒤따르는 녀석들이다.

한때 우후죽순처럼 생겨나던 타피오카 밀크티 가게를 야유하는 목소리가 곳곳에서 들려왔지만, 그렇게 무시당하던 가게들은 수많은 여고생으로 북적이며 엄청난 매상을 올렸다.

어쩌면 한두 해 후에는 망할지도 모르지만, 비즈니스로서는 완전히 성공했다 해도 과언이 아닐 것이다.

유행에 따르는 건 얼간이들이나 하는 짓이라는 의견도 있지만, 나는 그렇게 생각하지 않는다.

진정한 얼간이는 유행에 따르지도, 그렇다고 자신의 의지를 관철하지도 못하는 자들이다.

바로 우리처럼 말이다.

"설마 우리가 같이 이걸 마시는 날이 올 줄은 몰랐어요."

"동감이야……."

몇 달 전, 여고생들이 타피오카 밀크티 가게 앞에 장사진을 이뤘다는 이야기를 들은 나와 무라사키 시키부 선생님은 《5층 동맹》 LIME 그룹에서 이런 말을 했다.

《AKI》 몇 시간이나 줄 서서 고 칼로리를 섭취하는 건, 인생의 낭비야.

《무라사키 시키부 선생님》 동감! 인싸 문화 그 자체라서 나는 무리~.

《AKI》 타피오카 드링크를 마실 일은 평생에 한 번도 없을 것 같아.

《무라사키 시키부 선생님》 이하동문~.

《무라사키 시키부 선생님》 뭐, 타피오카 챌린지 그림은 에로해서 최고지만!

《AKI》 그건 그래.

지금 생각해보면, 그런 대화를 나눈 것 자체가 부끄럽다.

"『종교사찰식 타피오카 밀크티 卍』 두 개군요. ―여기 있습니다."

나는 머리를 밀어서 수행승 같아 보이는 점원에게서 플라스틱 용기를 건네받은 후, 스미레가 기다리고 있는 자리로 향했다.

일본 정원에 깔린 자갈처럼 큼지막한 검은색 타피오카가 가득 들어있어서, 액체가 들어갈 틈이 전혀 없어 보이는 그것을 본 스미레는 깜짝 놀란 듯이 눈을 치켜떴다.

"이게 진짜로 밀크티 맞아?"

"일단 장르적으로는 타피오카 밀크티가 맞나 봐요. 타피오카 99%라네요."

"반올림하면 그냥 타피오카인 거잖아."

"예, 타피오카네요."

유행에 따라 다양한 타피오카 드링크 가게가 생겨나면서

신규 점포가 새로운 요소를 추가해 차별화를 도모했고, 그 폭주의 결과물이 바로 이것이다.

"……마실 수는 있는…… 거겠지?"

"아마도요. 몸에 나빠 보이니 관두는 것도 괜찮을 것 같지만요."

"아냐. 타피오카 밀크티를 같이 마시는 모습을 사진으로 찍어둘 필요가 있어. 내 스마트폰 받아. 사진 잘 찍어줘. 우선 내가 혼자 마시는 모습을 찍어. 다음은 오오보시 군이 혼자 마시는 모습을 찍고, 마지막으로 투샷을 찍자."

"찍긴 하겠는데, 잘 찍는 편은 아니거든요?"

친구가 적은 나의 인생에서 사진을 찍을 기회 같은 건 거의 없었던 것이다.

유일한 친구인 오즈도 사진을 좋아하는 편이 아니다.

—딱히 슬프지는 않거든?

"프로급의 촬영 기술을 기대하는 건 아냐. —자, 내 용감한 자태를 기록으로 남겨줘."

스미레는 머뭇거리면서 개구리알이 가득 들어 있는 듯한 용기 안을 빨대로 휘저었다.

그리고…….

"에잇, 여자는 배짱이야!"

눈을 꾹 감더니, 빨대에 입을 댔다.

쭉.

뭔가가 막힌 듯한 소리가 났다.

쭈욱— 쭈욱— 쭈우욱—.

"어, 어어? 으, 으응, 으으으으으으으~!!"

스미레는 빨대 끝을 물고 필사적으로 빨아당겼다. 볼이 쏙 들어간 그녀의 얼굴이 점점 빨갛게 물들었다.

커다란 비닐 풀장을 공기주입기를 안 쓰고 부풀리려다가 산소 결핍 직전의 상태가 된 인간 같았다.

"응, 쪽…… 쭉, 쭈우우욱…… 쪼오옥……."

"그렇게 빨아당기는 데도 안 나오는 건가요."

99% 타피오카로 구성된, 고형물이라고 해도 과언이 아닌 밀크티.

그 탄력성과 점착성에 감탄한 나는 카메라의 셔터 아이콘을 터치했다.

—우와, 실수했다. 각도가 어긋나서 타피오카 밀크티가 사진 밖으로 나갔다.

자신의 실수를 옹호하려는 건 아니지만, 어쩔 수가 없었다. 스미레는 어떻게든 타피오카를 흡입하려고 머리를 흔들어대고 있으니 말이다.

타피오카 밀크티가 사진 밖으로 나갔고, 얼굴이 벌게진 채 입을 필사적으로 오므리고 있는 스미레의 얼굴만 담겼다.

뭐, 됐다. 다시 찍자.

"쭈르르르르르르륵~! ……푸하앗!! 하아, 하아. 이 녀석, 강적이야……."

"아, 움직이지 마세요. 또 잘못 찍혔잖아요. 이렇게 고형물이 많아서야 그냥 스푼으로 먹는 게 나을 것 같네요."

내가 셔터를 누르기 직전, 스미레가 빨대에서 입을 뗐다.

스마트폰에 보존된 사진은 숨을 억지로 고르는 스미레의 살짝 벌린 입술에서 하얀 밀크티가 흘러내리는 모습이었다.

"콜록, 콜록…… 이제 투샷만 찍으면 되겠네."

"사진을 살펴보지 않아도 되겠어요?"

"배터리도 얼마 안 남았으니까, 대충 찍고 넘어가자. 그리고 뭐든 다 잘하는 오오보시 군이라면 적당히 잘 찍어줬을 것 같거든."

"아, 진짜 엉망인데…… 역시 다른 사람이 찍는 편이 나을 거예요."

"겸손해할 필요 없어. 오오보시 군은 항상 그런다니깐. 잘하면서 못 한다고 우기는 이 평균 사기꾼."

"아니, 사진 쪽은 평균 수준에도 미치지 못—."

"이러는 사이에도 배터리가 계속 줄고 있거든? 자아, 투샷 찍자♪"

"그럼 하다못해 입가를 닦고 찍는 게—."

"시간이 없다고 했지? 자아, 치즈~!"

스미레는 내 의견을 듣지도 않으며 다가왔다. 나와 얼굴을 맞대더니, 빙긋 웃으며 손가락으로 피스 사인을 만들어서 수평으로 들었다.

아직 산소 결핍의 여파가 남은 건지 볼이 붉었으며, 밀크티가 입가를 타고 흘러내렸지만…….

본인이 괜찮다니 넘어가자고 생각한 나는 전면 카메라로 사진을 찍었다.

"좋아, 오케이! 다음 장소로 가자!"

"타키오카가 왕창 남았는데요."

"미, 밀크티는 다 마셨으니까 봐줘. 그리고 타피오카를 한 알씩 먹다간 해가 지고 말 거야!"

"뭐, 그것도 그렇겠네요. 그럼 하다못해 입가를 닦아요."

스미레가 빨리 가자며 옷깃을 잡아당기자, 나는 어이없어 하며 포켓 티슈를 건네줬다.

얼굴과 몸매와 가슴과 가슴과 가슴과 찌찌와 겉모습은 완전무결한 어른이지만, 흥과 텐션은 어린애라니깐. 왜 묘하게 잡념이 섞여 있냐면, 아까부터 몸을 계속 밀착시키고 있었던 탓에 옷 너머로 느껴지는 그 부분을 의식할 수밖에 없다고요찌찌.

이대로 있다간 이성 수치가 위험 영역에 도달할지도 모르기에, 나는 은근슬쩍 스미레를 떼어냈다.

*

『저기…… 찍은 사진, 어떻게 했어?』

『즉시 가족 LIME 그룹에 올리는 것 같더라고. 배터리가 바닥나기 직전이라 제대로 살펴보지도 않고 말이야.』

『그, 그래. 그 사진을 올렸구나.』

『뭐, 신경 쓰이는 점이라도 있어?』

『그야―.』

『응?』

『난리가 날 게 뻔하거든.』

interlude 막 간 …… 이로하와 마시로 추적편

"이로하 양, 비켜. 저 커플을 못 죽이겠잖아."

"어어어! 마시로 선배, 스톱!! 그 타피오카 곤봉 집어넣으세요!!"

여기는 코히나타 이로하 특파원, 열다섯 살.

암흑 아우라를 뿜으며 복수귀로 변하려 하는 마시로 선배를 한창 말리는 중~.

장소는 쇼핑센터 안, 타피오카 밀크티 가게.

타피오카를 꽉꽉 채워 파는 가게이며, 나와 마시로 선배도 빨대가 아니라 스푼으로 그것을 먹고 있다. 쫄깃쫄깃한 게 참 맛있지만, 이건 좀 과한 것 아닐까요.

뭐, 저희가 여기서 뭘 하냐면 말이죠. 사이좋게 투샷을 찍고 있는 선배와 스미레 쌤을 좀 떨어진 곳에서 관찰하고 있사옵니다~.

스토커~? 아뇨~. 불륜을 용서하지 않는 정의의 탐정, 같은 거예요☆ 일단 홈즈와 왓슨 같은 걸 상상해 주세요. 도일 선생님의 원문에서 어땠는지는 잘 모르지만요.

문제아 겸 질투 탐정인 마시로 선배는『종교사찰식 타피오카 밀크티 卍』를 스푼으로 집요하게 휘저으면서, 저주를 퍼

붓듯이 데이트 중인 저 두 사람을 노려보고 있어요.

"부러워…… 샘나……."

"타피오카가 신화에 나오는 생물처럼 되어가고 있어요."

너무 뒤섞은 탓에 끈적끈적해진 타피오카가 스푼에 들러붙으면서 커다란 떡으로 변했다. 내가 타피오카 곤봉이라 부른 건 바로 저것이다.

용기 안의 타피오카는 과학 실험을 거친 키메라처럼 일체화되었으며, 「살……려줘……」 같은 목소리가 들려오는 듯한 느낌마저 들었다.

"일단 진정 좀 해요. 이 상황에서 날뛰었다간 미행하고 있다는 게 들통날 거라고요."

"으…… 그건, 그렇지만……."

"모처럼 놀림거리 삼을 만한 재미있는 풍경이 펼쳐지고 있으니, 1초라도 오래 즐기지 않으면 손해라고요☆"

히히히, 하고 웃었다.

내가 보기에, 스미레 쌤은 사랑의 라이벌 레벨이 그렇게 높지 않다. 평소의 얼간이 같은 무라사키 시키부 선생님의 모습을 보면, 선배의 취향(이로하 님 자체 조사)과 동떨어져 있는 게 명백했다. 청초하고 순진무구하며 귀엽기까지 한 마시로 선배에 비하면 안심해도 될 레벨이다.

오히려 질투심에 사로잡힌 마시로 선배를 달랠 여유마저 있었다.

"아키는 저질이야."

"너무 그러지 말아요~. 확실히 장면만 보면 좀 위험해 보이지만, 진짜 커플도 아니잖아요."

나는 신화 생물 타피오카가 흡수하고 남은 밀크티를 홀짝이며 투덜거리는 귀여운 마시로 선배의 머리를 쓰다듬어주면서 달랬다.

선술집에서 술에 취한 회사원도 이런 느낌 아닐까. 그런 여고생답지 않은 생각이 들었다.

그건 그렇고, 마시로 선배가 이렇게 질투를 하는 걸 보면 선배를 진심으로 좋아하는 것 같네~. 일반적인 커플을 향한 증오로 꾸미고 있지만, 그 이면에 존재하는 진심 어린 마음을 아는 이로서 어떤 표정을 지으면 좋을지 모르겠다.

"가짜 약혼자 같은 건 말도 안 돼. 비도덕적이야. 결혼을 우롱하는 거야."

마시로 선배가 그런 소리를 하는 거예요?

현재 진행형 적으로 가짜 커플 행세 중인 사람이 한 말은 아니잖아요, 하고 무심코 한 마디 날릴 뻔했다.

바로 그때, 볼을 한껏 부풀린 마시로 선배가 삐친 어린애 같은 표정을 지으며 말했다.

"가짜 약혼자를 만들려고 하는 것 자체가 믿기지 않아. 게다가 저런 사진까지 찍어가며 꽁냥꽁냥대면서……."

"아하하."

참 복잡한 질투네~ 하고 생각하며 쓴웃음을 머금은 나도 스푼을 용기에 집어넣었다. 뭉쳐진 타피오카를 뜰…… 수가 없잖아요?! 이게 뭐예요?! 시간이 지나니 타피오카끼리 들러붙어서 스푼으로 뜰 수가 없거든요?! 그렇게 악전고투를 하고 있을 때…….

갑자기 마시로 선배의 어조가 달라졌다.

"저기, 이로하 양은 어째서 그렇게 태연한 거야?"

"예?"

시간이 멈췄다.

스푼을 쥐고 있는 것도 망각한 채, 눈앞에 있는 여자의 눈에 빨려들고 말았다.

"마시로는 알아."

"뭐, 뭘…… 말이에요?"

마시로 선배는 나를 지그시 응시했다. 모든 것을 꿰뚫어 보는 듯한 그 눈빛을 접하자, 가슴이 내려앉는 것 같았다.

―혹시 내가 전부 알고 있다는 걸, 들킨 걸까……?

고백 메시지를 보냈다는 것도, 마시로 선배가 차였다는 것도 전부 알고 있다. 공평하지 않다는 건 알지만, 그래도 그런 이유로 마시로 선배와 어색하게 지내는 것도 싫었기에 아무것도 모르는 척을 하자고 생각했다.

하지만, 실은 전부 들통났다면? 어쩌지, 어쩌지. 마시로 선배의 기분을 상하게 한 걸까. 미움을 받게 될까. ―그런 생각

때문에 가슴이 미친 듯이 두방망이질 치고 있을 때…….

마시로 선배가, 이렇게 말했다.

"이로하 양은 아키를 좋아하지?"

"……윽!!"

아니었다.

마시로 선배의 입에서 나온 것은, 치명적인 한 마디가 아니었다.

하지만 수라장의 시작을 알릴지도 모르는, 위험한 한 마디이기는 했다.

"무슨 소리……예요?"

"근거는, 없어."

마시로 선배는 고개를 슬며시 돌리며 말을 이었다.

"왠지, 그런 생각이 들었어. 일전의 연극을 보고 말이야."

"연극……."

전국 고등학교 연극 페스티벌. 학교 연극부를 폐부 위기에서 구하기 위해, 《5층 동맹》이 총력을 기울였던 그 날을 말하는 걸까.

트러블이 연이어 발생한 바람에 대역이 필요했고, 나는 엄마에게 들킬 것을 각오하며 무대에 섰다.

하지만 엄마한테서 별말을 듣지 않았기에, 잘 넘어갔다 생각하며 안심했는데—.

"도저히 연기 같아 보이지 않았어. 상대 배우를— 아키를 진짜로 좋아하니까…… 그런 표정을 지었던 거라고, 생각해."

—설마, 이런 파문을 부를 줄이야.

확실히 그 히로인과 주인공은 서로를 좋아했고, 낯뜨거울 정도로 솔직하게 서로를 향한 애정을 표현했다. 하지만 그것은 어디까지나 대본이다. 캐릭터에 빠져든 것이며 나 자신의 마음이 겉으로 드러났을 리…… 없다, 고 딱 잘라 말할 수는 없다.

"……에, 에이~. 대본에 적힌 대로 연기했을 뿐이에요."

"……정말이야?"

마시로 선배는 캐묻는 듯한 눈길로 나를 응시했다.

으으, 의심받고 있는 게 분명해! 라이벌로 여겨지고 있어! 마시로 선배는 자기 본심이 옛 저녁에 들통났다는 걸 모르죠? 저는 마시로 선배가 선배를 좋아한다는 걸 알거든요? 그걸 지적했다간 바로 수라장 코스라고요!

저는 마시로 선배와 수라장 코스로 직행할 생각이 없다고요. 가능하면 미적지근~한 냉전 상태를 이어가고 싶어요!

그것보다 제 마음을 알아내서 뭘 어쩌려는 건데요? 이 상황에서 제가「예」라고 답하면, 마시로 선배도 곤란하잖아요?

저와 앞으로도 평범하게 친구로 지내는 건 어려워질걸요?

서로의 마음을 알게 되면 친구로 지내기 어려울 것이다.

아니, 어쩌면 내가 생각하는 『평범』과 일반적으로 사람들이 생각하는 『평범』은 다른 걸까.

나는 쭉 엄마 눈치를 보며 살아왔다. 엄마의 마음을 무시하면서까지 자기가 하고 싶은 일을 하자고는 생각하지 않으려 했다.

차라리 엄마의 마음을 눈곱만큼도 알지 못했다면……. 수도 없이 그렇게 생각했다.

무언가를 안다는 건 그만큼 부담스러운 일이라고요.

싸울 것인가, 아니면 자신이 포기할 것인가. 둘 중 하나를 선택할 수밖에 없잖아요.

그렇기에, 이 상황에서 「예」 라고 말할 수가 없고—.

"아하☆ 오호라~. 뭐~, 마시로 선배가 그렇게 생각하는 건 자유죠!"

"……아니라는, 거야?"

"아닐지도 모르고, 맞을지도 모른다. 그렇게만 말해둘게요. 그 이상은 소녀의 비밀이니까, 지금은 넘어가 주면 안 될까요? 마시로 선배~☆"

—「아니다」 하고 거짓말을 하지도 못했다.

자기가 생각해도 어중간하기 그지없었다. 하지만, 나는 이게 한계다.

이런 자신을 용서해달라는 마음을 담아, 마시로 선배의 얼굴을 힐끔 올려다보았다.

마시로 선배의 표정은 읽을 수가 없었다.

하지만…….

"응. ……알았어."

끄덕.

마시로 선배가 고개를 끄덕이는 모습을 본 순간, 어깨에서 힘이 빠졌다.

다행이다. 진짜로 싸움을 시작하게 됐다면, 같은 상상은 하고 싶지 않다. 아직 그럴 각오도 다지지 못했다.

선배가 꿈을 향해 전력을 달리는 동안은, 청춘과 연애를 전부 뒤로 미룬 동안은…….

이 미지근한 상황이 1초라도 더 이어지기를.

"전부터 물어보고 싶었지만, 기회가 없었어. 단둘이 있는 김에 물어본 거야. ……뜬금없이 그런 걸 물어서 미안해."

"아하하. 괜찮아요."

마시로 선배의 마음은, 알고 있으니까요. 정말, 무지막지하게 잘 알고 있으니까요.

친구이자, 사랑의 라이벌. 그 거리감이 얼마나 알기 힘든지는, 저도 자~~~알 알고 있으니까요.

뭐, 어쨌든 안심해도 될 것 같다. 일단 마시로 선배가 더 캐묻는 일은 없을 듯하니 말이다.

긴장의 끈이 약간 풀린 바로 그때, 나는 화들짝 놀랐다.

"아, 아차!!"

"……왜 그래?"

마시로 선배의 충격 발언에 의식이 전부 쏠린 바람에…….

현재, 가장 중요한 점을 망각하고 말았다.

"선배와 스미레 쌤이, 사라졌어요——!!!"

"뭐? ……아아아아아?!"

아까까지 러브러브 공간이었던 좌석이 텅 비어 있다는 사실을 안 나와 마시로 선배는 한목소리로 비명을 질렀다.

003 제3화 …… 담임 선생님이 나한테만 찌찌하다

그 후, 나는 스미레의 데이트 계획에 따라 다양한 가게에 들렀다.

서브컬처 계열 잡화점에서 눈을 반짝이며 시키부 모드가 된 스미레를 달랬다. 게임센터에 들러서 스티커사진에 도전했지만, 너무 꾸며서 순정만화 느낌의 눈이 되고 만 자신의 얼굴이 기분 나쁘다며 스미레가 투덜댔다. 조그마한 동물 액세서리를 보고 경박한 여고생 텐션을 흉내내며 「귀~여~워~♪」 하고 간드러진 목소리로 말한 스미레 때문에 내가 구역질을 할 뻔하기도 했다.

에피소드 하나하나는 문제가 많지만, 어쨌든 커플 느낌이 나는 시간을 보냈다.

그리고 현재, 나는 쇼핑센터의 서점을 혼자서 둘러보고 있었다.

스미레는 화장실에 갔다.

그동안 뭘 하면서 시간을 보낼지 생각하다 서점에 들어온 것을 보면, 나도 뿌리까지 엔터테인먼트에 물든 인간이다.

재미있어 보이는 신간이 없나 싶어서 라이트노벨과 문고 진열대를 둘러보던 나는 발견했다.

"아, 마키가이 나마코 선생님의……."

UZA문고 진열대의 눈높이(아이 라인)에 진열된 작품이 내 눈길을 사로잡았다.

붉은색과 흰색 같은 화려한 색상으로 꾸며진 표지가 대부분인 이 매장에서, 그 일대만은 운석이 떨어진 것처럼 칠흑색을 띠고 있었다. 그러면서도 요사한 매력을 뿜으며 존재감을 자아내고 있었다.

서점원의 수제 추천 POP가 붙어 있으며, 유명인과 저명한 작가, 편집부 직원과 평론가의 코멘트까지 달려 있었다. 마치 작품을 향한 기대의 크기가 눈에 보이는 것만 같았다.

하지만 그런 POP들은 반쯤 뜯어진 상태였으며, 이 코너가 한동안 방치되어 있었다는 것을 한눈에 알 수 있었다.

"『백설 공주의 복수 교실』…… 그러고 보니, 신간이 안 나왔네."

그것은 베스트셀러 작가인 마키가이 나마코의 데뷔작이자 대표작이다. 시리즈 누계 300만부가 넘는 몬스터 히트작이지만, 요즘 들어 간행 페이스가 느려진 탓인지 한창 인기 있던 시기에 비해 열기가 약간 식은 듯한 인상이었다.

—《5층 동맹》 활동 탓, 일까.

소설 집필이 얼마나 어려운지는 나도 모른다. 『검은 새끼 염소가 우는 밤에』의 시나리오 집필과 소설 집필을 양립할 수 있다는 그의 말을 믿고 의뢰했지만, 어쩌면 무리하고 있는 게 아닐까.

그 사람, 언행은 어른스럽기는 해도 자존심이 셀 뿐만 아니라 한 고집 하잖아.

스케줄 때문에 힘들다고 말하면 신경 써 주겠지만, 「마감을 늘려달라」며 고개를 숙이는 것을 그의 긍지가 용납하지 않는 걸지도 모른다.

이대로 신간이 나오지 않는다면, 내 쪽에서 마감을 늘려 주는 것도 검토하도록 하자.

"……."

거기까지 생각했을 때, 문뜩 묘한 불안이 가슴 속을 할퀴고 지나갔다.

그것은 뚜껑을 덮어놨던 감정. 못 본 척해온 개념. 《5층 동맹》의 강점이자, 최대 약점이기도 한 요소. 그것이, 천천히 고개를 쳐들고 있다…….

"기다리게 해서 미안해, 달링~♡"

"그러니까 그 멍청해 보이는 연기 좀 안 하면 안 돼요? 진짜로 멍청한 걸지도 모르겠지만요."

"어쩔 수 없잖아. 커플=멍청이란 이미지인걸. 커플인 척하려니 자연스럽게 이렇게 되네."

"완전 편견 덩어리네요. 뭐, 이해가 안 되는 건 아니지만요."

아까까지 가슴 속에서 고개를 쳐들던 감정이 전부 사라졌다.

노리고 그런 거라면 스미레를 다시 보겠지만…… 응. 그럴

리가 없어.

"자, 가자. 달링~♡"

"자, 잡아당기지 마세요. 그리고 이러지도 말라고요."

"후후후. 이로하의 마음이 왠지 이해될 것 같아."

"예?"

"오오보시 군이 질색하는 모습은 불가사의하게도 귀엽게 느껴지거든. 입가가 절로 히죽거리네."

스미레는 우후후 하고 웃음을 흘렸다.

색기가 물씬 느껴지는 여교사의 단아한 미소를 보며, 맞잡은 손을 통해 상대방의 온기가 느껴지자, 몸속 깊은 곳이 화끈 달아올랐다.

……구, 굴욕이야. 상대는 무라사키 시키부 선생님이라고.

자신이 성적으로 동요했다는 것을 느꼈지만 딱히 잘못을 저지른 것도 아닌 스미레에게 화를 낼 수도 없었기에, 결국 나는 그녀에게 질질 끌려갈 수밖에 없었다.

그리하여 우리가 도착한 곳은 쇼핑센터 2층에 있는 수영복 전문점이다.

『PEACH&MELON』이란 간판이 걸린 이 가게는 여성에게 인기 있는 수영복 브랜드점이다.

이곳에는 섹시한 엉덩이와 매혹적인 가슴이 강조된 포스터, 팸플릿, 마네킹들이 줄지어 있었다.

나 같은 남성에게는 여러 의미에서 거북한 공간이지만, 이 가게는 퇴폐적인 의미에서 풍만한 엉덩이 및 가슴을 강조하고 있는 건 아니다.

디자인은 귀엽지만, 완전 취향이지만, 자신에게 맞는 사이즈가 없다…….

가슴이 큰, 컵이 굉장한 여성의 그런 고민에 부응해, 어떤 사이즈라도 손에 넣을 수 있도록. 그런 소망을 담아 만든 브랜드라고, 창업자는 WEB의 기사를 통해 말했다.

이 동네에서 꽤 성황 중인 것을 보면, 가슴이 커서 고민인 여성은 의외로 많은 걸지도 모르겠다.

가게 안에서는 육감적인 몸매를 지닌 젊은 여성들이 즐겁게 쇼핑을 하고 있었다.

이 공간 전체에 좋은 향기가 감돌고 있는 것만 같았다. 게다가 진열된 물품도 문제다. 자타공인 동정남인 나는 눈 둘 곳이 없어 곤란할 지경이었다.

"저기, 오오보시 군."

"예?"

"중대한 사태가 발생했어."

스미레는 아름다운 눈을 가늘게 뜨더니, 총명한 쿨뷰티다운 태도로 말했다.

"매장이 너무 에로틱해서 코피가 날 것

같아."
"네가 무슨 동정이냐."

쓸데없이 지성미 넘치는 표정을 지으며 멍청한 소리 하지 마.

미인 여교사를 동경하는 우리 반 남학생들의 꿈을 일격에 박살내고도 남을 발언이라고.

"멋진 수영복을 사본 적이 없어서 몰랐어. 이렇게 에로틱한 장소가 공공장소에 버젓이 존재하는구나."

"에로가 목적인 가게가 아니라고요. 그리고 왜 남자 관점에서 둘러보는 거예요?"

"에로 앞에는 남자도 여자도 없어! 아아, 어쩌지! 여기서 사진 찍었다간 큰일나겠지?!"

"큰일나는 정도가 아니라 바로 프리즌 행이라고, 바보야."

이제까지는 어찌어찌 버텼지만, 결국 존댓말을 관두고 말았다.

젊고 예쁜 여성이 잔뜩 있는 수영복 매장이란 환경 탓에, 봉인되어 있던 무라사키 시키부 선생님이 눈뜨고 만 것 같았다.

"사람이 아니라 수영복을 보라고. 알리바이 삼아 쇼핑 중인 모습을 사진 찍어서 가족에게 보여줄 거라며?"

"맞다, 그러려고 왔지! —그럼, 일단 이걸로 할래."

스미레는 화들짝 놀라며 근처에 있던 수영복을 쥐더니,

옷 바구니에 넣었다.

방금 대충 골랐지? 수영복은 쳐다보지도 않았지? 근처에 있던 누님들을 쳐다봤지?

딴죽을 걸다가 지칠 것 같아서, 말하지는 않았다.

"진짜로 이걸로 괜찮겠어? 일단 입어보는 게 좋지 않을까?"

"왜?"

"아니, 사이즈가 맞지 않거나 어울리지 않을지도 모르잖아."

"아, 그럴지도 모르겠네. 수영복 사보지를 않아서 거기까지는 생각이 안 미쳤어……."

"평범한 옷을 살 때도 보통 입어보기는 하잖아?"

"안 해. 나, 옷은 인터넷 쇼핑으로만 사거든."

"아~."

왠지 납득이 됐다.

그러고 보니 아침에 쓰레기를 버리러 갔다가, 스미레가 대량의 종이 상자를 버리는 모습을 본 적이 있다.

종이 상자가 왜 그렇게 많은 건지 물어보니, 매 끼니는 배달로 해결하고, 술과 일용품도 전부 인터넷으로 구매하기 때문에 종이 상자가 많이 생긴다고 말했었다.

오호라. 예전의 마시로와는 다르지만, 스미레도 일종의 은둔형 외톨이 같은 생활을 하는 건가.

하긴, 그럴 만도 해. 일할 때 이외의 시간을 전부 일러스트에 할애하지 않는다면, 무라사키 시키부 선생님의 생산량을 소화할 수 없을 테니 말이다.

마감을 툭하면 어기기는 하지만, 그녀가 한 해에 완성하는 일러스트의 양은 적지 않다.

“매장에서 점원이 내 치수를 재는 게 영 별로거든.”

“프로가 재주면 사이즈나 길이가 안 맞아서 반품하는 사태가 적을 것 같은데 말이야.”

“그래도 나는 싫어. 『이 여자, 뚱뚱하네』, 『영양분이 가슴에만 가나 봐』 하고 속으로 생각할 게 틀림없거든!!”

“그건 피해망상이라고.”

아무도 너 개인한테는 관심 없단 말이다.

“됐~어~. 실제로 어떤지를 떠나 내 기분 문제인걸!”

“그렇다면 부정을 못 하겠네.”

뭐, 그건 그렇고…….

“기왕 가게에 왔으니, 한번 입어보는 게 어때? —올해는 바다에 갈 거잖아?”

“어, 갈 거야?”

“안 갈 생각이었어? 그럼 왜 수영복 구매 이벤트를 짠 건데?”

“커플 느낌이 나잖아!”

“너, 거짓말에 신빙성을 더하려고 입을 예정도 없는 수영복을 사러 온 거냐…….”

맙소사. 사회인의 재력은 어마어마한걸.

교사로서의 안정적 수입과 일러스트레이터의 수입이 더해

져서 어마어마한가 보네.

"나는 《5층 동맹》 전원과 함께 바다에 가려는 건 줄 알았어."

"뭐, 정말?! 재미있을 것 같아!"

내가 그렇게 말하자, 스미레는 뜻밖에도 관심을 보였다.

"마키가이 나마코 선생님과 OZ와 AKI— 남자들의 꺄아~ 꺄아~ 우후후~ 한 수영 팬츠 축제…… 끝내주네!!!"

"발칙한 상상 하지 마, 바보야. 나마코 선생님이 와줄지는 모른다고."

"기왕이면 이로하와 마시로한테도 같이 가자고 하자! 미소녀들의 수영복으로 눈 보양을…… 후후, 후후후후. 나만의 파라다이스네!! 내 차 타고 가자!!"

"리얼에서도, 2차원에서도 남녀 가리지 않고 즐길 수 있는 거냐. 성적 취향 한 번 끝내주네……."

눈을 반짝이며 화려한 핸들 조작을 선보이는 스미레를 본 나는 어이가 없어서 한숨을 내쉬었다.

"뭐, 아무튼 올해는 바다에 갈 거야. 수영복을 입어보고 와."

"으음~. 뭐, 그렇다면야…… 앗, 흐음~♪"

"……왜 히죽거리는 거야?"

"오오보시 군, 혹시 내 수영복 차림을 보고 싶은 거야? 귀여운 구석도 있네~♪"

"시끄러워. 빨리 가봐."

놀리는 듯한 소리를 늘어놓은 이 여교사가 내 볼을 손가락으로 찔러댔다.

이 구제불능 여자를『여자』로 느꼈다는 사실이 매우 열 받지만, 방금 말을 듣고 미인 여교사의 수영복 자태를 상상한 나 또한 어쩔 수 없는『남자』다. 고개를 돌린 채 탈의실 방향을 향해 스미레의 등을 미는 게 한계였다.

“참~♪ 수영복 아이돌 못지않은 육체미를 감상하고 싶더라도, 커튼을 걷으면 안 돼. 검은 옷 입은 사람들이 억지로 먹인 약 때문에 초등학생 시절로 되돌아간 후라면 대환영이지만 말이야!”

“그런 일은 안 일어나거든?”

모 장수 히트 만화의 설정을 이용한 망언, 아니, 쇼타 발언을 남긴 후, 스미레는 손에 든 수영복을 흔들어대며 탈의실 안으로 들어갔다.

나는 그 후로 할 일이 없었지만, 스미레가 들어간 탈의실 앞에서 꼼짝도 하지 않았다.

사진을 찍으라며 스미레가 아까 건네줬던 스마트폰의 배터리는 바닥나기 직전이었다.

통신 수단으로서는 불안하기 짝이 없는 상황이며, 함부로 가게를 나섰다간 연락을 취할 방법이 없어진다. 애초에 수영복을 갈아입는 데는 몇 분 걸리지도 않으니, 그 동안 가게 밖으로 나가 있는 것도 이상하다.

하지만 수영복을 사러 온 젊은 여성 손님으로 북적이는

가게 안을 돌아다니는 것도 좀 그랬다.

그 결과, 탈의실 앞에서 대기할 수밖에 없었다.

정장을 벗는 소리가 탈의실에서 들려올 때마다, 커튼 너머에 있는 스미레가 알몸이 되어가고 있다는 생각이 든 나는 고개를 쳐들려 하는 사념(邪念)을 필사적으로 억눌렀다.

상대는 스미레야. 무라사키 시키부 선생님이라고. 조금, 아니, 상당한 미인이기는 해. 그래도 내면에 문제가 많은 저 사람을 상대로 흥분한다는 게 말이 되냐고.

남자라면 누구나 미인에게 약할 거란 착각을 버려.

"남자라면 누구나 자네 같은 미인을 내버려 두지 않겠지. 자네 같은 여성이 이렇게 매혹적인 수영복을 입는다니, 걱정이 엄습하는걸."

"……읏?!"

내 생각을 부정하는 듯한 말이 들려오자, 나는 그 자리에서 얼어붙었다.

하지만 내가 긴장한 이유는, 그 발언의 내용 때문이 아니었다.

방금 발언을 한 인물의 **목소리** 때문이다.

—잠깐만 있어 봐. 왜야. 어떻게 된 거냐고. 왜, 왜 이런 곳에……!

"무슨 소리를 하는 거예요, 댄디한 아저씨. 아무한테나 그런 말을 하고 다니는 거예요?"

"너무한걸. 나는 이래 봬도 거짓말을 못하는 남자야. 나, 츠키노모리 마코토의 입은 진실만을 말하는 거울이나 다름없지."

츠키노모리 마코토. 허니플레이스 워크스 대표이사 사장이자, 내 삼촌. 그리고 마시로의 아버지.

마시로가 졸업할 때까지 내가 가짜 남친 행세를 해준다는 조건으로 《5층 동맹》 멤버의 취직을 약속해준, 나의 현재 최유력 커넥션.

츠키노모리 사장은 매우 바쁜 사람이다. 그런 인물이 왜 쇼핑센터의 수영복 전문점에서 처음 보는 여성과 애정 행각을 벌이고 있는 거지?!

"거울아, 거울아의 그 거울인가요? 후훗, 그럼 이 세상에서 가장 아름다운 사람은 누구죠?"

"—물론 자네야."

"아하하! 웃겨라. 아저씨는 참 재미있는 사람이네요."

여성은 환하게 웃으면서 츠키노모리 사장의 몸을 가볍게 터치했다. 아무래도 꽤 친밀한 사이 같았다.

사장은 최근에 어느 패밀리 레스토랑의 웨이트리스를 헌팅해서 함께 멋진 밤을 보낸 것으로 아는데…… 내가 기억하는 그녀와, 지금 꽁냥 거리고 있는 여성은 달랐다.

어떻게 된 건지 알겠다. 저 망할 사장이 또 일을 벌인 것이다.

이 여성은 키와 체격 및 얼굴 생김새가 일전의 웨이트리스와 비슷하지만, 말투와 행동거지, 그리고 화장 방식은 명백하게 달랐다.

츠키노모리 사장이 골라서 헌팅했을 테니 타입 자체는 비슷한 게 당연했다. 즉, 겉모습과 얼굴만으로 여자를 골라 타깃을 삼고 있는 것이다. 저 인간의 쓰레기 레벨이 급상승하는 정보다.

마시로의 어머니를 마지막으로 본 것은 초등학생 때라서 똑똑히 기억하지는 못하지만, 마시로의 DNA의 원천이니 엄청난 미인일 것이다.

그런 아내를 두고도 저렇게 바람을 피워대는 츠키노모리 사장의 마음을 이해할 수가 없었다. 아니, 아내가 NOT 미인이라도 저런 짓을 하면 안 되겠지만 말이다. 아무튼 나는 저렇게 되지 말자는 반면교사로 삼고 싶은 레벨이다. 내가 저렇게까지 여성에게 인기가 있을 리 없으니 괜찮겠지만 말이다. ……젠장. 괜한 소리 늘어놓지 말자.

"……아, 이럴 때가 아니지. 큰일났네……!"

저 두 사람이 꽁냥 대면서 서서히 다가오고 있었다. 여성이 수영복 여러 벌을 손에 쥐고 있는 것을 보면, 탈의실로 향하는 게 뻔했다.

지금 내가 여기 있다는 사실을 들키면 곤란하다.

미인 여교사와 단둘이서 사이좋게 수영복을 사러 왔다—제삼자가 본다면, 이것은 명백한 데이트다.

취직을 시켜주는 조건으로 마시로의 가짜 남친 행세를 한다는 계약을 맺었지만, 거기에는 대전제가 되는 조건이 존재한다.

그것은 바로— 나에게 애인이 없을 것, 이다.

마시로와의 관계에 신빙성을 더하기 위해서일지도 모르지만, 리얼충 학생에 대한 반감이 강한 츠키노모리 사장은 사적인 원한 때문에 그런 조건을 제시했을 것이다.

자기는 여러 미녀와 건드리고 다니면서 말이다. 뭐, 인간의 감정에 불평불만을 한다고 해서 바뀔 리도 만무하다.

"우와, 장난 아니네. 디자인을 보고 무시무시할 것 같긴 했는데, 입어보니 예상을 초월해. 저기, 오오보시 군도 볼래? 흥분해서 코피를 쏟을지도 몰라!"

"바보…… 말 걸지 마……."

"에이, 괜찮잖아. 아는 사람 귀에 들어갈 리도 없는걸. 기왕 쇼핑할 거면 이야기를 나누며 즐기는 게 좋잖아."

"그렇긴 한데, 아는 사람 귀에 들어갈……?!"

내 시야 가장자리에 비친 츠키노모리 사장이 뭔가를 눈치챈 듯한 표정을 지었다.

큰일났다. 돌아볼 것이다. 그렇게 느낀 순간, 나는 반사적으로 결단을 내렸다.

"어? ……뭐야?!"

나는 허둥지둥 탈의실 커튼 안으로 뛰어 들어갔다.

눈을 동그랗게 뜬 스미레의 입을 손으로 막은 후, 쉬~ 하고 낮은 목소리로 말했다.

스미레는 몇 번이나 고개를 끄덕였다. 하지만 나는 바로 손을 떼지는 않은 채, 탈의실 밖의 목소리에 귀를 기울였다.

"으음, 기분 탓인가."

"아저씨, 왜 그래?"

"아, 방금 아는 사람의 목소리가 들린 것 같았거든. 이런 섹시~한 여성용 가게에 올 애가 아닌데 말이지."

역시 들킬 뻔했던 것 같았다. 누군가를 찾는 듯한 츠키노모리 사장의 목소리가 들렸다.

큰일날 뻔했네. 진짜로 위험했어.

"……어머, 나 말고 다른 애도 노리고 있는 거야?"

"어이, 너무한걸. 그런 게 아냐. 내가 자네에게 얼마나 빠져 있는지 모르는 것 같군. ―지금 이 자리에서 증명해줄까?"

"어떻게 말이야? ……아앙♡"

"마침 적당한 공간이 있군. 같이 들어가지."

"잠깐만. 이런 데서…… 다른 손님에게 들리면……."

"나쁜 짓을 한다는 그 비도덕적인 느낌이 기분을 고조시켜주는 법이지. 정 부끄럽다면 열심히 참아보지 그래?"

"정말……♡"

옆 탈의실에 사람이 들어오는 목소리, 그리고 얼마나 끈적한 사이인지 바로 알 수 있을 듯한 신음이 들려왔다.

―저 인간들, 지금 뭐 하는 거야?! 설마 너, 너, 너어어어어어어어!!

공공장소에서! 당당히! 그러지 말고 해질 시간이니까 호텔이라도 가서 하라고!

"으응…… 하앙……♡"

아아아아아아아아아, 지금 말끝에 하트 마크가 달렸어! 에로 게임 텍스트가 됐다고!

작작 좀 하라고 망할 사장아. 뭐가 아쉬워서 친척 아저씨의 러브 신 사운드를 들어야만 하는 거냐고. 경찰에 신고해서 체포당하게 하는 편이 삼촌을 위하는 행동 아닐까?

에로 게임 텍스트 같은 대사가 벽 너머에서 들려오기 때문인지, 여성의 음란한 기척이 매우 가깝게 느껴졌다.

안타까운 헐떡거림이 귓가에서 들려오는 듯한 환청에 사로잡힌 나는 고개를 세차게 저었다.

"오오, 호이, 운 …… 나아……."

손바닥에서 간지러운 느낌이 들었다. 게다가 「오오보시 군」이라고 불린 듯한 환청까지― 잠깐만. 이건 환청이나 망상이라기에는 너무 리얼하잖아.

혼란에 빠진 머릿속이 정리되자, 뒤늦게 뇌가 현재 상황을 정확하게 인식하기 시작했다.

열여섯 살, 사춘기 남자 고등학생인 오오보시 아키테루가, 탈의실 안으로 침입해서 여교사인 카게이시 스미레의 입을 손으로 막고 있다는 극히 객관적인 구도가 파악된 것이다.

완전 범죄네요. 정말 감사합니다. 게다가 완전 범죄와는 동떨어져 있을 만큼 계획성이 없는 탓에 변명 불가능, 체포 가능성이 농후한 시추에이션이다.

"미, 미안해. 하지만 어쩔 수 없었어. ……이해하지?"

"……(끄덕끄덕)"

옆 탈의실에 들리지 않도록 목소리를 낮춰서 그렇게 말하자, 울먹거리는 스미레가 겁먹은 동물처럼 순순히 고개를 끄덕였다.

"그럼 손을 떼겠어. 하지만, 절대 큰 소리는 내지 마."

"……푸핫. 하아, 하아…… 가, 갑자기, 왜 이러는 거야?"

"츠키노모리 사장이 손님으로 왔어. 예의 그 허니플레 사장 말이야."

"마시로의 아버지 말이구나. 가짜 애인 계약을 제시했다는……."

"응. 그 전제조건은 『나한테 애인이 없을 것』이었거든. 그래서 이 현장을 목격당하면 여러모로 위험해."

"아하, 그래서……. 오오보시 군이 욕정에 사로잡힌 줄 알았다니깐."

"욕정……."

성인 소설에서나 볼 법한 단어다.

자신의 정조가 위험해 처했을 때도 남자 관점에서 살피는 감성은 대단하다고 생각하지만, 그런 스미레도 생물학적으로는 여자로 분류된다. 나의 갑작스러운 행동 때문에 불안에 사로잡힌 게 틀림없다. 나는 고개를 숙이며 사과의 말을 입에 담았다.

"정말 미안해. 나중에 어떤 식으로든 보상할게."

"그, 그래? 으음, 그럼 아래쪽을 너무 쳐다보지 말아줬으면 좋겠는데."

"응?"

그 말을 듣고서야 눈치챘다.

사과하려고 고개를 숙인 바람에 PEACH&MELON이 눈에 확 들어왔다.

평소 정장 혹은 체육복에 감싸여 있던 속살이 아낌없이 드러나 있었다. 새하얀 복숭아처럼 매끄럽고 탄력적인 엉덩이, 그리고 참외처럼 절대적인 존재감을 뽐내고 있는 가슴. 그것을 검은색 비키니가 갑갑한 느낌으로 감싸고 있었다. 피부 색깔과의 조화가 눈부실 정도였다.

육감적이기 그지없는 그 육체를 양손으로 감싼 스미레가 부끄러워하는 처녀처럼 몸을 배배 꼬고 있었다. 그 모습을 보자, 나는 골수까지 뜨겁게 달아오르는 것만 같았다.

“거, 거듭 미안해.”

“괘, 괜찮아. 피치 못할 이유가 있는걸. 어쩔 수 없어.”

내가 눈을 돌리며 사과하자, 스미레도 차분한 어조로 그렇게 대꾸했다. 이 상황에서 비명을 지르거나 과도하게 부끄러워하지 않는 걸 보면 역시 어른이다.

평소 수치심 같은 건 없는 듯한 발언을 하는 스미레가 이렇게 부끄러워하는 것이 의외지만, 이해가 안 되는 건 아니다. 제삼자나 애니 캐릭터를 성적인 눈길로 바라보는 것과 자기 자신이 그 대상이 되는 건 감각적으로 명백히 다르니 말이다.

이대로 있는 건 여러모로 좋지 않다. 츠키노모리 사장이 외도 상대와 즐기는 사이에 탈의실에서 탈출하자고 생각한 나는 커튼을 향해 손을 뻗었다.

“아앙♪ 커튼이 벌어졌어. 밖에서 보일 거야~.”

“후후. 이러면 더 스릴이 있어서 좋지 않아?”

“정말♡ 들켜서 수갑 차게 되어도 나는 몰라~.”

—나갈 수가 없어.

하필이면 커튼도 제대로 치지 않고 즐기는 중인 것 같았다.

“잠시만 더, 이대로…… 같은 상황이네.”

“응…….”

스미레가 나를 올려다보며 그렇게 말했다. 그러자 나도 고개를 끄덕일 수밖에 없었다.

"……."

"하응…… 으으……."

침묵이 흘렀다. 스미레가 토하는 뜨거운 숨결이 크게 느껴졌다.

야하기 그지없는 수영복을 입은 여교사와 좁은 공간에서 단둘이 있다.

서로의 온기와 체취마저 의식하게 될 정도로 밀접한 상태다.

교실에서 때때로 나에게 말을 걸어오는, 스미레를 노리는 근육 페티시즘 남학생이 봤다면 그 자리에서 죽을지도 모르는 상태다.

게다가 옆 탈의실에 있는 커플의 열기는 더욱 고조되고 있었다.

"으응, 하아♡ 손가락 놀림이 끝내줘. 마치 나라는 악기를 연주하는 법을 잘 아는 것 같아."

"훗훗훗. 나는 밤의 피아니스트라고 불리거든."

"말은 그러지만, 실은 아내 말고는 알지 못하잖아. **같은 방식으로 조율했더니, 우연히 나와도 상성이 좋았을 뿐인 거 아냐?**"

"……! 호, 호오, 말 한번 잘하는걸. 그럼 서비스 정신을 발휘해보도록 할까. 왈츠를 연주해주지."

—자, 이번에는 성인 소설입니다! 에로 게임 텍스트 다음은 성인 소설입니다!

여자의 몸을 악기에 비유하는 대사를 현실에서 늘어놓는 사람이 진짜로 있구나. 오늘은 내 상식이 몇 번이나 뒤집히는걸.

일단 삼촌은 서비스 정신보다 준법정신에 입각해달라고.

그런 내 바람과는 달리 옆 탈의실에서의 러브 신은 언덕길을 굴러 내려가듯 가속되고 있었으며, 그에 따라 내 이성은 인정사정없이 깎여 나갔다.

"하아…… 하아…… 으응…… 아……."

스미레의 호흡이 거칠어졌다.

그녀를 힐끔 쳐다보니, 가는 머리카락 사이로 보이는 귓가가 희미하게 달아올라 있었다.

흥분, 한 걸까?

무리도 아니다. 나도 타인의 핑크빛 분위기 공간과 눈앞의 에로 보디의 합체기 탓에, 아까부터 남자 특유의 생리적 반응이 발동되고 있다.

그런데 스미레도 마찬가지인 건가.

동정 여자 혹은 구제 불능 쇼타콤 교사라고 여기며 일반적인 우와는 다른 카테고리로 인식해왔는데, 이래서야 평범한 여자나 다름없다…….

"하아, 하아…… 나, 더는 무리야……. 참을 수, 없어……."

"스, 스미레, 선생님……?"

"오오보시, 군. 부탁이야. 내 말 좀, 들어봐."

"……윽! ……왜, 왜 그래요?"

나는 마른 침을 삼켰다.

이건, 이 전개는, 설마…….

『우리도 하자. 응?』

이런 스타일의 이벤트 아닐까?

나이스! 하며 이 상황에서 순순히 기뻐할 정도로 내 정신 상태는 엉망이지 않다.

하지만 이 핑크빛 공간과 흥분 상태 속에서 그녀의 유혹을 견뎌낼 자신이 있느냐면, 나는 YES라고 말할 자신이 없다. 이대로 분위기에 휩쓸린다면 츠키노모리 사장과 마찬가지로 쓰레기 인간의 길을 나아가게 된다. 그것만은 피해야 한다. 가슴속의 저울에 이성과 욕망의 무게추가 초고속으로 덜컹거리며 시소 같은 움직임을 보였다.

그리고, 스미레는 말했다.

"옆 탈의실의 여자, 죽여주게 에로틱하지 않아?"

"고마워. 평소와 다름없는 너로 있어 줘서, 정말 고마워."

치밀어 오르던 흥분이 순식간에 가라앉았다. 솔직히 말하자면, 꽤 마음이 놓였다.

억지로 흥분 당해 짝짓기를 하는 동물도 기분은 좋지 않을 거란 사실을 깨닫게 해주는, 귀중한 체험이다.

"왜 고마워하는 건지 모르겠네. ……아, 맞다. 옆 탈의실의 사람 말이야. 말만 들으면 당하는 입장 같다고나 할까, 츠키노모리 사장에게 능욕당하고 있는 것 같지만 여유가 있다고나 할까, 오히려 묘하게 부추기고 있는 것 같아. 그러면서 자기가 유린당하는 걸 즐기기만 하는 게 참 모에해. 그리고 사장 쪽도 능욕하는 듯 하면서 시종일관 리드를 당하는 걸 보면, 실은 M 아닐까?! 미리 말을 맞춰두고 플레이하는 것 같지도 않은데, 궁합이 완벽하게 맞는 게 정말……!!"

흥분을 억누를 수가 없는 듯한 스미레가 작은 목소리로 옆 탈의실에 있는 남녀의 커플링 분석을 시작했다. 하악하악 하고 거친 숨을 내쉬면서, 얼굴이 벌게진 채 벽에 귀를 대고 있었다.

"……그쪽 흥분이라 다행이야. 나 때문에 흥분한 거면 어쩌나 했다고."

"아~, 나도 처음에는 화들짝 놀랐어~. 가슴이 이상하게 뛰는데, 쇼타도 아닌 아키테루 님 상대로 욕정할 리도 없잖아. 그래도 흥분의 정체를 깨달아서 한숨 돌렸네."

"욕정할 리가 없다고 딱 잘라 말하니, 남자로서 좀 슬프거든?"

"열 살만 더 젊었다면 타깃으로 삼아도 괜찮았을 거야."

"나는 왜 연상의 여성한테 그딴 소리를 듣고 있는 거지?"

보통은 반대잖아. 요즘은 여성에게 과도한 젊음을 요구하는 발언도 도태되니, 그 보통이란 가치관도 좀 수상쩍기는 하지만 말이야.

아무튼, 스미레가 여전히 스미레라 다행이다. 진짜로 말이다.

안 그래도 마시로의 공세로 《5층 동맹》의 균형이 흐트러질 뻔한 바람에, 그 녀석의 고백을 거절하면서까지 현상 유지를 선택한 것이다. 무라사키 시키부 선생님 따위의 유혹으로 팀이 공중 분해된다면 헛웃음도 안 날 것이다.

그 후로 나는 이 고문 같은 시간이 언제까지 이어질까 싶어 전전긍긍했지만, 뜻밖에도 기회는 빨리 찾아왔다.

그거 말이야, 그거. 남녀가 그렇고 그런 짓을 하다 보면 흥분의 절정을 맞이하는 순간이 있잖아?

구체적으로 표현할 수 없는 그 순간을 노려, 어찌어찌 탈의실에서 탈출했다.

벗어나는 순간에는 진짜로 마음을 졸였다고.

아니, 나는 왜 이렇게 리얼한 탈출 게임을 체험하고 있는 거냔 말이야.

—뭐, 이 체험은 『검은 새끼 염소』의 아이디어로 활용하도록 할까.

*

"어머♪"

"이런 데서 단둘이 뭘 하는 거야?"

『PEACH&MELON』에서 멋지게 이탈한 후, 옷 갈아입기와 쇼핑을 마친 스미레와 합류한 나는 그녀와 함께 에스컬레이터로 1층으로 내려갔다가 낯익은 녀석들과 딱 마주쳤다.

"아키……."

"아, 아하하~."

마시로와 이로하다.

정면에서 딱 마주쳐서 놀란 듯한 마시로는 눈을 치켜떴고, 이로하는 고개를 돌린 채 얼버무리듯 웃음을 흘렸다.

쇼핑센터 안을 헐레벌떡 뛰어다니기라도 한 걸까? 두 사람 다 이마에 땀방울이 송골송골 맺혀 있었다.

"겨우 찾았어. 방금까지 엄청 찾아다녔— 우읍!"

"이야~. 이런 데서 선배를 다 보네요! 마시로 선배와 단둘이서 방과 후에 타피오카 한 잔 했거든요. 설마 선배와 선생님도 여기 있을 줄은 몰랐네요~. 이야~, 이런 우연도 다 있네~."

무슨 말을 하려던 마시로의 입을 막은 이로하가 뻔뻔한 어조로 그렇게 말했다. 타피오카 한 잔? 너희가 퇴근길 회사원이냐.

그것보다 이 느낌은…….

"너희들, 우리를 미행한 거지?"

"""……윽!!"""

뜨끔! 이로하와 마시로는 동시에 움찔했다.

너희는 반응이 정말 알기 쉽다고.

"정말…… 몰래 훔쳐보는 건 좀 그렇지 않아? 나중에 놀릴 때 써먹으려고 그런 것 같은데, 딱히 특별한 일은—."

나는 도중에 말을 멈췄다.

그러고 보니 특별한 일이 있었다. 그것도 남들 앞에서 절대 말할 수 없는 일이다.

"—너희들, 뭘 어디까지 봤어?"

"어. 그 질문은 어떤 의미죠?! 저희가 보면 안 될 일이라도 했나요?!"

눈빛이 달라진 이로하가 그렇게 외쳤다. 나무를 오르려 하는 고양이처럼 내 몸을 잡아당기며 추궁했다.

아차, 자기 무덤을 판 건가.

반응을 보아하니 아무래도 『PEACH&MELON』에서의 일은 목격하지 못한 것 같았다.

"아키…… 설명해봐. 답변에 따라선 마시로는 선생님을 제거해야만 해."

마시로는 검은색 크레파스로 덧칠한 것 같은 눈으로 쳐다보며 위협하듯 그렇게 말했다.

너무 무섭다.

"그, 그게…… 아무 일도, 없었, 어."

"방금 『어』 앞에 왜 뜸을 들인 거죠?! 소설이었다면 쉼표가 들어갔을 듯한 그 뜸은 뭔가요?! 그 뜸에 엄청 의미심장한 무언가가 담겨 있던 것처럼 느껴지거든요?! 용의자 선배, 자수하세요!! 명탐정 이로하 님에게 전부 털어놓으라고요!!"

"시끄럽네. 양심에 찔릴 만한 일은 없었다고! ……양심에 찔릴 만한 일은 말이야!"

"거짓말~! 방금처럼 도망갈 구멍을 만들어두는 발언을 한다는 건, 분명 다른 뜻이 있단 거잖아요. 선배, 아무 일도 없었다면 없었다고 딱 잘라 말하는 타입인걸요!"

"젠장, 나에 대해 되게 잘 아네. ……하지만 이 주장만은 해야겠어. 아무 일도 없었어. 문제 발생을 미연에 저지했다고!"

"날붙이, 밧줄, 불…… 어느 게 좋아?"

"마시로는 흉기 선정 좀 하지 마."

진짜로 무섭단 말이다.

"……아하♪"

카오스에 빠져 들려하는 분위기를, 환한 웃음소리가 날려버렸다.

나, 이로하, 마시로가 고개를 돌려보니, 스미레가 히죽히죽 웃고 있었다.

그녀는 양손을 벌려서 이로하와 마시로를 한꺼번에 끌어안더니, 두 사람과 볼을 비비면서…….

"오오보시 군을 빼앗아가지 않을 테니 걱정하지 마~! 오오보시 군은 두 사람 것이잖아!"

"저기, 나는 내 것인데……."

"닥쳐, 하렘 자식."
"맞아요, 맞아, 하렘 자식 선배!"
"죽어, 바람둥이 하렘 자식."
독설 3연발. 게다가 꽤 불명예스러운 호칭이었다.
확실히 현재 남자는 나 하나에 여자 셋이니 남들 눈에는 그렇게 보일지도 모른다.
하지만 나를 놀리는 게 보람인 치근덕녀와, 수영복 차림으로 밀실에 단둘이 갇혔는데도 플래그가 서지 않는 쇼타콤 여교사라고.
마시로만은 나를 좋아하는 것 같지만, 지금은 손이 많이 가는 사촌 이상의 감정을 느끼지 못하고 있다.
"그것보다, 아까 수영복을 사면서 이야기한 건데 말이야. 《5층 동맹》 플러스 5층 주민인 이로하와 마시로란 멤버로 바다에 안 갈래? 여름 방학이니까 일과 공부와 마감을 잊고 화끈하게 놀아보자!"
"방금, 은근슬쩍 중요한 걸 잊으려고 하지 않았어?"
"바다, 좋죠! 가능하면 불꽃 축제를 하는 곳으로 가요!"
"바다…… 마시로, 바다에는 깐깐해."
내 딴죽을 깔끔하게 무시한 이로하와 마시로가 눈을 반짝이며 그렇게 말했다.
"바다의 산물, 맛있어. 얕은 물가의 물고기, 해변의 게, 전부 귀여워."

"마시로 선배는 그런 걸 좋아하잖아요. 액세서리도 조개껍질을 모티브로 선호하고요."

"응. 몇 시간이든 멍하니 쳐다볼 수 있어."

게다가, 하고 말한 마시로는 볼을 붉히더니, 고개를 살짝 숙이며 말을 이었다.

"바다는 여름 방학 데이트의 왕도. 아키와 같이 간다면 참 기쁠 거야."

"저기, 마시로. 너 말이야. 우리는—."

"이 정도 발언은 해도 되지?"

—여친, 인걸.

나에게만 들릴 목소리로 그렇게 말한 마시로가 빙그레 웃자, 나는 반론을 할 수 없었다.

"……뭐, 계약의 범주를 벗어나진 않네."

"응. 앞으로도 여친의 권한을 팍팍 쓸 거야."

"으…… 응……."

가짜 커플인 것도, 나를 진짜로 좋아하게 된 것도, 이로하와 스미레에게 숨기고 있는 거지?

그런데 너무 가깝게 구는 것 아냐? 이 녀석, 요즘은 숨길 생각 자체가 없는 것 같네. 뭐, 이 두 사람은 알고 있으니 숨길 필요가 없긴 하지만 말이야.

"으으…… 마, 맞다. 스미레 쌤, 선생님이 수영복을 산 가게는 어디인가요?"

이로하가 갑자기 화제를 바꿨다.

"여기 2층에 있는 『PEACH&MELON』이야. 왜?"

"바다에 갈 거면, 저도 새 수영복을 살까 해서요. 기왕이면 같은 가게에서 살까 싶네요. 선배를 뇌쇄시킬 최강의 수영복을 살래요!"

"아, 그럼 마시로도 살래. 내가 가진 건 학교 지정 수영복뿐이야. ……수영 수업은 전부 불참하니까, 그것도 입어본 적이 없어."

"……윽!"

두 사람이 그렇게 말하자, 나는 뜨끔한 나머지 등골이 서늘해졌다.

"저, 저기, 그 가게에는 가지 말자. 지금 거기에 가면 안 돼."

왜냐하면 마시로의 아버지가 현재 진행형으로 익사이트하고 있을지도 모르는 것이다.

이미 거사를 마쳤을지도 모르지만, 그 가능성을 믿고 위험을 무릅쓸 필요는 없다.

"왜요? 거기는 평범한 가게잖아요?"

"영문을 모르겠네."

고개를 갸웃거리는 이로하와 마시로에게 어떻게 설명하면 좋을지 몰라서, 도움을 청하듯 스미레 쪽을 쳐다보았다.

무라사키 시키부 선생님, 당신도 뭐라고 말 좀 해봐.

그런 내 메시지가 전달된 건지, 스미레가 알았다는 듯이 고개를 끄덕였다.

"나도 한 마디할게. 이로하는 『PEACH&MELON』도 괜찮겠지만, 마시로에게 어울릴 수영복은 『CHERRY&BERRY』란 브랜드에 많이 있을 거야."

마시로는 영문을 모르겠다는 듯이 고개를 갸웃거렸다.

그런 그녀의 어깨를 두드려준 스미레는 새하얀 치아를 드러내며 엄지를 치켜들었다.

"걱정하지 마. 나는 마시로 정도의 사이즈도 좋아하거든!"

"뭐?"

아무래도 스미레는 내가 『PEACH&MELON』을 추천하지 않는 이유를 착각한 것 같았다. 무라사키 시키부 선생님, 당신은 진짜 너무한 사람이야.

"오오보시 군도 그렇게 생각하지?"

"저한테 동의를 구하지 마세요."

결국, 수영복은 나중에 각자 따로 사기로 한 우리는 귀가하기로 했다.

나중에 『PEACH&MELON』의 브랜드 전략을 인터넷으로 조사해서 안 마시로한테 죽도록 경멸 발언을 들었지만, 화내는 게 당연하기에 묵묵히 듣고만 있었다.

그 대신, 무라사키 시키부 선생님의 혈을 마구 눌러준 것은 말할 필요도 없을 것이다.

*

『이 하렘 자식.』

『오즈, 너마저…….』

『나는 어디까지나 수많은 이들의 목소리를 대변해줬을 뿐이야.』

『좀 봐줘. 내 주위에 몰려드는 건 하나같이 성가신—.』

『이 하렘 자식.』

『끄으윽.』

5층 동맹(4)

무라사키 시키부 선생님
바다에 갈 일정을 짜자!

OZ
갑작스럽네.

AKI
아까 바다에 가자는 이야기가 나왔어. 모처럼 여름이니 말이야.

OZ
그래. 바다에 가는구나. 노트북 컴퓨터에 모래가 들어가지 않을까?

AKI
놀러 갈 때는 컴퓨터 좀 두고 가…….

마키가이 나마코
재미있는 이야기인걸.

AKI
마키가이 선생님도 같이 안 갈래요? 아직 오프 모임을 한 적 없으니, 이 기회에 해요.

마키가이 나마코
좋아!

마키가이 나마코
라고 말하고 싶지만, 사양하지.

무라사키 시키부 선생님
어어어어? 왜야~? 바다거든? 청춘이거든? 수영복 미소녀거든?

마키가이 나마코
너, 청춘을 즐기는 타입이 아니잖아.

무라사키 시키부 선생님
그래서 더 이러는 거야. 학창 시절에 즐기지 못한 청춘을, 이제라도 즐겨야겠어!

OZ

확실히 요즘 그런 붐이 있긴 해요.

OZ

애니 영향으로, 오타쿠끼리 캠핑을 가거나 헬스장에 다니기도 하죠.

마키가이 나마코

뭐, 심정은 이해가 되네.

마키가이 나마코

그 애들도 참가하는 거지? 코히나타 이로하와 츠키노모리 마시로였나?

AKI

어, 제가 이야기했어요?

마키가이 나마코

말 안 해도 안다고~. 다들 그 애들을 소중히 여기잖아?

OZ

요즘 파티에도 매번 참가하고 말이야.

무라사키 시키부 선생님

그러니 오란 말이야~. 여고생의 수영복을 감상할 기회야!

마키가이 나마코

흥미 없어~.

마키가이 나마코

게다가 지금 마감 때문에 힘들거든…….

AKI

다음 책 말인가요?

마키가이 나마코

맞아. 요즘 이런저런 일이 있어서, 작업 페이스가 영 좋지 않거든.

AKI

저희 게임의 시나리오를 쓰느라 그런 거죠……?

마키가이 나마코

그렇긴 해.

마키가이 나마코

하지만 개의치 마. 내가 좋아서 쓰는 거니까 말이야.

마키가이 나마코

작업이 늦어진다고 AKI를 핑계삼지는 않을 테니 안심하라고.

AKI

스케줄 조정 정도는 가능해요. 힘들면 시나리오는 나중으로 미뤄도 괜찮아요.

마키가이 나마코

배려 땡큐. 뭐, 스케줄을 조정하지 않아도 되도록 노력해보겠어.

무라사키 시키부 선생님

마키가이 선생님은 참가하지 않는 거구나. 아쉽네.

무라사키 시키부 선생님

선생님 몫까지 바다 사진 왕창 찍어올게! 기대해!

OZ

악마네.

AKI

밥 테러가 아니라 여행 테러네요.

무라사키 시키부 선생님

안 오는 사람 잘못이야! 잠자코 당하도록 해!

마키가이 나마코

시키부만 차단해버려야지.

무라사키 시키부 선생님

왜?!

마키가이 나마코

ㅋㅋㅋ

마키가이 나마코

하아~, 진짜 마감 좀 어떻게든 해야겠는걸.

004 제4화 …… 선생님의 여동생이 나한테만 살의

방학식 날이 찾아왔다.

내일부터 여름 방학이라 그런지 조례 직전의 교실 안은 들뜬 분위기로 충만해 있었다.

어디어디에 놀러 가고 싶다, 남친 혹은 여친을 만들고 싶다, 타피오카 때리고 싶다, 같은 이야기를 시끄럽게 나누는 모습을 곁눈질하면서 나는 『검은 새끼 염소가 우는 밤에』의 할로윈 이벤트 기획 로드맵을 작성하고 있었다.

방학식 날도 평범한 하루와 다를 바 없다. 오히려 수업 없이 오전에 마치기 때문에 작업 시간이 짧아서 잘 됐다, 정도의 느낌만 있었다.

“너, 카게이시 선생님을 노리지? 데이트 신청해봐, 데이트.”

“미안한데, 올해 여름 방학은 헬스장에 틀어박혀 지낼 거야.”

“또냐?! 너, 요즘 운동만 죽어라 하네. 어깨에 4륜 구동차가 놓여 있는 것 같다고.”

“헤헷, 다음에는 대흉근을 공략해볼 거야. 수영복 입은 미녀도 좋지만, 비키니 차림의 근육녀도 끝내준다고.”

“그, 그래……. 뭐, 한번 생각해볼게.”

1학기에 내가 준 정보 덕분에 근육 페티시즘의 길을 걸으며 자기 자신도 순조롭게 근육 마니아가 되어가고 있는 클래스메이트의 목소리가 들리자, 나는 기분이 좋아졌다.

청춘을 빼앗아버린 듯한 느낌이 들지만, 또 다른 귀중한 무언가를 손에 넣은 것 같으니 다행이다.

고등학생 시절의 찰나와도 같은 청춘에 우왕좌왕하는 것보다, 훨씬 장래에 이득이 될 투자다.

본인이 바란 것인지는 알 수 없지만, 현재가 행복해 보이니 결과적으로 잘 된 거라고 생각한다.

“옆 마을의 시민 풀장은 여름 방학 동안 학생 무료래.”

“괜찮네! 가자! 다른 애한테도 말해볼까?”

“남자는 어때? ……코히나타한테 말해보는 거야!”

“뭐?! 자, 잠깐만, 왜 히죽거리는—.”

“저기~, 코히나타~. 다 같이 풀장에 갈 건데, 같이 안 갈래?”

“어, 나 말이야?”

높은 톤의 목소리로 대화를 나누던 여자애들이 오즈에게 다가갔다. 이름과 얼굴이 딱히 기억에 남아 있지 않은 여자 3인조다. 그 중 두 사람은 쾌활하고 적극적인 인상이며, 얌전한 타입인 남은 한 명이 오즈 앞에서 부끄러워하듯 고개를 숙이고 있었다.

그 태도를 보고 바로 눈치챘다.

얌전해 보이는 애가 오즈를 좋아하며, 다른 여자애들은 그 사랑을 응원해주고 있는 것이다.

교실에서 흔히 볼 수 있는 광경이다.

"여자들끼리 놀러 가는 건데, 내가 끼면 폐가 되지 않을까?"

"괜찮아, 괜찮아. 코히나타라면 프리패스야."

"다른 남자는 사양이지만 말이야~. 코히나타는 엉큼한 눈길로 우리를 쳐다보지도 않을 거잖아."

"이 반의 왕자인걸! 안 그래?"

"으, 응. 정말 멋지고…… 상냥해……. 같이 놀면, 기쁠 것 같아."

"고마워. 그렇게 말해주니 나도 기뻐."

"그럼—."

"하지만 미안해. 이번 여름 방학은 가족 여행과 학원 수업 일정으로 꽉 차 있거든."

고풍스러운 성에서 다도를 즐기는 귀족을 연상케 하는 부드러운 미소, 그리고 넘어선 안 되는 벽을 무의식적으로 느끼게 만드는 단호한 어조.

나무랄 데 없는 완벽한 거절이다. 미움을 사지도 않을 것이며, 상대방이 끈질기게 물고 늘어지지도 않으리라.

"그렇구나. 아쉽네. 다음에 시간 되면 꼭 같이 놀자!"

"응. 그러자."

오즈는 자리로 돌아가는 여자 그룹을 향해 미소를 지으며 손을 흔들었다.

냉철하게 사실만 관측한다면 제안을 거절했을 뿐이지만,

여자 측의 호감도가 하락하지는 않았을 것이다.

“처음부터 끝까지 완벽한 커뮤니케이션이었어. 역시 왕자님이야.”

“무슨 소리를 하는 거야. 전부 아키가 가르쳐준 테크닉이잖아. 내가 왕자라면, 너는 재상이야.”

“뭐, 심리학 논문에 실려 있던 걸 알려줬을 뿐이야.”

중학생 시절의 오즈를 떠올리며 그가 정말 성장했다는 느낌을 받은 나는 눈시울이 뜨거워졌다.

소재가 좋으니 조금만 노력하면 금방 이성에게 인기를 얻을 거라고 생각했지만, 설마 이 정도일 줄이야.

“이제 진짜로 여친만 만들면 완벽할 텐데…… 그럴 마음은 없어?”

“애초에 좋아하는 사람이 생기지를 않아.”

“뭐, 그럼 무리할 필요는 없어. 하지만 그렇게 많은 여자들에게 호감을 사고, 다양한 장소에서 만나는 데도, 아직 좋아하는 사람이 없다는 게 참 불가사의하네.”

“방금 그 말, 그대로 너한테 돌려줄 수 있거든?”

“……뭐, 너만큼은 아니지만 그렇긴 해. 나도 여자와 인연이 있는 편일 거야…….”

나는 그렇게 말하면서 옆자리의 여학생— 츠키노모리 마시로가 엎드려서 자는 모습을 힐끔 쳐다보았다.

예전에는 여자와 인연이 있는 편이라고는 눈곱만큼도 생

각하지 않았다.

하지만 최근에 일어난 일을 돌이켜보면, 그런 식으로 말할 수도 있을 거란 생각이 들었다.

그렇게 생각하게 된 계기가 바로, 옆자리에서 쿨쿨 자는 마시로다.

나를 좋아해 주는 여자애, 라는 존재가 도시전설이 아니라 실존한다는 것을 처음으로 나에게 직접적으로 알려준 인물이다.

지금은 《5층 동맹》의 활동에 집중하기 위해 고백을 거절했지만, 예전처럼 완벽하게 무덤덤한 눈길로 그녀를 바라보지는 못하고 있다.

"시선이 뜨거운걸. 아키는 본격적으로 츠키노모리 양 파가 되어버린 거야?"

"……아, 그렇지는 않아."

"다행이야. 이로하 파인 거구나."

"그건 아냐. 그것보다 이제 그 녀석이 나를 좋아한다는 생각을 버려. 나한테 반한 녀석이 그딴 식으로 행동할 리가 없잖아."

"심리학 논문을 뒤져보는 사람이 왜 이렇게 여자 심리에 어두운 걸까……."

"그쪽 연구에 비춰봐도, 자기를 좋아해 줬으면 하는 사람한테 그런 태도를 보인다는 건 말이 안 된다고."

"뭐, 효율을 따지면 그렇겠지만 말이야. 인간은 효율이 전부인 생물이 아니거든? ……어, 왜 내가 아키에게 인간성에 대해 설파하고 있는 거지?"

오즈와 내가 그런 한심한 대화를 나누고 있을 때였다.

"으, 으으……."

괴로운 듯한 신음이 들렸다.

무슨 소리인가 싶어 옆자리를 쳐다보니, 그 신음은 엎드려 있는 마시로의 입에서 흘러나오고 있었다.

"괘, 괜찮아?"

"……."

"마시로……?"

"……으…… 아아……."

"어이, 마시로. 몸이 안 좋은 거야? 혹시 그런 거면 양호실에―."

"……시끄러워."

"히익?!"

지옥의 뚜껑이 열리는 듯한 목소리가 들려오자, 나는 화들짝 놀랐다.

살며시 들어 올린 얼굴은 방금 사람을 죽이기라도 한 것처럼 초췌했고, 눈동자에는 핏발이 서 있었으며, 눈가에는

진한 다크 서클이 있었다.

"아…… 아키, 였구나. 심한, 소리, 해서…… 미안, 해……."

"괘, 괜찮아. 개의치 마."

"잠을 거의 못 잤거든. 마감, 무서워."

"마감?"

"아…… 아, 아냐. 으음, 시나리오가 아니라 소설, 마감, 때문? 어, 이 말 해도 될까? 모르겠어. 미안한데, 지금 입 놀리다간 말실수 할 것 같으니까, 말 걸지 마."

"으, 응. 피곤해 보이는데, 말 걸어서 미안해."

"응…… 쿨…… 쿨……."

마시로는 그 말을 끝으로 다시 책상에 엎드리더니, 곤한 숨소리를 내기 시작했다.

마치 신캐릭터 투입과 이벤트 오픈 시기의 나나 마감에 쫓길 때의 무라사키 시키부 선생님 같다.

그건 그렇고 『소설 마감』이라.

그러고 보니 마시로는 취미로 소설을 쓴다고 전에 말했다. 어쩌면 신인상에 도전하느라 마감에 쫓기고 있는 걸지도 모른다.

만약 마시로가 UZA문고의 신인상을 수상한다면, 마키가이 나마코 선생님의 후배가 되는 걸까. 그렇게 된다면 재미있는 인연일 거라는 생각이 들었다.

어쨌든 긍정적으로 자신의 목표를 향해 나아가고 있다면,

그것은 바람직한 일이다.

—응원할게, 마시로.

녹초가 된 전사를 보며 전우로서의 공감 같은 걸 느낀 나는 마음속으로 몰래 마시로를 응원했다.

*

"쿨…… 쿨…… 흠냐……."

왜 십여 분 전의 나는 이런 사태가 벌어질 것은 예상하지 못했던 걸까?

체육관에서는 지겨운 분위기에 휩싸여 있었다.

방학식. 줄지어 놓인 철제 의자에 전교생이 앉아서 교장과 교감의 딱딱하기 그지없는 인사 및 훈화를 듣기만 하는, 단조롭고 무가치한 시간이다. 평소의 나라면 게임에 넣을 새로운 게임 방식 등을 고안하는 것 같은, 도구가 없어도 머릿속으로 할 수 있는 일을 할 것이다.

하지만 현재 나는 유저를 흥분시킬 아이디어나 데이터 구상이 아니라, 번뇌에 직면한 수행승처럼 반야심경을 머릿속으로 읊조리고 있었다.

그럴 수밖에 없었다.

"쌔액…… 쌔액……."

마시로가 내 어깨에 머리를 얹은 채, 편안한 얼굴로 귀엽게 잠을 자고 있으니 말이다!

숨소리가 귀의 모세혈관을 장난스레 간지럽혔고, 머리카락에서 흘러나온 달콤한 향기가 내 폐 안을 꽃밭으로 만들었다.

늦은 시간에 전철을 타면 때때로 볼 수 있는 커플들의 그 행위다. 공공장소에서 애정 행각을 벌이지 말라고 이 자식들아, 라고 외치며 확 침을 뱉어주고 싶어지게 만드는 짓거리를 지금 내가 하고 있다.

'오오보시 츠키노모리 양은 러브러브 그 자체네.'

'툭하면 싸우는 것 같지만, 역시 커플은 커플이야.'

'그러고 보니 요즘 들어 츠키노모리 양의 러브 포인트가 상승한 것 같더라고.'

소곤거리는 소리가 여기저기에서 들려왔다. 클래스메이트 자식들, 나와 마시로를 방학식이라는 지겨운 행사를 버텨내기 위한 콘텐츠로 여기고 있는 거냐.

우리 안에 갇힌 동물이 된 기분이다. 솔직히 말해 주목을 받는 탓에 부끄럽기 그지없으며, 지금 바로 저 녀석들의 눈을 다 으깨주고 싶다.

—하지만, 내가 부끄럽다고 마시로를 깨우는 것도 좀 안 됐으니 말이야…….

아무래도 진짜로 수면 부족 상태인 듯, 마시로는 체육관으로 이동하는 동안에도 꾸벅꾸벅 졸면서 몇 번이나 쓰러질 뻔했다.

마시로는 의자에 앉더니, 교실 자리 배치대로라 옆자리가 된 내 어깨에 머리를 얹은 후에 마음 편히 의식의 끈을 놓았다. 그런 그녀를 본 나는 한동안 베개가 되어주자고 생각했다.

"……."

꿀꺽하고 마른침을 삼켰다. 묘하게 목이 말랐다. 무방비한 마시로의 얼굴을 이렇게 가까이에서 보는 건 처음이다.

속눈썹의 형태, 피부의 윤기, 섬세한 솜털. 그 모든 것이 예술품처럼 단정했으며, 영원토록 지켜보고 싶을 정도의 흡인력을 지녔— 이러면 안 돼. 넋 놓고 쳐다보면 안 된다고, 오오보시 아키테루.

허락 없이 잠든 그녀를 살펴본 바람에 죄책감을 느낀 나는 허둥지둥 고개를 돌렸다. 시선을 돌려도 어깨에서는 여전히 기분 좋은 묵직함이 느껴졌기에 마시로의 존재를 의식할 수밖에 없지만, 시각 정보가 없으니 마음의 평온 레벨이 꽤 상승했다.

기분을 달랠 방법이 없나 싶어서 주위를 둘러보았다. 근처에 있던 오즈를 보니, 등을 꼿꼿이 편 그는 미소를 머금은 채 앞을 똑바로 주시하며 미동조차 하지 않았다. 이 녀석, 웃으면서 자고 있는 거냐.

꽤 떨어진 곳에 있는 오토이 씨도 눈에 들어왔다. 엉덩이를 반쯤 걸친 자세로, 등받이에 목을 턱 기대고 있었다. 수면 중인 게으름뱅이 그 자체다. 너무 당당하게 자고 있어서, 교사들도 지적을 할 마음이 들지 않는 것 같았다.

다른 반이라 잘 모르지만, 어쩌면 오토이 씨는 교실에서도 저런 느낌인 걸까.

겉과 속이 똑같다고나 할까, 지나치게 마이페이스하다고나 할까…… 동경하게 될 정도로 자유분방한 사람이다.

『그럼 이어서 각 학년의 대표가 인사를 하겠습니다. 1학년 대표— 코히나타 이로하 양.』

"아……."

방송부의 사회자가 익숙한 이름을 입에 담자, 나는 무심코 목소리를 냈다.

예 하는 대답이 들리더니, 1학년 학생들 사이에서 이로하가 일어섰다.

황금색 머리카락을 휘날리며, 차분하면서도 당당하게 단상으로 올라서는 그 모습은 청초하면서 가련했다. 새하얀 원피스 차림으로 해바라기밭 한가운데를 걷게 하면 한폭의 그림 같을 사람 랭킹이 존재한다면, 틀림없이 1등을 차지할 것이다.

'코히나타 양이야.'

'소문은 들었지만, 엄청난 미인이네~. 상류층 아가씨~ 같은 느낌이잖아.'

'밝은 색깔의 머리카락도 자연스러우면서 기품 있는걸. 그리고 코히나타의 여동생이래.'

'남매가 미남미녀구나~. 부럽다~.'

'코히나타 양은 진짜 귀엽다니깐. 아아, 저렇게 청초한 애를 여친으로 삼고 싶어!'

'포기해. 저렇게 귀여운 애라면 이미 남친이 있을걸?'

'그, 그건 모르는 거잖아! 남의 꿈을 망치지 말라고~!'

소곤거리는 소리 제2탄이 여기저기에서 들려왔다.

올해 입학한 학년 수석은 엄청 청초하고 귀여우며 머리도 좋다— 그런 소문이 퍼지기 시작한 것은 4월 말 경. 7월 말인 현재도 이로하의 평가는 하락하기는커녕 입소문이 퍼지면서 주목도가 상승하고 있었다.

정말, 『모른다』는 건 참 행복한 일이다. 이로하의 본성을 안다면, 이 세상에 이상향 같은 건 없다고 여기며 절망할 것이다.

그런 동경과 호기심에 찬 시선을 받으며 단상의 마이크 앞에 선 이로하는 시원시원한 표정으로 체육관 전체를 둘러보았다.

그리고 나와 시선이 마주친 순간, 움직임을 멈췄다.

방송 사고가 발생한 프로그램의 화면처럼 1밀리미터도 움직이지 않았다. 청초한 미소를 머금은 채, 감정이 어리지 않은 눈동자로 이쪽을 지그시 응시하고 있었다.

뭔가 마음에 안 드는 거라도 있나?

의아한 심정으로 이로하의 얼굴을 쳐다보고 있을 때…….

"(히죽)"

"……윽?!"

한순간. 그 한순간. 이로하의 입가에 요사한 미소가 어렸다.

다른 누구도 눈치채지 못했으리라. 그 정도로 자연스럽고, 콤마 1초에도 미치지 않는 찰나의 악의였다.

항상 저 녀석의 치근덕거림에 시달리는 나 말고는 눈치채지도 못할 그 표정 변화의 의미를 생각했고, 머릿속에 떠오른 가설 때문에 소름이 돋았다.

"새로운 학교, 새로운 교실. 모든 것이 새로워 불안감에 사로잡혔던 입학식 날부터, 벌써 석 달이 흘렀어요. 그때와는 보이는 풍경이 달라졌고, 교실 안의 인간관계도 바뀌었으며, 친구를 잔뜩 만들거나—."

치근덕의 전조를 느끼고 내가 긴장한 가운데, 이로하의 대표 인사는 전형적인 문구로 시작됐다.

"——**여친 만들어서, 애정 행각을 벌이는 사람도 있는 것 같아요.**"

전형적인 문구, 종료.

딱딱한 느낌의 대표 인사 도중에 뜬금없이 나온 IQ 3 수준의 단어가 나오자, 체육관 안이 술렁거렸다.

이로하가 체육관 안을 둘러보면서 그런 발언을 한 바람에, 방학식 도중에 애정 행각 중인 커플을 찾아라 같은 말을 들은 것처럼 수많은 학생이 눈을 번뜩이며 주위를 살폈다.

여러 커플이 시기심 어린 놀림의 희생양이 되거나, 질투 어린 눈총을 샀다.

물론 나와 마시로도 예외는 아니었으며, 우리를 벌집으로 만들려는 것처럼 시선의 탄환이 무수히 날아와 꽂혔다.

—저, 저 녀석. 나와 마시로의 모습을 보고, 일부러 주목을 끌도록 저런 소리를 한 거냐.

"(어이, 적당히 해. 이건 너무하잖아.)"

나는 항의의 마음을 담아, 이로하를 향해 혼신의 눈짓을 보냈다.

그러자 그녀는 내 생각을 파악하더니, 아무에게도 들키지 않도록 초고속으로 답했다.

"(꼴좋네요☆)"

"(인마아아아아!!!)"

풉, 쿡쿡. 손가락질하며 비웃는 듯한 뉘앙스를, 겉으로는 청초한 우등생인 척을 하며 보내왔다.

눈앞에 있다면 바로 복수해줬겠지만, 방학식 도중에 단상에 올라가서 따졌다간 내가 문제아 취급을 당할 것이다. 지금은 꾹 참는 수밖에 없다.

"(흥~이다. 공공장소에서 꽁냥거리는 쪽한테 문제가 있거든요? 청춘을 구가하는 녀석들은 쪽이나 팔라고요. 바보~ 바보~!)"

"(큭…… 부정을 못하겠어.)"

공공장소 운운으로 지적을 당하니 반박할 수가 없었다.

마시로는 너무 피곤해서 잠들었을 뿐이지만, 남들이 그런 속사정을 알 리 없다. 그들 눈에는 나와 마시로가 러브러브 커플 같아 보일 것이다.

"행복한 건 참 기쁜 일이죠. 수업과 행사, 진로 상담. 학교생활에서의 온갖 일은 전부 장래의 행복으로 이어질 거라고 생각해요. 하지만 『도가 지나친 행위』는 피해야 하고, 『타인에게 과시하는 행위』는 자제하며, 절도 있는 교제를 해야 한다고 생각한답니다. 특히 『장래의 꿈을 향해 매진하겠다고 말했으면서, 눈앞에 있는 귀여운 여자애와 꽁냥거리며 희희낙락하는 행위』에서는 눈곱만큼의 성실함도 찾아볼 수 없죠."

"으…… 크으윽……."

발언 도중의 강조된 단어가 전부 내 가슴을 찔렀다.

이로하 녀석, 나만 저격하는 게 분명해……. 뭐, 내가 잘못하긴 했지만 말이야.

결국, 1학년 대표의 인사 중 8할가량은 인사를 가장한 나를 향한 비아냥거림으로 구성되어 있었다.

불행 중 다행인 것은 다른 학생들이 말 중간중간에 끼어 있는 「꽁냥꽁냥」이나 「러브러브」 같은 단어에 고개를 갸웃거리면서도, 별다른 의문을 품지 않았다는 점이다.

이 학교 학생들이 바보라서 정말 다행이다.

이 학교는 진학고니까 학생들의 평균 학업 레벨은 뛰어나겠지만, 절묘한 타이밍에 지능 지수가 하락할 때가 있다니까. 정말 불가사의한 일이야.

아무튼…….

이런 소소한 사건이 벌어지기는 했지만, 방학식 자체는 순조롭게 진행됐다.

*

"여름 방학이라고 들떠서 놀기만 하는 인간은 두 종류로 나눌 수 있어. 하나는 다소 공부를 게을리해도 문제가 되지 않을 만큼 성적이 뛰어나고 머리 회전도 빠른, 진정한 승리자. 인생을 구가하는 것이 허락된 특권계급의 인간. 그리고 다른 하나는— 단순한 바보야."

방학식 후, 마지막 종례.

냉철한 여교사, 《맹독의 여왕》 모드인 스미레의 절대 왕정 교실에서는 여름 방학 직전답지 않은 긴장감이 감돌았다.

교편으로 칠판을 때린 스미레는 위압적인 눈길로 학생들을 노려보았다.

"자기가 진정한 승리자라고 생각한다면 마음껏 놀도록 해. 단, 눈앞의 쾌락에 빠져서 지금 기울어야 할 노력에서 눈을 돌린 대가는 언젠가 치루게 될 거야. —내년으로 다가온, 수험 전쟁 때 말이지."

금과옥조 같은 말이다, 라고 생각하며 나는 감동했다. 무라사키 시키부 선생님에게 저 말을 꼭 들려주고 싶다.

"너희가 단순한 바보가 아니길 빌겠어. —자, 종례는 이걸로 끝이야."

"……윽! 차, 차렷! 인사……!"

벨소리가 울리는 것과 동시에 스미레가 말을 마치자, 당번은 상관의 안색을 살피는 군인처럼 허둥지둥 인사를 했다.

고개를 숙인 학생들을 차가운 눈길로 둘러본 카게이시 스미레는 구둣발 소리를 내며 당당히 교실을 나섰다.

스미레가 방금 한 말이 먹힌 건지, 놀자는 약속을 줄이고 공부도 해야겠다고 말하는 클래스메이트들이 드문드문 나타났다. 여왕의 교육 덕분인지, 혹은 현대 학생의 경향인지, 의외로 다들 순진한 반응을 보이고 있었다.

그들은 알지 못할 것이다.

《무라사키 시키부 선생님》 여름 방학 시작——!! 바다 야호—

—!! 놀아재끼자아아아아아아아아!!

교실을 나선 직후, 카게이시 스미레가 이딴 LIME 메시지를 보냈다는 사실을……!

"매번 느끼는 거지만, 저 역할 연기는 정말 대단해."

"아무도 저 인간의 진짜 본성을 상상조차 못 할 거야."

《5층 동맹》 그룹에 올라온 메시지를 본 나와 오즈는 쓴웃음을 흘렸다.

카게이시 스미레의 본성은 칠칠찮고, 자신에게 물러터졌으며, 술에 환장한데다, 자기 방도 제대로 치우지 못하는 얼간이다. 교실에서 보여주는 《맹독의 여왕》의 모습은 학생과 다른 교사에게 얕보이면 끝이라 생각해서 하는 연기에 지나지 않는다.

하지만 그녀의 대단한 점은 교육 면에서 성과를 내고 있다는 점이다.

일전의 기말시험에서 우리 반의 평균 점수는 특별진학반을 제외한 모든 반 중에서 가장 뛰어났다.

중간고사 대비 평균 점수 상승 폭은 특별진학반조차 능가했다.

개인 성적 1등은 전 과목 만점인 몬스터 우등생 카게이시 미도리가 당연한 듯이 차지했지만, 특별진학반이 우글거리는 상위권에 우리 반 학생들이 다수 들어가 있었다. 그리고 지망 대학교의 합격 가능성을 판정하는 실력 테스트에서도 좋은 성적을 냈다.

2학년 개시 시점의 성적 대비 상승 폭도 매우 뛰어나기에, 스미레는 교사로서 뛰어난 실력을 지녔다 해도 과언은 아닐 것이다.

물론 수학 이외의 각 교과목은 다른 교사가 맡고 있어서 직접 지도하는 건 아니다. 하지만 조례와 종례에서 보여주는 도깨비 교관 같은 태도가 자아낸 압력과 그녀가 들려주는 철학이 학생들에게 좋은 영향을 주고 있는 걸지도 모른다.

"저 사람은 교사에 적성이 있긴 해. 하기 싫어해서 문제지만 말이야."

"머리도 엄청 좋아. 여동생이 전교 1등인 걸 보면, 우수한 DNA를 물려받았을 거야."

"미도리 부장 말이구나. 이야기를 나눠 봐도 딱히 똑똑한 것 같지는 않던데…… 오즈가 훨씬 똑똑한 것 같다고."

"그렇지 않아. 수학과 영어, 이과 과목은 그나마 자신 있지만 말이야."

오즈는 아하하 하고 웃었다.

마법사 같은 발명을 연거푸 해내는 슈퍼 프로그래머 코히나타 오즈마는 사실 동년배와는 비교도 안 될 만큼 뛰어난 두뇌를 지녔다.

하지만 그 능력은 극단적으로 이과 쪽에 치우쳐 있기에,

문과 수업은 영어 이외엔 전부 꽝이다.

요즘 들어 대인 관계 개선에 따라 커뮤니케이션 능력이 향상되면서 국어 독해 능력도 좋아졌지만, 근본적인 부분에서 인간의 마음을 이해하고 있지는 않은 것 같았다.

뭐, 그래서 오즈에게는 나와 《5층 동맹》이 필요한 것이다.

그 부분이 완벽했다면, 오즈는 누구의 도움을 받지 않고도 최고의 명예를 손에 넣을 수 있을 것이다.

그가 점점 완전해지는 것이 기쁘면서도, 솔직하게 말하자면 조금은 쓸쓸하기도 했다.

"그래도 카게이시 양은 대단해. 중간, 기말 전부 전 과목 만점이잖아. DNA를 타고났을 뿐만 아니라, 피나는 노력도 하고 있을 거야."

"올곧기 그지없는 녀석이니까 말이야. 나는 학교 공부만으로 인생이 결정 나는 게 아니니, 장래를 위해 공부에 올인할 수는 없지만…… 한 분야에서 정점에 서는 건, 그 자체만으로 존경받아 마땅하다고 생각해."

"맞아. —참, 연극부 사람들한테도 바다에 같이 놀러 가자고 말해봤어?"

"아……."

연극부와는 얼마 전의 전국 고등학교 연극 페스티벌을 계기로 교류하게 됐다.

부장인 미도리를 비롯해, 《5층 동맹》 모임과 이벤트 등에 초대해도 될 만큼 친해지기는 했는데…….

"일단 말은 해봤는데, 거절 당했어."

"이라라, 그래?"

"여름 방학에는 연극 페스티벌의 현 대회가 있고, 그걸 돌파하면 전국 대회에도 나가야 해. 그 준비를 하면서 학원에서 여름 특강도 들어야 하니 놀 시간이 없나 봐. 나한테도 놀기만 하지 말고 공부하라고 하더라니깐."

"하하, 카게이시 양 답네. 하지만, 그 정도로 순순히 물러나는 건 아키답지 않은걸."

"그래? 실은 가고 싶은데도 참고 있는 거라면 억지로 끌고 가겠지만, 그 녀석은 진심으로 공부하고 싶어 하는 것 같거든. 목표가 뭔지는 모르겠지만 말이야. 게다가—."

"게다가?"

"무라사키 시키부 선생님도, 장시간의 접촉은 가능한 한 피하고 싶댔어. 같이 있는 시간이 길수록, 본성이 들통날 확률이 커지잖아."

"아하하…… 그건 그래."

"술자리에서라면 들통나지 않을 거야. 시키부에 완전히 몰입하면 교사 모드 때와 너무 달라서 아무도 눈치 못 채거든."

하지만 술을 마시고 바다에 들어갈 수는 없는 데다, 우리는 스미레가 운전하는 차를 타고 이동할 예정이다.

맨정신인 상태에서 마주친다면 들킬 위험이 크다.

"아하~. 뭐, 이로하의 연적이 늘어나지 않는다면 나로선 대환영—."

덜, 컹——!!

오즈가 말을 끝까지 잇기 직전, 문이 박살나는 게 아닐까 싶을 만큼 격렬한 소리가 교실 전체에 울려 퍼졌다.

힘차게 문을 열어젖힌 수상한 인물— 여학생은 고개를 숙인 채 멀뚱멀뚱 서서, 혼잣말을 중얼거렸다.

흐트러진 머리카락, 핼쑥해진 볼, 구겨진 교복. 자포자기한 부랑자 같은 아우라가 감돌고 있는 그녀는 우연히도 방금 우리가 언급했던 카게이시 미도리와 닮았다. 아니, 88% 가량의 확률로 그녀가 틀림없다.

"저 사람은…… 미도리 부장…… 맞지……?"

"양반은 못 되겠는걸. 그런데 분위기가 좀 이상한데……."

나는 무심코 오즈에게 확인을 요청했다. 미도리가 틀림없는 것 같았다.

하지만 꼼꼼함과 고지식함의 화신 같던 미도리가 저런 모습으로 나타난다는 것 자체가 말도 안 된다.

"어, 어이. 대체 무슨 일—."

"……못 해."

"뭐?"

"용서…… 해."

미도리가 고개를 숙인 채, 흐느적거리며 다가왔다.

유심히 보니, 오른손에 나이프를 쥐고 있었다.

"……서 못 해. ……로…… 용서 못 해……."

한 걸음, 또 한 걸음, 다가왔다.

불길한 예감을 받으면서도 의자에서 일어서지 못한 나에게, 그녀는 한 걸음 또 한 걸음 다가왔다.

"어, 어이, 왜 그래? 미도리 부장. 무슨 말 좀 해봐. 다가오지 말라고. 기다려. 어—."

"절대 용서 못 해애애애애애!! 죽어!! 극악 프로듀서어어어어어어어어!"

"우와아아아아아아아아아아?!"

미도리는 고개를 치켜들더니, 악귀나찰처럼 눈동자를 번뜩이며 나이프를 휘둘렀다.

나는 반사적으로 책상 안에서 꺼낸 바인더 공책을 머리 위로 들어서 나이프를 막아냈다.

꾸물렁. 나이프의 날이 곤약처럼 휘어졌다.

"……연극용 도구잖아. 갑자기 뭐 하는 거야?"

"거짓말쟁이!"

"뭐?! 영문을 모르겠네. 갑자기 죽일 듯이 달려든 사람한테, 왜 거짓말쟁이란 소리까지 들어야 하냐고!"

"스미레 언니와는 아무 사이도 아니라며!!!!!"

미도리는 핏발 선 눈을 치켜뜨더니, 스마트폰 화면을 나에게 보여줬다.

거기에는『카게이시 일가』란 명칭의 LIME 그룹 메시지 란이 표시되어 있었다.

《스미레》 저는 현재, 제자인 오오보시 아키테루 군과 결혼을 전제로 진지하게 사귀고 있어요. 법률상 아직 혼인신고는 할 수 없으니, 그가 고등학교를 졸업하는 1년 반 동안만 기다려주실 수 없을까요?

"어이이이이이이이, 무라사키 시키부우우우우우우!!"

나는 머리를 감싸 쥐며 고함을 질렀다.

문장과 내용에는 문제가 없다. 아버지와 할아버지로 보이는 인물의 맞선 권유를 전중히 거절하고 있다.

하지만 문제는 **장소**다.

카게이시 일가의 LIME 그룹은 소속 인원이 99+라고 표기되어 있다. 즉, 100명이 넘는 인간이 이 LIME 그룹에 참가하고 있다는 의미다. 아마 카게이시 가의 친족 전원이 열람하는 그룹이리라.

그러니 미도리도 당연히 보게 될 것이다. 그리고 눈이 뒤집혀서 폭주하는 게 당연했다.

난처하게 됐다.

자초지종을 정중히 설명해서 오해를 풀까? ―안 된다. 약혼자 행세를 부탁할 정도로 친밀한 이유를 설명하려면 《5층 동맹》의 무라사키 시키부 선생님과 스미레가 동일 인물이라는 사실이 들통날 가능성이 급상승한다.

지금은 가짜 약혼자 행세를 이어갈 수밖에 없다.

……미안해, 미도리……!

"역시 스미레 언니와 음란한 관계였던 거구나! 너무해! 불결해!"

"―누가 불결하다는 거야?"

"……윽?!"

나는 목소리를 낮추면서, 미도리의 눈을 똑바로 응시했다.

"스미레 선생님과 나는 진지하게 장래를 생각하고 있어. 이 진지한 마음을, 불결하니 음란하니 같은 말로 깎아내리는 건 못 참아."

"그……건……."

"누군가를 사랑한다는 게 그렇게 나쁜 일이야? 결혼을 전제로 진지하게 교제하고 있는데, 너한테 이런 소리를 들어야만 하는 거냐고. ―내 눈을 보며 대답해봐, 미도리 부장."

"오오보……시……."

나는 태도를 180도 바꿔 공세에 나섰다. 성실한 남자를 연기하며, 상냥하면서도 묵직하게 고막을 자극하는 저음 보이스를 냈다. 이로하에게 연기 지도를 하고, 연극부 도우미를 한 덕분에 나는 연기력이 꽤 좋아진 것 같았다.

"확실히 진실한 교제를 방해할 권리는, 나에게…… 없어……."

"그렇지? 그럼 비난하지 마. 나는 미도리 부장이 우리의 미래를 축복해줬으면 해."

"하지만…… 하지만……."

내 속삭임에서 벗어나려는 듯이 나와 거리를 둔 미도리가 격렬하게 고개를 저었다.

그리고, 또 스마트폰 화면을 내밀었다.

"그럼 이건 어떻게 설명할 거야?! 이—."

나는 화면을 쳐다보았다. 거기에 표시된 것은 스미레의—.

"—음란 사진 말이야!!"

"……………………뭐?"

귀까지 빨개진 미도리가 눈을 꼭 감으며 나에게 보여준 것은, 카게이시 스미레가 화면 밖에 있는 무언가를 필사적으로 빨고 있는 사진이었다.

그리고 옆으로 사진을 넘기자, 입가를 타고 흰 액체가 흘러내리고 있는 스미레가 피스 사인을 날리는 사진이 나왔다.

그리고 또 넘기자, 이번에는 흰색 액체를 흘리며 양손으로 피스 사인을 날리는 스미레와 옆에서 피스 사인을 날리는 나의 투샷 사진이 나왔다.

성가시게도 사진을 찍으면서 손이 떨린 바람에 배경과 세세한 부분이 흐릿했고, 그것이 의도치 않게 모자이크 역할을 하면서 필요 이상으로 음란 사진처럼 보이게 했다.

"누누누, 누가 봐도 이건 음란 사진 맞거든?!"

"자자자, 잠깐만 있어봐! 이게 대체 뭐야?!"

이건 명백한 누명이다.

"대체 누가 이런 사진을 보내준 거야? 이딴 악질적인 합성사진을 내가 알 리—."

나는 도중에 말을 멈췄다.

어이, 잠깐만 있어 봐. 말도 안 돼. 이 사진이 눈에 익다고.

"누구긴 누구야! 언니가 직접 올린 거란 말이야! 봐!"

《스미레》 교제 상대의 실존 여부를 의심하시는 것 같으니, 저와 그가 데이트 도중에 찍은 사진 몇 장을 올립니다. 이걸 보면 그와 제가 얼마나 사이가 좋은지 이해되실 거예요.

스미레였다~! 이 사기극의 공범이 유포한 사진이었다~!

찍고 나서 잘 안 찍혔다는 생각이 들기는 했지만, 이제 와서 보니 문제의 소지가 차고 넘치는 사진이었다.

무심결에 에로 사진을 찍었다는 사실을 알고 내가 머리를 감싸 쥐자, 미도리는 나를 더욱 궁지에 몰려는 듯이 말을 늘

© tomari

어놨다.

"사이가 좋은 데도 정도라는 게 있거든?! 미성년자가 이런 짓을 하면 안 된단 말이야!! 이 범죄자야!!"

"이 경우, 범죄자인 건 성인인 스미레 선생님인데……."

"변명하지 마! 지금 바로 죽어!"

"그러니까 그 말랑말랑 나이프로 찌르지 말라고."

말랑말랑하기 때문에 찔려도 전혀 아프지 않지만, 정신적 대미지가 상당했다.

전교 1등인 미도리의 이런 모습이 관심을 끈 건지, 클래스메이트들의 시선이 나한테 쏠리기 시작했다.

이미 귀가한 녀석도 많지만 교실에 남아 있는 인원도 상당하기에 그 시선에서 상당한 압력이 느껴졌다.

평소에는 존재감이 옅은 나 같은 녀석한테 전혀 관심을 주지 않으면서 말이다. 진짜 못 말리는 녀석들이다.

아니, 요즘 들어 마시로와의 가짜 커플 행세 탓에 약간 주목을 모으고 있기는 했다. 그래도 아직 나란 녀석 자체는 공기 취급을 당하고 있다. 평온한 일상을 보내고 있었던 것이다.

이대로 있다간 누구에게도 주목을 받지 않는 효율적인 환경을 잃고, 호기심 어린 시선에 노출되는 나날을 보내게 된다. 최악의 경우, 여교사와 성관계 영상을 찍은 망할 놈(혹은 영웅) 취급을 받게 된다.

"이건 타피오카 밀크티를 같이 먹으러 갔다가 찍은 사진이야. 타피오카 함유율 99%인 밀크티를 마시려고 필사적으로 빨대를 빨고 있는 거지, 음란 행위가 아니라고."

"나를 바보 취급하는 거야?! 나도 이게 뭔지 알아! c●mshot 맞지?!"

"월드와이드?! 대뜸 서양물의 비속어를 늘어놓다니…… 너, 변태 맞지?!"

"아, 아냐. 같은 반 남자애가 「너, 머리 좋지? 이거 좀 번역해줘」 라며 금발 여성이 알몸으로 이런저런 짓을 하는 영상을 보여줬는데, 그 영상의 태그에 붙어 있어서 알게 됐을 뿐이야……!"

"그 일로 단어를 알게 된 후, 직접 조사해본 거지? 의미도 숙지하고 있잖아? 안 그러면 그런 단어가 반사적으로 입에서 튀어나오지 않는다고!"

"으, 으으으~~~!!"

미도리의 얼굴이 점점 빨개졌다.

"그리고 시스콤에도 정도라는 게 있거든? 질투도 적당히 하라고. 카게이시 선생님은 스물다섯이니까, 언젠가는 누군가와 사귀게 될 거란 말이야."

"그, 그건……."

"너희 가문에서도 결혼 상대와 맞선을 권하고 있다며? 나와 헤어지게 되면, 선생님이 더 빨리 결혼하게 될지도 몰라."

“으으으으. ……………………어라?”

“응? 왜 그래?”

“스미레 언니가 가문에서 정해준 상대와 결혼하는 걸 상상해봤는데, 딱히 속이 부글부글 끓지는 않아.”

“……너, 그 정도로 나를 싫어하는 거냐?”

연극부 폐부를 막기 위해 그렇게 노력했으니, 미도리도 나를 미워할 게 아니라 오히려 고마워해야 할 것 같은데 말이다.

참고로 연극부는 나와 이로하가 대타로 무대에 선 덕분에 전국 고등학교 연극 페스티벌의 지구 예선을 돌파했다. 현 대회부터는 연극부원들만의 힘을 최선을 다해야 한다고 생각해서 나는 완전히 물러났지만, 연극부 부원들은 나와 《5층 동맹》 덕분에 예선을 통과했다며 고마워했다.

그렇다. 미도리도 고맙다는 말을 했던 것이다…….

“따, 딱히 싫어하는 건 아냐. 하지만 오오보시가 스미레 언니와 사귄다는 말을 듣고, 머릿속이 새하얗게…… 어, 어라?”

“왜 그래?”

미도리는 머리를 감싸 쥐며 골똘히 생각에 잠겼다.

“어라? 어라? 나, **누구**를 질투하는…….”

“어이, 괜찮아? 느닷없이 나를 죽이려고 들더니, 지금은 또 뭘 그렇게 고민하는 거야? 혹시 머리가 아프기라도 한 거 아냐?”

“괘, 괜찮아. 몸 상태는 좋아.”

아니다. 위중한 상태다. 방금 내가 비아냥거렸는데 화조차 내지 않는다.

디스당한 것을 눈치채지 못할 정도로 머리 회전 속도가 떨어진 것을 보면 비상사태가 분명하다. 미도리가 걱정된 나는 그녀의 이마에 손을 댔다.

"너, 좀 이상해. 열이라도 있는 거 아냐?"

"꺄앗?!"

—푸쉬이이이익!!

"아뜨뜨뜨뜨!! 이마가 펄펄 끓잖아!! 뇌세포가 사멸할 레벨이라고!"

"오, 오오보시의, 소, 손이…… 어버버버버."

"이거 진짜 큰일인걸. 오즈, 도와줘. 미도리를 빨리 양호실에 데려가자."

"아, 그럴 필요 없을 거야."

"무슨 소리를 하는 거야. 도박에서 패배한 중간관리직이 엎드려 용서를 빌던 철판보다 뜨겁다고. 빨리 안정을 취하게 해야 해!"

"와햐———앗?!"

내가 어깨를 부축해주자, 미도리는 기묘한 괴성을 질렀다.

그리고 내 손을 떨쳐내며 엄청난 속도로 뒷걸음질을 치더니, 범죄자를 보고 울먹거리는 듯한 표정으로 나를 쳐다봤다.

"그, 그럴 리 없어. 내가 이렇게 불성실하고 제멋대로인,

사람을……."

"무슨 소리를 하는 거야. 됐으니까 빨리 양호실에—."

"다, 다가오지 마! 뭔가 잘못된 거야. 내가 이런 감정을, 느끼다니—."

미도리가 슬금슬금 뒷걸음질을 치자, 그녀의 등이 교실 문에 닿았다. 그러자 마음을 다지듯 눈을 감은 그녀가 숨을 크게 들이마시더니…….

"절대, 있을 수 없는 일이야아아아아아아아아아아아아!!"

연극부다운 큰 성량으로 그렇게 외친 후, 힘차게 교실 밖으로 뛰쳐나갔다.

등장할 때와 마찬가지로, 퇴장할 때도 화려하기 그지없었다.

여기가 무대 위라면 완벽한 구성이었을 것이다. 혹시 이건 연습의 일환이었던 걸까.

"저 녀석, 진짜로 괜찮은 걸까……. 무리하다 쓰러지지 않으면 좋겠네."

"걱정하지 마. 아마 아키와 한 걸음 멀어질수록 체온이 0.1도씩 내려갈 거야."

"그게 무슨 소리야?"

"저 발열의 원흉이 아키란 말이야."

"저렇게 열 낼 정도로 미움받고 있는 거라면, 나도 마음에 상처 입을 거라고…….”

“으음, 빵점. 공감력 제로네.”

오즈한테 빵점이란 소리를 듣고 말았다.

미움을 샀고, 버림을 받았으며, 빵점이란 소리마저 들었다. 어째서 이런 처참한 결과를 맞이하게 된 건지 생각하며 고개를 갸웃거리고 있을 때, 오즈가 웃음을 흘렸다.

“뭐, 됐어. 이런 부분이 러브코미디 같아서 최고거든.”

“진짜 영문을 모르겠네. ……아, 러브코미디 하니 생각났어―. 마시로, 1학기 마지막 날이니까 오늘은 커플답게 같이 하교하지 않을래?”

나는 그렇게 말하며 옆자리를 쳐다봤지만, 이미 거기에는 아무도 없었다.

“츠키노모리 양이라면 종례가 끝나자마자 돌아갔어. 아무한테도 말을 걸지 않고 바람처럼 말이지.”

“정말? 드문 일도 다 있는걸.”

요즘 들어 여친 행세가 심해진 마시로는 방과 후가 되면 항상 나에게 말을 걸었다.

요즘 보이스 레코딩과 자료 수집으로 바빴던 탓에 같이 하교를 못 했으니, 오늘은 가짜 남친 행세를 할 겸 같이 돌아갈 생각이었다.

“오늘 온종일 꾸벅꾸벅 졸아댄 걸 보면, 많이 바쁜 것 같아. 신경 좀 써주는 게 어때? 남친 양반.”

"놀리지 마……."

하지만 마시로가 좀 이상한 건 틀림없다.

또 트러블에 휘말린 거라면 도와주고 싶다는 생각이 들었다.

그런 생각을 하고 있을 때, 호주머니 안의 스마트폰이 신동했다.

"어라. 또 다른 여자한테서 연락이 온 거야?"

"아냐. 오토이 씨한테서 온 거야."

"왜 방금 부정을 한 거야? 오토이 씨도 여자잖아."

"아, 맞다. 그랬지."

그녀를 이성으로 여긴 적이 거의 없었다. 오토이 씨는 동성 친구의 연장선 혹은 믿음직한 비즈니스 파트너이며, 성별을 신경 쓰는 건 실례라고 생각한 것이다.

그런 오토이 씨에게서 온 LIME 메시지의 내용은 이러했다.

《오토이》 할 이야기. 스튜디오. 단둘이서.

간결한 문장으로 용건, 장소, 조건이 나열되어 있다.

상대방이 나를 부르는 건 흔치 않은 일이다.

일을 의뢰하러 가는 게 아니니까 선물을 준비하지 않아도 될 테니, 하굣길에 잠시 얼굴을 비추도록 할까.

그런 생각을 하고 있을 때, 또 메시지가 왔다.

《오토이》 선물은 타피오카 밀크티면 돼~.

선물을 요구하는 거냐. 그리고 또 타피오카인 거냐고.

*

"오~, 달고 맛있어~. 줄 서는 게 귀찮아서 딱히 흥미가 없었지만, 다음에 또 먹어볼까 싶어~."

"또 사오라고 시키려는 거죠? 그건 좀 봐달라고요."

이 폭염에 타피오카 가게 앞에서 20분이나 줄을 선 끝에 손에 넣은 타피오카 밀크티를 홀짝이며 희희낙락하는 오토이 씨에게, 노예 계급인 나는 필사적인 저항을 도모했다.

오후 두 시경.

나는 오토이 씨의 자택 지하실을 개조해 만든 스튜디오에 와있었다.

에어컨을 켜놔서 시원한 실내. 끊임없이 들려오는 타이핑 음.

최신 음향 기자재가 갖춰진 자택 스튜디오라는 파격적인 설비는 그야말로 오토이 씨의 『성(城)』이라 할 수 있는 공간이다.

관료이자 부자인 부모님을 둔 그녀는 용돈을 꽤 많이 받는 것 같았다. 그리고 투자란 형태로 그 돈을 불려서, 원하는 기자재를 살 자금을 손에 넣었다고 한다.

요령이 좋아서 《5층 동맹》이 없어도 충분히 활동이 가능한 오토이 씨는, 정식 멤버가 아니라 외부 파트너로서 우리의 활동을 도와주고 있다.

나와는 중학생 시절부터 알고 지냈으며, 《5층 동맹》의 다른 멤버들이 알지 못하는 이로하의 정체— 정체불명의 성우 집단X란 일면을 유일하게 알고 있는 사람이다.

오토이 씨가 음성 레코딩을 도와주고 있다는 것은 오즈를 비롯한 다른 이들도 알고 있기에, 오토이 씨는 다른 멤버들과 면식이 있다. 그런데도 거리를 두고 있는 건, 이로하의 정체를 숨기기 위해 나만이 오토이 씨와 직접적으로 접촉하기 때문이다.

일전의 연극 페스티벌에서 대타로 무대에 서게 된 이로하는 연기가 능숙하다는 사실을 다른 이들에게 밝혔지만, 아직 『검은 새끼 염소가 우는 밤에』의 성우가 그녀란 사실은 알려주지 않았다.

감이 좋은 오즈라면 눈치챘을지도 모르지만…….

아무튼, 본격적으로 정체를 밝힐 때까지, 이로하의 정체는 나와 오토이 씨만의 비밀이다.

아무튼, 우리는 그런 비밀을 공유하고 있는 관계인데…….

"……대체 뭐 하는 거예요?"

"응~?"

딸깍딸깍 하는 소리를 내며 타이핑을 이어가던 오토이 씨가 늘어지는 목소리로 대꾸했다.

“무슨 작업을 하는 건지 신경 쓰이는 거야~? 뭐~, 곧 알 수 있으니 기다려 봐~.”

“아니, 제가 신경이 쓰는 건 『그것』인데요.”

내가 그것이라 말하며 가리킨 것은 오토이 씨의 **가슴**이다.

아, 방금 표현은 오해를 부르겠네. 내가 신경 쓰고 있는 건 가슴이 아니다.

가슴 위에 놓여 있는, 타피오카 밀크티 용기다.

오토이 씨의 두 손은 컴퓨터 키보드를 두드리고 있는 상태다. 하지만 교복의 가슴 부분, 풍만하기 그지없는 부위를 음료수 받침 대용으로 써서 용기를 고정하고 있었다. 살짝 고개만 숙여도 빨대를 입에 물 수 있는 것이다.

“그런 식으로 마시는 건 좀 이상하지 않아요?”

“의외로 유명한 음료 섭취법인데 말이야~. SNS에서 사진도 꽤 돌아다니거든~.”

“다른 의미에서 인기를 끌었을 것 같은데…….”

오토이 씨는 늘어지는 어조로 대답을 하며 음료를 홀짝였다.

타피오카 밀크티의 무게에 약간 눌려 있는 가슴의 형태가 묘한 생동감을 자아냈다.

—똑바로 쳐다보면 안 돼. 저건 독극물이야.

“그런데 무슨 일로 부른 거예요? 설마 타피오카를 사다 달라고 부른 건 아니죠?”

© tomari

머릿속을 침식하기 시작한 번뇌를 얼버무리듯, 나는 질문을 던졌다.

스튜디오에 도착한 나한테서 타피오카 밀크티를 건네받은 후, 그녀는 컴퓨터 앞에서 쭉 작업을 이어가고 있었다.

"아~, 지금 준비 중이니까 조금만 기다려~. 한가하면 저쪽에서 놀고 있어도 돼~."

"친척 집에 놀러 온 애가 아니거든요? 하다못해 설명이라도 해줘요."

"사양하겠어~. 설명 귀찮아~."

"어……."

"밖에 있는 창고를 뒤지면 가지고 놀 장난감도 있을 거야~. 마음에 드는 걸 가지고 놀아~."

"아니, 장난감에는 관심 없거든요."

"어른을 위한 장난감도 있을 거야~."

"남의 집에 있는 어른용 장난감을 가지고 노는 건 허들이 너무 높다고요……!"

"뭐~, 아키는 사춘기잖아. 그 정도는 봐줄게~."

"남자의 생리에 대해 이해심이 넘치네요?!"

역시 오토이 씨다. 『남자의 생리 현상』에 대해서도 관용적이다.

하지만 남의 집에서 남의 장난감으로 그런 행위를 하는 건, 변태를 넘어 그야말로 짐승이다.

머릿속에 감도는 묘한 상상을 떨쳐낸 나는 시간을 죽일 방법을 찾기 위해 스튜디오 안을 둘러보았다.

"어?"

문뜩, 낮은 테이블이 눈에 들어왔다.

이곳을 찾은 나와 이로하에게 대접하기 위한 건지, 혹은 자기가 먹으려는 건지, 그곳에 놓인 갈색 사발에는 대량의 과자가 들어 있었다.

그것은 눈에 익은 풍경이다. 하지만, 못 보던 아이템이 그 자리에 놓여 있었다.

"……오토이 씨, 여행이라도 갈 거예요?"

그렇게 물으며 손에 쥔 그것은 국내 여행에 관한 정보가 정리된 가이드북이다.

펄럭펄럭 넘겨보니, 곳곳에 노란색 포스트잇이 붙어 있었다.

"아~. 여행 가려는 건 아냐~. 그냥 여름 방학 동안 피서지에 틀어박혀서 지내볼까 하거든~."

오토이 씨는 타이핑을 이어가며 대답했다.

"후지 5호[#3]에 갈 거예요?"

"그거, 지뢰."

"예?!"

또 그거냐.

"요즘 지뢰를 너무 밟네~. 긴장이 풀린 거 아냐~?"

#3 후지 5호(富士五湖) 후지 산 인근에 위치한 다섯 개의 호수를 가리킨다.

"하지만 지뢰의 룰을 모르니 회피할 방법이 없다고요……. 하다못해, 힌트라도 가르쳐줘요. 어떤 단어에 반응하는 지라도……."

"왜 가르쳐줘~. 뭐~, 어떻게든 잘 피해 봐~."

"너무하거든요?!"

이렇게 되면 오토이 씨의 지뢰 메모를 차근차근 늘려가는 수밖에 없나.

나는 조용히 『후지 5호』를 추가했다.

—지뢰는 일단 제쳐두기로 하고, 피서지에 틀어박히려는 건가…….

"오토이 씨는 여행 자체에 흥미가 없는 줄 알았어요. 《5층 동맹》의 바다 여행도 거절했잖아요."

"바다에 가면 피부가 타거든~. 그리고, 공부는 혼자 하는 편이 효율적이야~."

"공부?"

"어~, 말 안 했나?"

키보드 조작을 멈춘 오토이 씨는 의자 등받이에 기대면서 나를 쳐다보았다.

"나, 작사와 작곡 공부를 시작했어~."

"작사와 작곡……."

"응. 이미 존재하는 소리를 편집하는 건 자신 있지만, 무에서 유를 창조하는 건 어렵거든~. 그래도 해보고 싶단 생각이 들지 뭐야~."

오토이 씨는 자신의 재능에 콤플렉스를 지녔다고 일전에 말했다.

이로하처럼 성우에 재능이 있지도 않으며, 피아니스트나 바이올리니스트 혹은 가수가 될 재능을 지니지도 못했다.

그녀가 지닌 것은 소리를 좋아하는 마음, 소리에 관한 지식, 편집 기술, 그리고 감뿐이다.

크리에이터가 아니라, 그들을 보조하는 서포터인 것이다.

"나는 이대로도 괜찮다고 생각하지만~. 너희한테 영향을 받았나 봐. 나 스스로 뭔가를 만들어내고 싶다는 생각이 들더라니깐~."

"설마 연중 개점 휴업, 매일 반차인 오토이 씨가…… 게으름뱅이의 의인화나 다름없던 오토이 씨가……."

"나를 바보 취급하는 거야~? 죽여버린다~?"

"아, 미안해요. 너무 감격해서……."

"아무튼~. 안채에서는 집중이 안 되고, 여기는 기자재가 갖춰져 있어서 다른 작업을 하고 싶어지거든~."

"아…… 그래서, 아무것도 없는 환경을 만들려는 거군요."

"응. 피서지로 나 홀로 여행~이란 거야~. 거기서 책을 읽고 음악을 들으며 공부하는 거지. 겸사겸사 곡과 가사를 만드는 데 필요한 감성도 갈고닦아볼래~."

"그래요……."

나는 눈시울이 뜨거워졌다.

감격했다는 말은 거짓말도, 농담도 아니다.

중학생 시절, 처음 만났을 때부터 그녀는 재능이 없는 자기 자신에게 체념하고 있었다.

명백하게 재능이 있지만, 환경이 허락하지 않아서 발휘하지 못하는 게 아니다. 진짜로 특별한 재능을 지니지 못했다고, 자기 자신을 가지지 못한 자라 여기며, 도전 자체를 피하고 있었다.

그것이 옳다고, 나는 생각했다.

인간에게는 적성이 있다. 적성이 없는 일에 노력하며 시간을 낭비할 바에야, 깔끔하게 포기하고 적성이 맞는 일을 찾는 것이 효율적으로 행복에 다가설 수 있다.

나는 그런 길을 선택했다. 내가 반할 정도의 재능을 지닌 이들을 서포트하고, 떠받치는 것에 전력을 다하기로 결심했다.

오토이 씨도 나와 같은 타입이라 생각했다. 그래서 마음이 맞는다고 여겼다.

하지만 그녀의 내면에, 적성에 맞지 않는다는 것을 알면서도 그 벽을 넘어서려 하는 의지가 존재한다면…….

나는, 도전을 결심한 그녀를 온 힘을 다해 응원하고 싶다.

"힘내요. 오토이 씨."

"오~. 힘낼 거야~. 잘 안 된다면 단것으로 위로해줘~. 잘 되면 상으로 단것을 주라~."

"어찌 되든 간에 결국 제가 사준다는 미래에는 변함이 없네요."

"그~래~. ―아, 준비 완료~."

대충 대답을 한 오토이 씨가 타악~! 하고 경쾌하게 엔터키를 눌렀다.

"이걸 보여주려고 아키를 부른 거야~."

"이건…… 동영상, 인가요?"

컴퓨터 모니터에 표시된 것은 레코딩 중인 이로하의 얼굴 이미지와 고전 애니메이션 캐릭터의 얼굴이 좌우에 표시된 화면이다. 화면 한가운데에 재생 버튼이 있는 것을 보면, 동영상 파일 같았다.

"내가 지금 대충 편집한 영상인데, 좀 신경 쓰이는 부분이 있거든~. 그래서 아키의 의견이 듣고 싶어~."

"이건 20년 전쯤의 애니메이션이잖아요? 정액제 다시 보기 특집에 들어있는 걸 본 적 있어요."

"으음~. 뭐, 일단 들어봐~."

"옛썰."

오토이 씨가 내민 헤드폰을 내가 착용하자, 그녀는 재생 버튼을 클릭했다.

『예, 언제든지 할 수 있어요. 선배를 위해, 멋진 연기를 할 수 있도록 최선을 다하겠어요.』

이로하의 이미지가 밝아지더니, 그녀의 청초한 목소리가 들렸다.

이것은 일전에 이 스튜디오에서 레코딩했던 이로하의 목소리다.

캐릭터 대본에 실린 대사가 아니라, 레코딩 부스에 들어가서 자신의 포부를 밝힐 때의 목소리다.

이 부분도 전부 데이터로 기록해둔 건가……라는 의문은 제쳐두기로 하고, 오토이 씨는 대체 왜 이런 것을 들려주는 걸까.

그런 생각을 하고 있을 때, 이번에는 이로하의 이미지가 어두워지더니, 애니메이션 캐릭터가 강조됐다.

『예, 저는 괜찮아요. 선배의 기대에 부응하기 위해, 최선을 다하겠어요.』

아까와 비슷한 목소리로, 아까와 비슷한 대사가 들려왔다.

이로하 녀석, 언제 이런 더빙을 한 거야?

마지막에 이로하의 이미지와 애니메이션 캐릭터가 둘 다 밝아지더니, 두 음성이 동시에 들렸다.

완벽하게 일치했다.

불협화음 없이 아름답게 조화를 이룬 청초 보이스가 기분 좋게 귓속으로 스며들었다.

영상이 끝나자, 오토이 씨는 가슴 위에 올려둔 타피오카 밀크티의 빨대에서 입을 떼더니, 멍한 눈길로 나를 올려다보았다.

"어때?"

"어떠냐뇨? ……이 더빙에 무슨 의미가 있는데요?"

"어~. 프로듀서가 되어 가지고, 눈치 못 챈 거야?"

"???"

"코히나타한테 더빙을 시킨 게 아냐. 이건 원래 애니메이션의 음원이야~."

"예……?!"

무심코 새된 목소리로 그렇게 외쳤다.

20년 전의 애니메이션 캐릭터가 이로하와 같은 목소리를 내고 있다.

그렇다면, 나는 까맣게 몰랐지만…….

"이로하는 이미, 프로?!"

"바보 아냐?"

돌직구급 디스를 당했다.

"어처구니없는 결론이네~. 코히나타의 나이를 생각해보란 말이야~."

"아, 그러고 보니…… 이 애니메이션은 그 녀석보다 나이가 많네요."

"그래~. 태어나기 전의 애니에 출연할 수 있을 리 없잖아~."

"그렇다면 왜 목소리가 이렇게 일치하는 걸까요?"

"글쎄~. 실은 최근에 이 애니의 정주행 방송을 우연히 봤거든. 일전의 레코딩 때 코히나타가 연기했던, 청초 타입 목소리와 비슷하다는 느낌이 들지 뭐야~. 그래서 조사해봤더니—."

"딱 일치했다는 거군요."

"그래. ……으음~, 다 마셨네~."

아무리 빨아도 음료가 나오지 않는지, 오토이 씨는 아쉽다는 듯이 입술을 빨대에서 뗐다. 용기를 손으로 꾹 눌렀다 떼자, 가슴의 탄력에 의해 튕긴 타피오카 용기가 발치에 있는 쓰레기통에 쏙 들어갔다.

이 기괴한 묘기는 뭐지. 오토이 씨의 가슴은 뭐로 되어 있는 걸까.

나는 오토이 씨의 가슴에 손을 집어넣어 보고 싶단 마음을 꾹 참은 후, 본론에 들어갔다.

"만약 과거에 이로하와 비슷한 목소리를 지닌 배우가 있었다면, 이로하가 앞으로 활동하는 데 참고가 될지도 모르겠네요."

"맞아~. 나도 그렇게 생각해봐서 조사해봤어~."

오토이 씨가 키보드를 조작하자, 컴퓨터 화면에 검색 결과가 표시됐다.

그것은 애니메이션 성우를 맡은 적이 있는 인물의 리스트다. 그 중 한 사람의 상세 페이지에 들어간 오토이 씨가 말을 이었다.

"오토하 마치아. 아역을 거쳐 성우가 된 사람 같아~. 어떤 역할도 다 소화해서, ED의 스태프롤에 이름을 나올 때까지 이 사람이 연기했다는 걸 눈치채는 이가 얼마 안 되었다고 해. 기본적으로 얼굴을 드러내지 않고 활동한 탓에, 여러 명일지도 모른다는 소문도 돌았던 것 같네~."

"……어! 그건, 마치……."

"코히나타 같다는 거지? 나도 그렇게 생각했어."

깜짝 놀랐다. 과거에 이로하와 비슷한 활동을 한 사람이 있을 줄이야. 게다가 비슷한 재능을 발휘한 것이다. 그렇다면 이로하의 앞날을 예측하는 데 도움이 될 인물일지도 모른다.

"그 사람은 지금 어쩌고 있나요?"

나는 몸을 앞으로 쑥 내밀며 물었다.

오토이 씨는 약간 기쁜 듯한 눈빛을 머금으며 말했다.

"역시 코히나타와 얽힌 일에는 열정적이구나~. 뭐, 나는 아키의 그런 면을 좋아해."

"으, 음. 좋은 인상을 준 걸로 알게요."

"하지만~, 기대하게 해놓고 이런 소리를 해서 미안한데 말이야. 그 후의 활동은 알 수가 없어."

"예?"

"젊은 나이에 성우를 은퇴했거든~. 연극이나 영화 배우로 전향하게 된 것 같아. 그 후로 무사히 대배우가 되었는지도 알려지지 않았고, 어느 여배우가 오토하 마치아인지도 업계 사람들만 알아. 주간지에서 다뤄지지도 않아서 진실은 어둠에 휩싸인 채—인 거야~."

"아하…… 그 사람, 성우를 관둔 거네요."

"원래 아역 시절부터 드라마에 출연했던 것 같거든~. 성우에도 도전해보긴 했지만, 그 길에 전념할 생각은 없었던 걸 거야~."

"뭐, 그건 사람마다 다른 거니까요."

유감이다. 현역으로 활동하고 있다면, 어떤 수단을 써서라도 그녀의 정보를 모아서 이로하의 커리어 형성에 활용할 생각이었는데 말이다.

"그렇지만~, 좀 신경 쓰이는 정보도 있어."

"신경 쓰이는 정보?"

"팬한테서는 『팔색조 목소리』니 『신의 목소리』 같은 칭송을 들었지만 말이야~. 업계 내부에서는 비판의 목소리도 컸던 것 같아~. 뭐, 가십 기사에 지나지 않을지도 모르긴 해~."

과거의 인터넷 기사 링크를 따라가 보니, 저명한 업계인이 오토하 마치아를 비판하는 기사가 나왔다. 그녀의 실력은 세간의 평가만큼 뛰어난 수준은 아니다, 연기를 모르는 인간들이 과대평가하고 있다, 같은 뉘앙스의 기사가 많았다.

"이건 시샘이네요."

"그럴지도 몰라~. 그래도 코히나타가 나중에 데뷔하게 된다면, 비슷한 비판을 받을 가능성이 있긴 해."

"뭐…… 가능성은 있겠네요. 하지만, 그딴 건 아무래도 상관없어요."

비판하고 싶어 하는 녀석이 있으면, 하게 두면 된다.

이로하는 그저 가장 즐겁게, 가장 그녀답게 연기를 하면 되는 것이다. 그 결과에 따라 주위로부터 비판을 받게 되더라도, 그건 그녀가 알 바 아니다. 그런 녀석들은 이로하의 팬도 아니고, 이로하가 연기한 캐릭터의 팬도 아니다.

그렇기에, 나는…….

"저는 이로하의 재능을 신뢰하고, 누가 뭐라고 하든 그 녀석의 활동을 돕기로 마음먹었으니까요."

……하고 딱 잘라 말했다.

그러자 오토이 씨는 무표정한 얼굴로 내 허리를 찰싹 때렸다.

"응, 합격."

"……이게 무슨 시험이었어요?"

"그런 건 아냐~. 아무튼 아키가 계속 코히나타의 편에 설 작정이라면, 걔는 아마 괜찮을 거야~."

표정을 보아하니 오토이 씨는 왠지 기뻐 보였다.

—아아, 그래. 그럴 거야.

얼마 전, 이로하는 용기를 쥐어 짜내서 자신의 뛰어난 연기력을 남들에게 드러냈다.

아직 어머니인 오토하 씨에게 진실을 밝히거나, 《5층 동맹》 멤버에게 정체불명의 성우 집단X가 자신이라는 사실을 밝히지는 않았지만, 그래도 틀림없이 한 걸음 앞으로 나아갔다.

하지만 사람들 앞에서 실력을 당당히 드러낼수록 세간과 동업자의 주목을 모으게 되며, 비판 또한 받게 된다.

과거에 비슷한 타입의 성우가 겪었던 사례를 보고, 오토이 씨는 위험 요소를 눈치챈 것이리라.

"그 녀석을 신경 써줘서 고마워요, 오토이 씨."

"됐어~. 아키한테 감사받을 일 아냐. 나는 그 애의 부모 격인걸~."

"오토이 씨가 엄마면, 저는 아빠겠네요. ……뭐, 말썽꾸러기 딸에게 휘둘리는 아빠 같은 나날을 보내고 있긴 하네요. 사람을 짜증나게 한다는 점만 보면 비슷할지도 몰라요."

"어이어이~. 코히나타가 방금 발언을 들었으면 너를 죽이려고 들걸~?"

"그럴까요. 저는 그 녀석한테 대놓고 짜증나게 한다는 소리를 하는데요."

"그거 말고 말이야. 내가 엄마고, 네가 아빠라는…… 아~, 귀찮아. 40문자 이상 설명하는 건 귀찮으니까 때려치울래."

"신경 쓰이니까 도중에 설명을 때려치우지 말라고요."

"뭐~, 그러니까 둔감 하렘 자식은 식칼과 손도끼를 조심하란 소리야~."

"……오, 오토이 씨한테도 그 말을 들었어……."

유일한 이해자라고 생각했는데……!

약간 충격을 받기는 했지만, 나는 오토이 씨와 느긋하게 시간을 보냈다.

이렇게 방학식 날은 끝난 후, 드디어 찾아왔다.

뜨겁고, 즐거우며, 파란으로 가득찬…….

우리들 《5층 동맹》의, 여름이…….

*

『오랜 의문이 드디어 풀렸어.』

『오즈, 갑자기 무슨 소리를 하는 거야?』

『오토이 씨가 단 것을 입에 달고 사는데도 왜 살이 안 찌는 건지 궁금했거든.』

『아하.』

『아마 칼로리가 전부 몸의 특정 부분에 몰리기 때문일 거야.』

『호오.』

『단것으로 그 부분이 성장한 덕분에 음료수 받침으로 쓸 수도 있게 됐고, 더불어 타피오카 밀크티의 고 칼로리로 그 기능을 더욱 강화하는 거지. —이건 그야말로 영구기관. 찌찌 영구기관이야.』

『인마, 그 산뜻한 표정으로 저능아 같은 발언 늘어놓지 말라고…….』

마키가이 나마코 선생님 원고 내놔 방(2)
카나리아
나, 카나리아짹. 지금, UZA 편집부에 있어짹♪
카나리아
나, 카나리아짹. 지금, 전철 안이야짹♪
카나리아
나, 카나리아짹. 지금, 역이야짹♪
카나리아
나, 카나리아짹. 지금, 나마코 선생님의 맨션 앞이야짹♪
카나리아
나, 카나리아짹. 지금, 나마코 선생님의 방 앞이야짹♪
마키가이 나마코
저, 절대 문 열어주지 않을 거야.
카나리아
마감일이 언제인지 말해봐.
마키가이 나마코
으…….
카나리아
마감일이 언제인지 말해봐.
© tomari

마키가이 나마코 선생님 원고 내놔 방(2)

마키가이 나마코

너, 너는 이제까지 어긴 마감을 기억해?!

카나리아

4월 30일, 5월 31일, 6월 30일, 7월 31일.

마키가이 나마코

잠깐만! 마지막 건 아직 어기지 않았어!

카나리아

그럼 31일까지 다 쓸 수 있어?

마키가이 나마코

…………….

카나리아

일단 진척 상황 보고 판단하겠어짹. 이제까지 쓴 원고를 내놔짹.

마키가이 나마코

어, 문을 여는 소리가…….

마키가이 나마코

설마 이 집 열쇠가 있어? 어, 어느새…….

카나리아

원 고 내 놔 .

마키가이 나마코

끄아―――――――!!

005 제5화 …… 청춘의 해변을 우리만 우회

“자, 출발 예정 시각까지 4분 23초밖에 남지 않았어. 너희 같은 굼벵이한테는 쉴 시간이 없단 말이야.”

7월 마지막 날. 맑고 푸른 하늘. 뜨겁게 내리쬐는 태양 아래.

교편으로 손바닥을 때리는 오즈의 지령에 따라, 나, 이로하, 스미레는 해수욕 도구를 차에 싣고 있었다.

튜브, 보트, 비치볼, 파라솔, 선글라스에 수영복이 들어있는 트렁크와 슈퍼 키높이 부츠 느낌의 샌들. 마지막 녀석은 바다와 상관없는 것 같지만, 스미레 말로는 바다에서 양아치 서퍼 녀석들에게 헌팅당해 바위 뒤편에서 이런저런 짓을 당할 우려가 있으니 얕보이지 않도록 키 큰 미녀로 분장해 위압감을 뿜어야 한단다. 바보 아냐?

땀범벅이 되어가며 노예처럼 부려지고 있을 때, 스미레가 차 뒤편에 숨으며 나에게 귓속말을 했다.

“저기, 오즈마 군이 평소와 너무 다른 것 같지 않아?!”

“어, 그래?”

“산뜻하고 상냥한 미남 왕자님 타입 아니었어!? 왜 미군 사관학교의 도깨비 교관처럼 구는 거야?!”

“표정과 어조는 산뜻 미남 그대로잖아.”

"그래서 곱빼기로 무섭단 말이야!! 방금도 웃는 얼굴로 『굼벵이』라고 말했잖아!"

"아, 스미레 선생님은 모르구나. 평소에 사양서를 짜서 오즈에게 의뢰하는 내가 보기에는 평소와 똑같아. 스케줄과 시간 관리에는 나보다 훨씬 엄격하거든. 내 선에서 일러스트를 납품해온 걸 다행으로 알라고."

"마, 만약 아키가 설정한 최종 마감 기한을 어긴다면……?"

"오즈가 온갖 수단을 동원해서 일러스트를 받아낼 거야. 내가 하는 짓거리가 유치원 애들 장난처럼 보일 만큼 잔혹한 수단으로 말이지."

"모, 몰랐어……. 아키를 쓰러뜨리더라도, 그 뒤에 시크릿 보스가 있었다니……."

"거기, 입으로 똥 작작 싸고 빨리 움직여."

교편이 찰싹!! 하고 날카로운 소리를 냈다.

"히이익?! 웃으면서 『똥』이란 소리를 했어! 무서워!"

"너무하네. 나는 엄마가 집에 돌아오지 않는 일정, 해수욕장의 혼잡 상황, 가장 행복을 느낄 수 있는 놀이 시간 등, 다양한 요소를 감안해서 최적의 일정을 시뮬레이트했어. 밤을 새우면서 말이지. 그 결과물이 망쳐지지 않기를 바라는 게, 그렇게 잘못된 일이야?"

"Sir! No! Sir! 지당한 말씀입니다!"

"실제로 오즈의 시뮬레이션은 완벽하거든. 교통 정체에 휘말리지 않고 현장에 갈 수 있다면 몹시 효율적이겠지. ……
영차, 내 짐은 얼추 다 실었네."

경례를 하는 스미레를 곁눈질하며 작업을 마친 나는 목에 건 수건으로 얼굴의 땀을 닦았다.

그 모습을 본 오즈는 팔짱을 끼더니, 고개를 끄덕였다.

"음, 마음에 들었어. 우리 집에 와서 내 여동생을 F●CK 해도 돼."

"그건 됐어."

"맞아요, 오빠. 선배 같은 얼간이가 그런 짓을 할 수 있을 리 없잖아요~."

방금 언급된 여동생, 코히나타 이로하가 내 뒤편에서 얼굴을 쏙 내밀었다.

여름답게 활동적이면서 동시에 세련된 여고생 느낌인 반소매&미니스커트 차림이었다. 그리고 내 방에서 뒹굴뒹굴할 때처럼 헤드폰을 목에 걸고 있었다. 여행 중에는 어머니의 시선을 개의치 않아도 되는 만큼, 이로하도 자신의 본모습을 마음껏 드러낼 수 있는 것이리라.

이로하는 내 볼을 손가락으로 꾹꾹 누르면서 물었다.

"오히려 제가 선배를 FU●K하는 입장이라고요!"

"인마, 태연한 표정으로 그딴 단어를 입에 담지 마……. 우리 학교 애들이 들으면 울 거라고."

방학식에서 대표 인사를 맡은 청초한 우등생이, 실은

FUC● 같은 단어를 아무렇지 않게 입에 담고 있다.

현실은 참 잔혹하다.

"괜찮아요. 여기는 학교가 아닌걸요. 모처럼 다 같이 놀러 가는 거니까, 딱딱한 태도는 때려치울래요."

"그건 좋지만, 여름 방학이라고 너무 풀어지지는 마. 일과 공부도 중요하거든."

"괜찮아요~, 괜찮아~. 저는 이래 봬도 성적이 엄청 좋거든요. 선배보다 학교 성적이 나을걸요?"

"그건 그래……. 본의 아니게도 말이지."

코히나타 이로하는 수석 입학생이다. 1학년 대표 인사를 맡은 것도 그 때문이다.

기말 고사에서도 전교 1등의 자리를 지켰으며, 동급생들의 선망을 독차지하고 있다.

"그런데, 너는 어느새 이렇게 머리가 좋아진 거야?"

"재능을 타고난 걸까요~?"

"거짓말하지 마. 중학생 때만 해도 딱 중간 정도의 성적이었잖아. 네가 우리 고등학교에 합격했다는 말을 듣고, 얼마나 놀랐는 줄 알아?"

우리가 다니는 고등학교는 사실 학력 수준이 꽤 높은 진학고다. 클래스메이트나 평소 어울리는 녀석들만 보면 머리가 나빠 보이지만, 그래도 평균적으로 공부를 꽤 하는 녀석들이 많다.

그래서 그 안에서 2학년 톱으로 군림하는 미도리와 1학년 수석인 이로하는 전국적으로 봐도 상위에 위치하는 수재라고 할 수 있다.

"뭐, 선배가 공부를 가르쳐줬잖아요☆ 경험자인 선배가 가르쳐둔 덕분에, 요령을 날름 터득해 전생 치트~ 같은 느낌으로 파바박 해낸 거예요~. 프흐흐, 세상 사는 데 필요한 건 이용해먹기 좋— 믿음직한 선배라니까요☆"

"인마. 방금 이용해먹기 좋다고 말하려다 말았지?"

"뭐~, 앞으로도 공부 열심히 해주세요. 내년에 제가 편하도록 말이에요!"

이로하는 친척 어른처럼 내 어깨를 세차게 때렸다.

행동거지 하나하나가 정말 짜증나는 녀석이다.

"무슨 소리를 하는 거야, 이로하. 아키가 진학고에 들어간 바람에, 허둥지둥 공부했—."

"우왓~!! 스톱!! 스토~옵!!"

오즈가 무슨 말을 하려고 하자, 이로하는 손에 들고 있던 짐을 그의 입에 집어넣었다.

"그건 여동생의 프라이버시~! 그걸 아무렇지 않게 발설하면 어떻게 해요?!"

"이로하, 그건 내 가방—!!"

"……푸핫. 괜찮잖아. 이번 여름에 슬슬 맹공을 퍼부어버리는 게 어때? 츠키노모리 양보다 리드할 기회야."

“……윽! 괜한 참견이야! 나한테는 내 페이스가 있거든?!”

이로하는 발끈하며 고개를 휙 돌렸다. 오즈와 이로하가 저렇게 다투는 건 흔치 않은 일이다. 뭐 때문에 싸우는 건지는 모르겠지만 말이다.

“아…….”

고개를 돌리고 있던 이로하가 갑자기 아쉬운 듯한 표정을 지었다.

“마시로 선배 하니 생각난 건데…… 진짜로 바다에 같이 안 가는 거예요?”

“응……. 나도 몇 번이나 말해보긴 했어.”

“바다에는 깐깐하다면서, 그렇게 고대했었는데 말이에요~.”

그렇다. 지금 이 자리에는 나, 이로하, 스미레, 그리고 오즈, 이렇게 네 사람 뿐이다.

마키가이 나마코 선생님은 평소와 마찬가지로 불참을 선언했다.

그리고 참가 예정이었던 마시로에게서도 어제 느닷없이 불참 연락이 왔다.

『미안해. 마시로도 바다에 가고 싶어서, 최선을 다했는데…….』

전화 너머에서 들려왔던, 마시로의 의기소침한 목소리가 아직도 귓가에 남아 있었다.

『못 가게…… 됐어……. 아마, 여름 방학, 동안…… 아무 데도, 못 갈 것 같아…….』

물론 그 이유를 몇 번이나 물어봤다. 하지만 마시로는 그저 사과하기만 할 뿐, 그 이유를 절대 가르쳐주지 않았다.

501호실을 몇 번이나 노크해봤지만, 아무런 반응도 없었다.

방에 틀어박혀 있는 건지, 아니면 아예 방에 없는 건지……. 어쨌든 그 통화 이후로는 마시로와 접촉하지 못했다.

"내버려 둬도 괜찮을까요? 평소의 선배라면 억지로라도 끌고 갈 것 같은데 말이에요."

"너는 대체 나를 어떤 애라고 생각하는 거야?"

"그야 강도나 유괴범 비스무리한 거라고 생각해요. 마을을 습격해서 여자애를 납치해오는 산적이라던가요."

너무하네. 나도 그렇게까지 강압적이지는 않다고. ……그렇지?

자기 행동을 돌이켜보며 자신감을 잃어가면서도, 나는 확신을 담아 말했다.

"본인이 가고 싶어한다면, 억지로라도 끌고 갈 거야. 하지만 마시로는 중요한 일을 우선하느라, 바다에 가는 걸 포기한 것 같다는 느낌이 들어."

"선배……."

비몽사몽 상태인 마시로가 교실에서 입에 담았던, 마감, 이란 단어. 그것이 내 예상대로 소설 신인상의 응모 마감이라면, 마시로는 최선을 다해 꿈을 좇고 있을 것이다.

우리와 같이 노느라 마감을 지키지 못한다면, 그거야말로 비효율적이다.

마시로의 행복에 있어서, 비효율 그 자체다.

"뭐, 그 이유가 뭔지는 모르지만 말이야."

"정말 괜찮은 걸까요……. 어, 우왓?!"

이로하는 걱정스러운 눈길로 맨션 5층의 모퉁이 방을 올려다보았다. 그러던 그녀는 느닷없이 등 뒤에서 포옹을 당한 바람에 화들짝 놀라고 말았다.

"이로하는 정말 착한 애라니깐~!! 못 가는 사람을 걱정해 봤자 아무 소용 없어~!! 우리끼리라도 최선을 다해 즐기면 되잖아~."

"스미레 쌤?!"

"재미있는 행사에 참가 못 하는 쪽이 나빠! 참가하는 애들끼리 즐기면 돼!"

"그건 그렇지만, 마시로 선배는 친구거든요. 신경을 안 쓰는 건 무리란 말이에요."

"우와, 성실~! 역시 이로하는 착한 애라니깐. 에잇에잇~!"

스미레는 기분이 좋은지, 이로하의 머리를 힘차게 쓰다듬어줬다. 그리고 엄지를 세우며 선언했다.

"마음에 들었어. 우리 집에 와서 내 여동생을 F●CK해도 돼."

"그 대사, 요즘 유행하는 거예요?!"

아무리 이로하라도 방금 그 말에는 딴죽을 날릴 수밖에 없는 것 같았다.

"이로하가, 스미레 선생님의 여동생을……."

옆에서 듣고 있던 나는 두 여자애의 모습을 머릿속에 떠올렸다.

스미레의 여동생이라면, 미도리를 말하는 거겠지. 이로하가 미도리를 F●CK한다는 게 대체 무슨 뜻이야. 아니, 잠깐만 있어봐. 이건 백합꽃이 피어나는 걸 말하는 건가. 백합에서 F●CK 같은 더러운 말을 쓰지 말아줬으면 좋겠지만, 공인 이로하가 수인 미도리를 침대에 쓰러뜨린 후에 교복 단추를 애태우듯 하나하나 끄르는 모습을 상상하니 꽤 흥분이, 아니, 잠깐만 있어 봐. 멈추라고, 나. 자, 거기까지! 스톱! 정지!!

나는 근처에 있던 전봇대에 박치기를 몇 번이나 날린 끝에야 겨우 정신을 차렸다.

"서, 선배, 뭐 하는 거예요?"

"연령 제한 등급을 설정하는 중이야."

"???"

고개를 갸웃거리는 이로하의 머리 위편에는 물음표가 떠 있는 것만 같았다. 음, 영원히 몰라도 돼.

쿵
쿵
?
© tomari

“좋아~, 준비 완료! 예정 시간도 준수! 이제 오즈마 군도 불만 없지?!”

그리고 어느새 짐 싣기 작업을 재개한 스미레가 텅! 고리가 나게 문을 닫으며 가슴을 폈다.

오즈는 힐끔 시계 타입 디바이스를 쳐다보더니, 만족한 것처럼 고개를 끄덕였다.

“응. 이 정도면 예정이 크게 어긋나지는 않을 거야.”

“좋았어~! 자아, 출발하자!”

오즈의 말을 듣고 텐션이 급상승한 스미레가 운전석에 앉더니, USA의 광대한 국토를 횡단하는 장거리 드라이버처럼 엄지로 좌석을 가리켰다.

“이 자식들아, 빨리 타라고. 내 드라이빙 테크닉으로, 천국에 데려가 주겠어!!”

“……하아…….”

흥분한 스미레를 본 이로하가 한숨을 내쉬었다.

그리고 옆에 있는 나에게만 들리도록, 작은 목소리로 투덜거렸다.

“무라사키 시키부 선생님 모드일 때 구제 불능인 건 알지만, 이번에는 솔직히 좀 그래요. 마시로 선배가 참가 못 하게 됐는데, 아무렇지도 않은 걸까요?”

"학생의 즐거움보다 자신의 즐거움을 우선한다면, 교사로서 실격이겠지."

하지만, 하고 나는 말을 덧붙였다.

"저 녀석은 구제 불능인 어른이지만, 교사로서 구제 불능이지는 않아. 아마 우리를 위해 일부러 저런 태도를 보이는 거야."

"우리를 위해……?"

"마시로를 배려하느라 바다를 즐기지 못한다면, 이 시간이 아깝잖아? 마시로가 참가하지 못하는 건 아쉽지만, 그걸 계속 질질 끄는 건 효율적이지 않아. —스미레 선생님은 자기가 광대 역할을 맡아서, 우리가 바다를 즐길 수 있게 해주려는 거야. 물론, 바다로 놀러 가는 게 진짜로 기대되어서 흥분하기도 했겠지만 말이야."

"아하…… 그래요. 스미레 쌤은 그런 사람이죠."

이로하의 얼굴에도 미소가 어렸다. 그리고 약간 멋쩍은 듯이 볼을 긁적이며 덧붙여 말했다.

"요즘 마시로 선배에게 좀 미안한 마음이 있거든요. 그걸 계속 질질 끌고 있나 봐요. 구제 불능인 건 저 자신인 것 같네요. —반성!"

"미안한 마음? 싸우기라도 했어?"

"하렘 자식에게는 안 가르쳐줄 거예요~☆"

"그건 또 무슨 소리야. 그것보다 그 악담을 정착시키려고 하지 마."

"아하하~ 싫~어~요~!"

웃으면서 그렇게 말한 이로하는 도망치듯 뒷좌석에 탔다.

하아, 텐션 변화가 극심한 애라니깐.

도회지의 이상기후 같은 이로하를 보며 어이없어하면서, 나도 그 뒤를 따랐다.

마시로에게는 미안하지만, 배려해준 스미레와 동료들을 위해서라도 이번 여행을 마음껏 즐기기로 했다.

*

"비켜비켜비켜비켜비켜비켜~!! 무라사키 시키부 선생님이 나가신다———!!"

핸들을 쥔 채 힘찬 목소리로 그렇게 외치는 스미레가 운전하는 차— 투박하고 기능을 중시하는 4륜 구동차는 고속도로를 **법정 속도를 준수하며** 달리고 있었다.

오른편 차선의 차에게 계속 추월당하는 광경을 곁눈질한 나는 어처구니없다는 표정을 지으며 말했다.

"발언과 속도가 반비례하네."

"시끄러워! 흥이 날 대로 난 사람에게 찬물 끼얹지 마!!"

"아, 고령자 마크 붙은 차량에도 추월당했어."

고속도로에도 법정 속도는 있지만, 그것을 무시하며 달리는 차도 있다. 스미레는 그런 사람 같은 발언을 입에 담고 있지만, 가속은 고사하고 차가 전혀 흔들리지 않을 정도로 쾌적하게 운전하고 있었다.

차멀미를 안 해도 되는 데다, 법정 속도 준수는 매우 멋진 일이기에 불만은 없다.

하지만, 의문인 건…….

"왜 그렇게 스피드 팍팍 낼 것 같은 텐션인 거예요?"

"사실 마음 같아서는 화끈하게 달리고 싶긴 해."

"그럼 액셀을 밟으면 되잖아요."

"싫어! 무섭단 말이야!"

"되게 성가신 사람이네!"

"차 운전은 무서워. 사람을 치기라도 하면 큰일이고, 동승자에게 해를 끼칠 우려도 있잖아. 지금도 전도유망한 학생들을 태운 상태에서 교통사고가 나는 상상을 하니, 손이 덜덜……."

"그게 더 무섭거든?! 정신 바짝 차려!!"

핸들을 쥐면 간이 커진다는 이야기를 들은 적이 있지만, 스미레는 평소보다는 100배는 소심해졌다.

안전 운전을 하는 그 마음가짐은 운전자의 본보기가 될 법하지만, 그럴 거면 평소의 텐션을 유지해줬으면 좋겠다.

"차량 제공자한테 불평하고 싶지는 않은데…… 하아."

나는 한숨을 내쉬면서 뒷좌석 등받이에 몸을 맡겼다.

그렇다. 솔직히 말해, 나는 불평할 자격이 없다.

이 자동차 여행에서, 나는 아무것도 하지 않는 거나 다름없으니 말이다.

운전은 스미레가 맡았으며, 오즈는 조수석에 앉아서 길 안내를 해주고 있다. 앞좌석의 두 사람이 체력과 정신력을 소모하고 있는 것과 달리, 뒷좌석에 그저 앉아있기만 하는 나와 이로하는 짐짝이나 다름없다.

옆을 보니, 헤드폰을 쓴 이로하가 리듬을 타듯 몸을 흔들고 있었다. 스마트폰으로 재생한 음악을 듣고 있는 것 같았다.

―나도 그냥 뭐라도 들으며 시간을 보낼까.

나는 이어폰을 귀에 꽂았다. 그리고 스마트폰을 조작해서 U-tunes을 켠 후, 어떤 음원을 재생시켰다.

그것은 성우, 오토하 마치아가 연기한 애니메이션 캐릭터의 목소리만 잘라서 모아둔 것이다.

내가 오토이 씨에게 만들어달라고 부탁한, 츄파드롭 50개의 가치를 지닌 음원이다.

이로하의 미래를 점칠 존재. 오토하 마치아를 알게 된 나는 그녀의 발자취를 좇다 보면 이로하를 지금보다 잘 프로듀스할 힌트를 얻을 수 있을지도 모른다고 생각했다.

오토하 미치아의 목소리는 들으면 들을수록 이로하와 비슷하다는 생각이 들었다.

특히 청초 모드의 일치율은 어마어마할 정도이며, 이렇게 몇 번이나 듣는데도 이로하의 음원이 섞여 있는 게 아닐까

하는 착각이 들었다.

다른 성격의 캐릭터 때는 그렇게 비슷하다고 느껴지지 않는데, 왜 청초 모드일 때만 현저하게 겹치는 건지 아무리 생각해봐도 알 수가 없었다.

그렇게 음원에 집중하고 있을 때, 내 집중을 흐트러뜨리려는 듯이 누군가가 내 옆구리를 찔렀다.

"선배~. 뭘 듣는 거예요?"

"응? ―아, 별거 아냐."

나는 대충 대꾸했다.

하지만 그 태도 탓에 호기심을 자극당한 듯한 이로하가 얼굴을 쑥 내밀었다.

"어~, 신경 쓰여라! 저한테도 들려주세요~."

"그만해. 코드 당기지 마, 바보야."

"그러지 말고 이어폰 나눠 껴요. 저 같은 귀여운 여자애와 찰싹 붙어서 같이 듣는 건, 전국 6천만 남자들의 꿈일걸요?"

"너는 짜증 덩어리니까 전제 자체가 잘못됐어. 그리고 너도 음악을 듣고 있잖아. 그쪽에 집중하라고."

"제 음악은 언제든 들을 수 있는걸요. 지금 선배가 듣고 있는 음악은 지금 이 순간에만 들을 수 있잖아요!"

"아니, 그 헤드폰과 네가 음악 감상에 쓰는 스마트폰은 내가 빌려준 거잖아. 항상 들을 수 있는 건 아니거든?"

이로하가 평소 음악을 들을 때 이용하는 건, 내가 기종 변경을 하면서 유심칩을 뽑은 구형 단말이다.

혹자는 이로하가 자기 스마트폰으로 음악을 들으면 될 거라고 여길지도 모른다. 하지만 이로하는 자신의 어머니에게 들킬 것을 우려해, 자신의 스마트폰으로는 절대 음악을 재생하지 않는다.

과민반응일지도 모르지만, 나도 그녀의 어머니— 코히나타 오토하, 아니, 아마치 오토하 사장과 대면한 그 날, 이로하의 우려에 진심으로 공감했다.

모든 것을 꿰뚫어 보는 듯한 그 눈.

조금이라도 긴장을 풀었다간, 자신의 머릿속 깊은 곳까지 들여다볼 것만 같다.

그런 불안을 느끼게 하는 눈이었다.

"저는 선배 집 연간 이용권을 가지고 있거든요. 언제든 마음껏 이용해도 된다고 생각해요."

"남의 집을 테마파크처럼 여기지 마. ……하아, 조금은 집주인을 배려하라고."

"배려하기 때문에, 기본적으로 선배가 있을 때의 전후 시간을 노려요!"

"그건 단순한 괴롭힘이잖아."

"하아, 그런 건 아무래도 상관없잖아요. 부끄러워하지 말고 이어폰 한쪽 주세요. 플리즈!"

"끈질기네. 알았다, 알았어. 딱히 재미있는 건 아니라고."

결국 항복한 나는 오른쪽 귀의 이어폰을 빼서, 꼬리를 흔들며 먹이를 주는 강아지 같은 이로하의 손바닥에 내려두려다가 움직임을 멈췄다.

잠깐만 있어 봐. 이걸 들려주면 어떻게 되지?

그 순간, 내 머릿속에서는 최악의 미래 시뮬레이션이 펼쳐졌다.

『어라~. 혹시 이건 제 청초 모드 목소리예요?』

『아, 아냐. 비슷하기는 하지만, 전혀 다른 사람의 목소리—.』

『일부러 20년 전 애니메이션을 뒤지면서까지 저와 비슷한 목소리를 찾은 거예요? 제 목소리에 그렇게 푹 빠진 건가요? 이로하 님의 청초 보이스를 안 들으면 밤에 잠이 안 오는 몸이 되어버린 거죠?!』

『내 말 좀 들어! 그런 게 아냐! 너는 지금 착각에 빠져 있어!』

『정말~. 필사적이네요. 선배는 참 귀, 엽, 네, 요~♪』

—어마어마한 굴욕!! 받아들일 수 없는 치욕!! 상상만 해도 보디 블로를 날려주고 싶어질 정도로 짜증나는 발언이다!!

안 된다. 들려줄 수 없다. 이로하에게만은. 이 음원을.

"와아~! ……어, 어라? 잠깐만요, 왜 이어폰을 주려다 마는 거예요?!"

"……역시 안 되겠어. 너에게 이걸 들려줄 수는 없어."

"예에에에에에? 방금 이어폰을 주려고 했잖아요!"

"시끄러워. 안 되는 건 안 돼."

"부우~. 이해가 안 되네요~."

이로하는 볼을 부풀리며 불만을 아낌없이 표출했다.

그런 표정을 지어도 안 돼. 들려주려다 관둔 나한테도 잘못은 있지만, 이것만은 절대 들려줄 수 없어.

"부우우우. 이렇게 필사적으로 숨기는 걸 보면, 저한테 들려주면 곤란한 건가 보네요."

"……윽?! 그, 그렇지, 않아."

"어?"

내 미세한 동요를 눈치챈 건지, 이로하의 눈썹이 희미하게 움직였다.

방금까지 불만으로 가득 차 있던 얼굴에, 점점 개구쟁이 같은 미소가 어렸다.

"앗. 흐음~♪ 오호라~. 그렇게 된 거군요."

"뭐, 뭐가 말이야?"

"선배는 남한테 들려줄 수 없는 음성을 듣고 있었던 거죠?"

"……윽!"

심장이 화들짝 뛰었다.

이로하는 자신의 추리를 선보이는 명탐정처럼 턱에 손가락을 대더니, 모든 것을 꿰뚫어 보는 듯한 눈빛으로 내 눈을 응시했다.

"선배가 듣고 있는 건, 바로……."

"자, 잠깐만 있어 봐. 그런 게 아냐. 나는……."

"음란 ASMR 맞죠?!"

"어? 뭐? 그런 게 아냐."

명탐정의 해결 파트 BGM이 들릴 것처럼 운을 띄웠지만, 정답 근처에도 가지 못했다.

그것보다 현역 여고생이 『음란』 같은 말을 입에 담지 마. ASMR이란 단어도 대체 어디서 주워들은 거야. 그 단어는 사운드 페티시즘 관련 영상에서 흔히 쓰이기는 하지만, 주로 남성 취향의 용도로 쓰이는 건데……. 뭐, 요즘은 꼭 그렇지만도 않은 것 같지만 말이야.

이로하는 오답을 늘어놨으면서도, 여전히 히히히 하고 놀리듯 웃고 있었다.

"에이~, 부끄러워하기는~. 괜찮아요. 선배가 미인 교사가 모는 차 안에서, 미소녀인 이로하 님의 옆에 앉아 발칙한 음성을 듣는 변태더라도, 저는 선배의 여동생으로 있어 줄게요. 그야말로 우애 깊은 여동생!"

"너는 내 여동생이 아니거든? 그리고 멋대로 이야기에 마침표 찍지 마."

"스미레 쌤, 오빠. 제 말 좀 들어봐요. 선배가 말이죠— 우우웁!!"

"괜한 소리 하지 마, 바보야. 얌전히 자리에 앉아있어."

나는 운전석 쪽으로 몸을 쑥 내민 이로하의 입을 막으며, 억지로 자리에 앉혔다.

"읍~! 읍~! (놔~주~세~요~! 이 변태 선배야~!)"

"버둥거리지 마, 바보야. 어, 진짜로 진정해. 내 손이 괜한 곳에 닿는다고!"

"으읍? 므흐흐흐~♪ (어머? 왜 부끄러워하는 거예요? 혹시 신경 쓰여요~?)"

"무슨 소리를 하는지 모르겠지만, 눈빛만으로 사람을 짜증나게 하는 건 대단한 재주네."

결국…….

이로하와 목소리가 비슷한 성우의 음성을 듣고 있었다는 사실은 숨겼지만, 다른 것으로 놀림을 당했다.

아무리 운명을 바꾸려 해도 이렇게 헤어날 수가 없다니, 이것이 세계선의 수렴인가.

"뒤편의 러브러브 공간, 진짜 무시무시하기 그지없네."

"다음에 돌아보면 러브신 찍고 있을지도 모르겠네요. 한 번 시험해볼까요?"

"그, 그, 그런 걸 목격했다간 와일드 스피드해버릴 것 같거든?!"

“돌아보지 않으면 관측할 수 없으니까요. 러브러브하고 있는가, 없는가. 양자역학의 사고 실험에서 이름을 따와서, 슈뢰딩거의 러브러브라고 부르는 게 좋겠군요.”

“저능함의 극치를 달리는 소리네!”

“아, 곧 휴게소네요. 저 두 사람이 도가 지나친 행위를 벌이기 전에, 좀 진정시키도록 할까요.”

—너희 둘, 소곤소곤 이야기한다고 생각하나 본데 전부 들리거든?

부정하면 할수록 필사적인 분위기가 형성되면서, 이로하가 더 기어오를 게 뻔하니 아무 말도 하지 않지만 말이야.

다행히 이로하도 나를 좀 놀리고 만족한 건지, 헤드폰을 쓰며 리듬에 몸을 맡기고 있었다.

시끌벅적한 이들을 태운 차는 휴게소에 들어가더니, 잠시 휴식 시간을 가졌다.

이로하는 화장실에 다녀오겠다고 말하며 고양이처럼 모습을 감췄다.

스미레는 좀 피곤하니 눈 좀 붙이겠다면서 운전석을 뒤쪽으로 쓰러뜨리더니, 얇은 책을 얼굴에 덮고 잠들었다.

나와 오즈는 휴게소 매점에 가서 음료와 과자 같은 보급물자를 확보했다.

이것으로 한 시간 이상의 차량 감금도 버틸 수 있다.

그렇게 생각하며 차량으로 돌아와 보니, 어찌된 건지 운전석이 비어있었다.

스미레를 찾아보니, 그녀는 차량 뒤편에 숨듯 몸을 웅크린 채로 귀에 댄 스마트폰을 통해 누군가와 이야기를 나누고 있었다.

"……건, 아무리 그래도 성급…… 볼일이…… 바다가……."

목소리가 작아서 잘 들리지 않았다.

애초에 훔쳐 듣는 건 나쁜 짓이다. 그냥 아무것도 못 들은 걸로 하자.

"무라사키 시키부 선생님은 뭐 하는 거야?"

"통화 중인 것 같아. 일 관련 전화인지는 모르겠지만, 꽤 심각한 분위기였어."

고개를 쏙 내민 오즈를 향해 그렇게 말한 후, 나는 그의 등을 밀며 차량 앞쪽으로 돌아갔다.

방금 산 페트병의 뚜껑을 열고, 한 모금 마셨다. 청량음료가 목을 적신다.

아까 이로하와 공방전을 펼치면서 진땀을 흘려서 그런지, 손끝 발끝까지 청량음료가 퍼져나가는 듯한 쾌감이 느껴졌다.

"그건 그렇고……."

음료를 한 모금 마신 오즈가 차량 반대편을 의식하며 말했다.

"여름 방학인데도 저런 전화가 오는구나. 사회인은 고생이 많네."

"가능하면 되고 싶지 않아."

"뭐, 평범한 사회인이 되는 건 나한테 무리일 거야. 이해가 안 되는 게 너무 많거든."

"……그럴 거야."

오즈는 평범한 고등학생이 아니다. 천재 프로그래머, 라는 단어만으로는 설명이 충분하지 못하다.

타인과는 세상을 보는 관점이 완전히 다르다. 진정한 의미에서, 다른 세계에 사는 것이다.

민물고기가 바다에서 살 수 없듯, 바닷물고기가 강에 올라오면 죽어버리듯…….

일반적인 상식, 사회 규범 안에는 오즈가 있을 곳이 없다.

―아, 이러면 안 되지. 시리어스 엄금. 사고회로 리셋.

오늘은 모처럼 동료들끼리 바다 여행을 가는 길이다. 이런 날에는 시리어스한 생각에 뚜껑을 덮어버려도 될 것이다.

"어, 어머, 너희들. 어, 어어어어, 언제 돌아온 거야?!"

"방금 왔어요. ……왜 그렇게 당황한 거예요?"

"무무무, 무슨 소리니?! 당황한 적 없어~! ―아무것도 못 들었지?"

"???"

"모, 못 들었으면 됐어."

내가 미심쩍다는 듯이 눈을 가늘게 뜨자, 스미레는 오른

손 오른발이 같이 나갈 정도로 어색한 움직임으로 내 옆을 지나 운전석으로 돌아갔다.

"왠지 수상하네. 행동거지가 너무 수상쩍어. 시키부가 마감을 어길 때의 냄새가 나."

"그 후각, 너무 한정적으로 발휘되는 거 아냐? ……하암."

일침을 날린 오즈는 입에 손을 대며 하품을 했다.

"졸려 보이네."

"으음~. 요즘 밤샘이 잦았거든……."

그러고 보니 어제도 교통 상황을 정확하게 파악해서 적절한 루트를 재계산하도록, 자동차 내비 시스템을 개조했었지.

"푹 자. 고속도로를 빠져나갈 때까지는 길 안내가 필요 없을 거잖아."

"응…… 그렇게 할게……. 이로하와, 아키의 꽁냥꽁냥을…… 구경하지 못하는 건, 아쉽……지만……."

"깨어 있어도 그런 건 구경 못 할 테니 마음 놓고 자. 자, 이런 데서 뻗지 말고 빨리 타는 게 어때?"

"응…… 하아암……."

오즈는 많이 피곤한 건지, 고개를 꾸벅거렸다.

나는 그를 부축해주며 조수석에 태웠다.

"쿨~."

"완전히 골아 떨어진 거냐. 되게 빨리 잠드네."

완전히 의식의 끈을 놓은 오즈를 좌석에 앉힌 후, 안전띠를 채워줬다.

그러던 도중, 핸들을 쥔 채 딱딱하게 굳어버린 스미레가 띰을 삐질삐질 흘리는 모습이 눈에 들어왔다.

"땀을 많이 흘리네요. 괜찮아요?"

"응? 뭐뭐, 뭐가 말이야?!"

"아까부터 좀 이상한 것 같은데, 무슨 일 있었어요? —자, 받으세요."

"히익?!"

그렇게 말하며 손수건을 내밀자, 스미레는 화들짝 놀라며 몸을 뒤편으로 젖혔다.

중세 고문 도구를 쳐다보듯 내 손수건을 응시한 그녀는 떨리는 목소리로 머뭇거리며 물었다.

"저, 저기, 그 손수건으로 자른 새끼손가락을 싸서 넘기라는 거지……?"

"땀 좀 닦으라는 거야. 왜 대뜸 그런 야쿠자 같은 상상을 하는 건데?"

한여름의 뜨거운 햇살 아래에서 장시간 동안 운전을 한 스미레를 배려해줬을 뿐이다. 더위라도 먹으면 큰일이니 땀을 닦고 음료를 마시라고 할 생각이었는데, 왜 이렇게 경계하는 걸까.

"……아, 반사적으로 존댓말을 안 썼네."

"그, 그건 괜찮아. 여기는 학교가 아닌걸."

“선생님과 학생이라서가 아니라, 연상과 연하라는 면을 생각해 존댓말을 쓰는 거예요. ……툭하면 반말을 날리고 있긴 하지만, 개인적인 룰 같은 거니까 신경 쓰지 마세요.”

“으으, 아키가 좋은 애라는 게 느껴지니 죄책감이 엄습해……!”

“왜 머리를 감싸 쥐며 괴로워하는 거예요?”

“아, 아무것도 아냐. 그런데 오즈마 군은 잠들어 버렸네. 아키와 이로하도 나는 신경 쓰지 말고 자도 돼. —단, 피임은 꼭 하는 거야.”

“어떤 의미의 **잔다**를 상상하고 있는 거야? 불순 이성 교제를 권하지 말라고, 이 망할 교사야.”

“아얏! ……아, 시원해.”

차가운 음료가 든 페트병으로 스미레의 정수리를 톡 두드린 후, 건네줬다.

“머리 좀 식히며 수분 보충을 한 다음, 안전 운전을 해주세요.”

“아키…… 고마워. 너는 참 상냥하네.”

“이래 봬도 스미레 선생님에게 고마워하고 있어요. 선생님이 운전해주니까, 저희는 편하게 바다에 갈 수 있는 거잖아요.”

“그, 그래. 바다에 말이야.”

“게다가…… 가짜라고는 해도 약혼자잖아요. 이 정도 배려는 해야 하지 않겠어요?”

말을 입에 담으면서도 너무 멋쩍은 나머지, 나는 고개를 돌리고 말았다.

“후후. 아키의 그런 면에서는 쇼타 특유의 귀여움이 느껴지네. 가슴이 콩닥거려.”

“시끄러워. 그런 말 들어도 전혀 기쁘지 않다고.”

눈이 하트 모양이 된 스미레가 가슴을 손으로 감싸며 그렇게 말하자, 나는 도망치듯 몸을 뒤편으로 뺐다.

그대로 뒷좌석에 다시 앉으려던 순간, 목덜미가 오싹했다.

뒤편에 존재하는 기척에서 말로 형용 못 할 공포를 느낀 나는 머뭇머뭇 뒤를 돌아보았다.

그러자, 그곳에는—.

“꽁냥꽁냥하지 마.”

“우왓——?!”

원념에 찬 악령의 목소리가 귓가에서 들려오자, 나는 비명을 지르며 펄쩍 뛰었다.

내 뒤편에는 소복 차림의 익사체 같은 검은색 장발의 여자—가 아니라, 히죽히죽 웃고 있는 짜증나는 여자 후배가 있었다.

“아하☆ 엄청 쫄았나 보네요~!”

“……또 너냐! 그 목소리 좀 내지 말라고 말했지?!”

"어라라~. 선배, 왜 과민반응을 하는 거예요? 효율충이랍시고 리얼리스트인 척은 다 하고 다니면서, 설마 유령이 무서운 거예요~? 므흐흐~. 귀여운 약점 발견~♪"

"유령이 진짜로 존재한다고 믿는 건 아니지만, 네 호러 보이스는 무섭다고. 그럼 안 되냐? 이 바보야."

중년 남자가 변환 소프트를 쓰고 있다는 걸 알더라도, 버추얼 미소녀 변신 아저씨의 목소리는 귀엽다고 느끼잖아. 그것과 마찬가지라고.

현실을 알든 모르든 간에, 공포를 연출하기 위한 목소리를 들으면 무섭기 마련이다.

"안 되는 건 아니에요~. 귀, 여, 울, 뿐, 이, 거, 든, 요."

"그러니까 관두라고~!!"

"아하하. 너무 재미있네!! 당분간은 이걸로 놀려야지~!!"

"큭. 이 녀석이……."

이로하가 배를 잡고 깔깔 웃어대자, 나는 인내심이 바닥나고 말았다.

이건 바다에 갈 때까지 아껴둘 생각이었지만, 상황이 이러니 어쩔 수 없다.

"악령아, 물렀거라!"

"—꺄앗?!"

기고만장해져서 우쭐대는 이로하의 이마에 부적을 딱 붙여줬다.

"이, 이게 뭐예요?! 앞이 안 보이거든요?!"

"영험한 (근처) 신사에서 산 부적이야."

"이런 걸 왜 산 거예요?!"

강시처럼 얼굴이 부적이 붙은 이로하가 손을 허우적대는 가운데, 나는 그녀에게 설명해줬다.

"매년 해수욕 시즌이 되면 사건 사고 뉴스가 쏟아져 나오잖아. 파도에 휩쓸려갔다, 조개 독에 당했다, 상어에게 잡아먹혔다, 같은 뉴스 말이야."

"마지막 건 본 적 없어요!"

"외국에서는 때때로 일어나. —아무튼 매우 낮은 확률이기는 하지만, 일정 확률로 사고에 휘말리기 마련이야. 그래서 다치거나 목숨을 잃어봐. 죽은 바람에 앞으로 활동을 못하게 된다면 생산성 제로잖아. 효율을 따지자면 그게 가장 큰 손실이야."

"아니, 그런 논리를 따지지 않더라도, 죽으면 그 순간 시합 종료잖아요! 왜 진지하게 고찰해봤다, 같은 투로 말하는 거예요?!"

"물론 사고를 막을 대책을 강구하기는 하지만, 최종적으로는 『운』이 전부거든. 그러니, 나는 운을 좋게 해줄 장비를 준비한 거야."

나는 그렇게 말하면서 신령 굿즈들을, 부채를 펼치듯 쫙 펼쳐놨다.

부적, 액막이, 파마(破魔)의 화살— 악령 퇴치부터 순산 기원까지, 빈틈없는 포진이다.

"선배. 혹시…… 바보예요?"

"너무하네! 나는 어디까지나 우리의 안전한 여행을 위해 이런 걸 준비한 거야. 《5층 동맹》의 경비로 샀다고."

"이런 건 경비로 인정되지 않을 것 같은데……."

"괜찮아. 마키가이 선생님에게 졸라서, 『검은 염소』의 작품 속에서도 나오게 하는 거야. 그러면 이것들도 어엿한 자료지."

"으음. 이런저런 이유를 붙이긴 했지만, 결국 호러를 싫어해서……."

"악령아, 물렀거라!"

"끄아~! 또 붙였어! 앞이 하나도 안 보여~!"

사람을 겁쟁이 취급하지 말라고. 남들보다 위기 회피 능력이 뛰어날 뿐이란 말이야. 결코 호러를 싫어하는 게 아니야. ……진짜거든?

*

휴게소를 나선 우리는 한동안 스미레가 운전하는 차에 몸을 맡기고 있었다.

오즈는 잠든 채 꿈쩍도 하지 않았고, 이로하도 장시간 차량 이동을 하며 나를 괴롭히느라 지친 바람에 얌전해졌나 싶더니 어느새 잠들어 있었다.

조용해진 차 안은 요람으로서 매우 우수한 공간이었기에, 나도 순식간에 수마에 사로잡히고 말았다.

잠에서 깨어나면, 눈앞에는 푸른 바다가 펼쳐져 있을까?

이로하는 결국 어떤 수영복을 준비했을까.

마시로는 바다에 가고 싶은 걸 참으며 지금도 최선을 다하고 있을까.

그런 생각이 머릿속에 떠올랐다 사라지는 가운데, 나는 점점 더 깊은 잠에 빠져들었다.

그리고…….

잠에서 깨어난 내 눈앞에 펼쳐져 있는 건 넓고 푸른 바다! 가 아니라, 울창한 숲에 감싸인 **보잘것 없는 촌락**이었다.

바람이 불자 스산한 나뭇잎 소리가 들렸고, 들개 울음소리가 주위에서 메아리쳤다.

하늘에 한여름의 태양이 떠 있는 건 도회지와 마찬가지인데도 더위가 느껴지지 않았으며, 공기는 서늘하게 느껴졌다.

건물이 드문드문 존재하지만 세월이 느껴지듯 노후화되어 있었으며, 금방이라도 무너질 듯한 위험한 분위기가 감돌았다.

봉건시대로 타임슬립한 것 같아요, 하고 말해도 믿길 듯한 풍경이다.

그것보다 이제 슬슬 한 마디해도 되겠지?

어딜 봐도 여기는 산이잖아.

우리는 해수욕을 하러 가고 있었는데, 왜 산속의 촌락에 와 있는 거야? 명백하게 이상하잖아.

4륜 구동차의 타이어에 붙은 진흙과 더러워진 차체가 얼마나 험한 길을 달린 끝에 이곳에 왔는지 알려주고 있었다. 뒤를 돌아봐도 제대로 된 도로는 없었으며, 어떤 길로 여기까지 온 것인지 알 수가 없었다.

"스미레 선생님. 아니, **무라사키 시키부**."

"……예."

"어떻게 된 건지 설명해주겠어? 여긴 어디야? 바다는 어디로 사라진 거냐고."

"어……."

"어?"

"어쩔 수 없었어어어어어어어어어어어!!"

스미레는 타이츠가 더러워지는 것도 개의치 않으며 진흙으로 뒤덮인 땅바닥에 무릎을 꿇더니, 이마를 지면에 댔다.

무라사키 시키부 선생님의 특기, 첫수 오체투지다.

"잘못했어요, 잘못했어요, 정말 잘못했어요! 하지만 딱 하루만 나 좀 도와줘! 볼일이 끝나면 바로 바다로 향할게!"

"사과하기 전에 우선 상황부터 설명해. 여기는 어디야?"

"카게이시 마을이야."

"카게이시 마을?!"

"카게이시 일족의 본가 저택이 있는 마을이 바로 여기야. 이 마을에 사는 사람 대부분이 우리 친족이지."

"아니, 그런 한 지역의 대지주 같은 일족도 있다고는 하던데 말이야. 그래도 일족의 성이 한 마을의 이름인 건 좀 과한 거 아냐? 세계관이 어떻게 되어 먹은 거냐고."

"뭐, 사람 숫자는 얼마 안 돼."

"딱 봐도 심각하게 낙후된 것 같네."

마을 전체가 한눈에 들어오는 이 자리에서 둘러보기만 해도, 쇠퇴한 마을인 것을 알 수 있었다.

넓이와 건물 숫자는 상당하지만, 길을 오가는 사람이 거의 없었다.

"그런데 왜 우리를 네 본가가 있는 마을로 끌고 온 거야?"

"실은…… 아키와의 러브러브 사진을 가족 LIME에 올렸는데……."

"윽, 설마 그게 문제가 된 거야?"

미도리가 우리 반에 쳐들어왔을 때가 생각났다.

보기에 따라서는 한창 음란한 행위를 가지는 모습을 촬영

한 것 같은 사진이었다. 그것을 본가 사람들이 보고, 쓴소리를 한 거라면…….

"아냐. 그건 전혀 문제가 안 됐어."

"너희 가문, 엄격한 건지 관용이 넘치는 건지 감이 안 오네."

"하지만 『그렇게 가까운 상대가 있는데 왜 이제까지 소개하지 않은 거냐? 얼굴을 한 번 보여주는 게 도리 아니냐? 그 약혼자란 작자를 오늘 안에 데려와라. 그러지 않는다면, 그 정도 성의도 없는 자와의 약혼은 인정하지 않겠다』 라고 했어."

"아~."

오호라. 그 정도로 진지하게 교제하고 있다면, 데려와서 인사를 시키라는 건가. 고풍스러운 가치관을 가진 가문이라는 건 아무래도 사실 같았다.

"너무 갑작스러워서 무리예요, 하면서 거절하면 되잖아."

"무리야! 할아버님은 진짜 무서운 사람이거든?! 시키는 대로 안 했다간 초장거리 저주로 나를 죽일지도 몰라!!"

"그렇게 실력이 엄청난 요술사인 거야? 그것보다, 세계관 좀 멋대로 뜯어고치지 마."

내가 아는 이 세상은 현실의 일본 사회다. 초자연 현상을 전제로 한 대사 좀 늘어놓지 마.

문뜩 의문이 머릿속을 스쳤다.

"그러고 보니 너희 가문은 교육자 일가였지? 선조 대대로 다들 교사였다며? 그래서 너도 교사가 될 수밖에 없었다고 들었던 것 같거든?"

"응, 맞아."

"교사 일가라는 설정과 이 산속의 촌락을 이어붙일 수가 없는데 말이야."

"아, 거기에는 복잡한 경위가 있어. 원래 카게이시 가문이 교사 일가가 된 계기를 알려면, 에도 시대까지 거슬러 올라가야 하는데—."

"—꽤 길어질 듯한 이야기는 나중에 하면 안 될까?"

"히익?!"

설명을 시작하려던 스미레의 어깨를 누군가가 두드렸다.

그녀의 등 뒤에 유령처럼 서 있는 인물은 내 친구인 코히나타 오즈마. 통칭 오즈다.

저기, 오즈…… 맞지? 응, 오즈가 맞을 거야. 평소와 다르게 살기를 뿜고 있지만 말이야.

"무라사키 시키부 선생님."

"예, 예입."

"제가 밤을 새우며 만든 시스템과 스케줄을, 전부 박살 낸 거죠?"

차갑기 그지없는 목소리다. 차갑기 그지없는 눈동자다. 그 어떤 감정도 느껴지지 않는 눈이다.

사냥감과 마주한 곤충도, 지금의 오즈보다는 따뜻한 온기를 지녔을 것이다.

"나, 나도 미안하다고 생각해. 하지만 할아버님을 거슬렀다간 큰일이—."

"무라사키 시키부 선생님. 당신, 아무래도 죽고 싶나 보네."

오즈는 변명을 들을 생각이 없다는 듯이, 손을 치켜들었다.

"히이이이익?!"

"어, 어이, 오즈. 설마 유혈사태를 일으키려는 거야? 그건 좀—."

공포에 떨며 몸을 웅크린 스미레의 앞에 선 나는 오즈의 손찌검을 막으려 했다.

하지만 그는 손을 휘두르지 않았다.

"지금부터 무라사키 시키부 선생님의 컴퓨터를 해킹해서 누님 쇼타 관련 데이터를 하나도 남김없이 빼낸 후, 교육 위원회에 보내겠어요."

"안 돼애애애애애! 그럼 나 죽어어어어어어어어!! 사회적으로 죽는단 말이야아아아아아아!"

너, 너무해. 그렇게까지 하는 거냐, 오즈여.

냉혹무비. 그 극악무도한 처형 방법은 내 등골마저 서늘하게 만들었다.

오즈가 이렇게까지 하려는 걸 보면, 제대로 열받은 것 같았다. 최근 며칠 동안 밤을 새우며 이룩한 성과가 전부 부질없게 되었으니, 당연하다고 할 수 있으리라. 역시 이 녀석만큼은 화나게 해선 안 되겠다는 생각이 들었다.

"아키테루 님, 살려줘어어어~! 이대로 있다간 오즈마 군한테 유린당할 거야! 높으신 분들 앞에서 내 소중한 부위가 까발려질 거야!"

"무라사키 시키부 선생님……."

스미레가 울먹거리면서 매달리자, 나는 연민의 정이 담긴 눈길로 그녀를 내려다보았다.

"이제까지 고생 많으셨어요."

"포기 선언—?!"

"솔직히 말하자면, 선생님이라면 언젠가 그런 짓을 벌일 거라고 생각했어요."

"게다가 교도소행—!!! 나도 체포당할 짓거리는 안 했거든?!"

"신에게 맹세할 수 있어?"

"얼마든지 할 수 있단 말이야!"

"아라시마 군에게도 맹세할 수 있는 거야?"

"나는 나쁜 여자야아아아아아아아아아아아아아!!"

스미레는 울부짖으며 무너지듯 주저앉았다.

지나치게 놀렸나. 너무 놀리는 것도 좀 그러니, 이제 그만 감싸주도록 할까.

그렇게 생각하며 입을 열려던 순간, 이로하가 고개를 쑥 내밀었다.

"저기~, 선배. 여러분. 잠시 저 좀 봐요~."

"이 오 아~."

"우왓, 더러워! 콧물 좀 닦으세요, 정말!"

나와 오즈에게 비난을 듣고 최후의 희망인 이로하에게 매달리는 25세의 여교사…….

위엄이라고는 눈곱만큼도 없는 그녀의 얼굴을 쓴웃음을 흘리며 닦아준 이로하는 천연덕스러운 표정으로 말했다.

"저는 어려운 건 잘 모르지만, 여기는 선배들이 만든 게임의 무대와 분위기가 비슷하지 않아요?"

"그래서 뭐? 무라사키 시키부 선생님이 내 성과를 부질없게 만든 죄는 사라지지 않아."

"에이, 좀 진정해요. 산도 사람들이 알아주는 여행 스팟이잖아요. 그리고 『검은 염소』의 취재도 할 수 있어요. 이런 걸 두고 『일거양득』이라고 하지 않나요?"

그렇게 말한 이로하는 오즈와 스미레에게 보이지 않도록 나에게 윙크를 보냈다.

"효율충인 선배가 참 좋아하는 단어일 것 같은데요."

―오호라. 이 이야기를 이용해서 오즈를 달래라는 건가.

확실히 본성을 숨기고 우등생을 연기하고 있는 이로하답다. 인간을 깊이 관찰하며 이해하고 있기에, 상대방의 약점도 정확하게 찌를 수 있는 것이다.

"확실히 이로하의 말이 옳아. 바다 여행 일정에 차질이 좀 생기긴 했지만, 자료와 소재를 모은다면 《5층 동맹》의 활동에 도움이 될 거라는 점을 고려해볼 때 나쁘지 않은 로케이션이긴 해. 기왕이면 즐겁게 일을 하자고."

"……그것도 그렇군. 아키의 관점에서 시간 낭비가 없다면, 나도 더는 화내지 않겠어."

"응. 이번만 봐주기로 하자."

"오케이, 알았어. 아키는 참 상냥하다니깐."

오즈의 눈동자에 인간다운 감정의 빛이 돌아왔다.

이것이 오즈의 약점이다. 이로하가 간파하고 있는, 오빠의 마음에 존재하는 급소다.

내가 바라는 철저한 효율주의에 따른 《5층 동맹》의 운용 방식에 공감하기에, 내가 진심으로 효율적이며 옳다고 느낀 것에는 이의를 제기하지 않는다.

뭐, 사고를 쳤다고 해도 진짜로 스미레를 사회적으로 매장할 생각은 아니었겠지만 말이다.

"—아, 그래도 무라사키 시키부 선생님."

"예엣?!"

"다음에는 봐주지 않을 거야."

방금 한 말은 취소하겠다. 이 녀석은 진심이야.

*

『오즈, 화를 풀어서 다행이야.』

『응. 하지만 1아웃인 건 사실이야.』

『어.』

『무라사키 시키부 선생님의 하드 디스크에 든 내용물은 확보했어. 다음에 사고를 친다면…… 알지?』

『내, 내가 잘 길들여둘게.』

006 제6화 …… 선생님 할아버지가 나한테만 ???

산에 접한 것처럼 크고 오래된 여관이 존재했다. 그곳은 단층집이 줄지어 있는 이 한계 촌락에서 유독 큰 건물이었지만, 태양이 산 너머로 지면서 짙은 그림자가 드리워진 탓에 을씨년스러운 분위기가 감돌고 있었다.

그 여관은 벽이 손을 대면 바스러질 것만 같을 정도로 허름한 건물이었으며, 틈새 바람이 마구 들어오고 있을 뿐만 아니라 잡초도 잔뜩 자라고 있었다. 호러 영화의 촬영에나 쓰일 법한 외관이다.

우리가 이 마을의 유일한 숙박 시설인 이곳으로 곧장 향한 것은 이로하와 오즈를 체크인시키기 위해서다.

나는 스미레의 약혼자로서 카게이시 가의 당주와 만나야 하는데, 이로하와 오즈를 데리고 가는 건 이상하니 말이다.

그러니 우선 방을 확보해두기로 한 것이다.

코에이칸(虎影館).

그렇게 적힌 간판이 걸린 3층 건물을 올려다본 이로하는 「호오~☆」 하고 들뜬 목소리로 탄성을 터뜨렸다.

"어마어마하게 허름하네요!"

"너, 진짜 대놓고 말하는구나."

가식이라고는 눈곱만큼도 섞이지 않은 그 발언을 듣고 무심코 딴죽을 날렸다.

뭐, 전면적으로 동의하지만 말이다.

"햇빛도 제대로 들지 않는 데다, 외벽도 전혀 관리가 안 된 것처럼 엉망이야. 명탐정이 우연히 머물기라도 했다간, 밀실 살인 사건이 벌어질 듯한 분위기인걸."

"무시무시한 소리 하지 마, 오즈. 그런 건 만화 속에서나 일어나는 일이라고."

만화와 라이트노벨 같은 만남을 툭하면 경험하는 네가 그런 소리를 하면 현실미가 장난 아니니까 관둬.

서스펜스와 러브코미디는 장르가 다르니 괜찮겠지만 말이다. ……괜찮, 겠지?

"이 마을에서 가장 최근에 세워진 로리 매물이 여기야. 놀랍게도 아직 아홉 살밖에 안 됐어!"

"그거 되게 섬뜩한 정보네! 지은 지 9년 된 건물이 이렇게 낡은 거냐?!"

엉망으로 관리를 한 걸까. 아니면 기묘한 힘이 작용해서 이 마을의 분위기에 어울리는 형태로 변해버린 걸까. 어느 쪽이든 간에 미스터리하다.

뭐, 신경 쓰이는 부분이 한두 가지가 아니지만, 우선 체크인부터 하자.

"끌끌끌. 젊은 손님들이 단체로 이런 산속에 용케 왔군요."

기와지붕 아래의 문을 지나서 현관을 통해 안으로 들어가자, 일본 전통복을 입은 나이 많은 여관 주인이 카운터에서 우리를 맞이했다.

등이 심하게 휜 탓에 키가 작아 보였으며, 머리가 내 허리 높이에 있었다.

주름투성이인 얼굴은 흙빛이며, 어제 무덤에서 파냈다고 말해도 납득이 될 것 같았다. 보면 볼수록 섬뜩한 상상에 사로잡힐 것만 같은 외모다.

"방은 몇 개나 필요하시죠? 인원을 보면 하나로 충분하겠지만, 남녀별로 방 하나씩이면 괜찮을까요?"

"아, 예. 그렇게—."

"기다려, 아키."

노파의 질문에 답하려던 나를 스미레가 말렸다.

"잠시 후에 카게이시 본가에 인사하러 갈 거잖아? 아마 내가 돌아올 줄 알고 침실을 준비해뒀을 거야. 어쩌면 나는 거기서 묵어야 할지도 몰라. 돈도 아까우니까, 방 하나면 충분하지 않을까?"

"그래? 하지만 남녀가 한방을 쓰는 건 좀 그렇지 않아?"

"저는 괜찮은데요☆"

나와 스미레 사이로 얼굴을 쏙 내민 이로하가 태연한 어조로 그렇게 말했다.

"남자라고 해도, 숙맥인 얼간이 선배 한 명과 친오빠잖아요? 딱히 정조가 위험할 것 같지도 않거든요~. 오히려 이로하 님 생각에는 남자끼리 방을 쓰게 하는 게 더 위험할 것 같아요!"

"여관에서 남자가 단둘이서 한방을 쓰는 데 아무 일도 일어나지 않을 리 없어……! 이로하는 천재네!! 방은 남녀별로 하나씩 쓰자! 뭣하면 요금은 내가 낼게!!"

"짜증이 나니까 들러붙지 마, BL 망상 여교사야."

거친 콧김을 뿜는 스미레가 눈을 반짝이며 다가오자, 나는 그녀의 얼굴을 밀어냈다.

그리고 이로하를 힐끔 노려보며 말했다.

"상식적으로 생각해도 남녀가 따로 쓰는 게 정상이잖아. 그리고 너와 같은 방을 쓰게 되면 잠도 제대로 못 잔다고."

"어머어머어머~? 선배, 혹시 저를 의식하는 거예요~? 하긴, 사춘기 남자애니까 그럴 만도 해요~. 이렇게 귀여운 이로하 님과 같은 방에서 잔다면, 아침까지 원기 왕성 불끈불끈맨일 테니까요!"

이로하는 예의 아동용 애니메이션에서 주인공에게 새로운 머리를 던져주는 모션을 취하며 히죽거렸다.

"그런 게 아냐. 너, 밤새도록 나한테 치근덕댈 거잖아!"

"어~, 그런 짓 안 해요~. 편견을 버리란 말이에요~. 이래 봬도 선배의 체면을 신경 쓰는 편이니까, 오빠 앞에서 심하게 치근덕거리지는 않는다고요!"

"못 믿어. 그리고 너는 오즈 앞에서도 나한테 치근덕거리잖아."

"정말~, 너무해! 그럼 내기해요!"

"내기?"

"제가 선배의 수면을 방해하는 짓을 하면 제가 진 거예요. 그때는 패배를 인정하고 선배에게 경품을 선사할게요."

"경품이 뭔데?"

내가 그렇게 묻자, 이로하는 입가를 히죽거렸다. 그리고 옷 위로도 드러날 만큼 풍만한 가슴을 양손으로 모으더니, 고개를 45도의 황금비율로 아양떨듯 기울이며…….

"저의 **이걸** 주무를 권리, 예요♡"

"……윽?!"

풍요의 여신. 터키에서 멜론 수확을 축복하는 대지모신. G의 혈족인 그라비아 아이돌.

동서고금, 내 뇌에 기록된 온갖 구도(에로)가 순식간에 눈앞에(에로틱) 어른거리더니, 그 예술적인(에로틱에로틱에로틱) 광경의(에에에에에에로) 아아아아, 잡념이 내 생각을 방해해! 젠장! 도발적인 포즈를 취하지 말라고!!

복잡한 생각(에로)에 흐트러진 마음을 진정시키기 위해, 일단 시선을 돌리며 강제 회피를 했다.

하지만 그 회피를 재빨리 파악한 이로하는 웃음을 흘렸다.

"아핫~☆ 역시 의식하고 있구나~. 선배는 진짜 귀엽~다니깐~♪"

"아, 아니라고 말했잖아. 그딴 지방 덩어리에는 흥미 없어."

"어~, 진짜로 그럴까~. 수상하네~."

"진짜라고."

거짓말이다.

솔직히 말해, 어마어마하게 흥미 있다.

아니, 남자니까 어쩔 수 없잖아. 이 세상에 흑심 없는 남자는 존재하지 않는다고.

아무 조건 없이 가슴을 주무르게 해준다는 말을 듣고, 참으라는 건 무모한 요구란 말이다.

하지만 상대가 이로하라면 이야기는 달라진다.

이 녀석의 유혹에 넘어간다고 해서, 주무를 수 있을 리가 없는 것이다.

거짓말이었어요~! 선배는 꼴사나울 정도로 밝히네요~! 동정이라 그런가♪ 같은 소리를 하면서 보름 정도는 놀려댈게 뻔했다.

"아키, 이제 그만 포기하는 게 어때? 솔직히 말해 방을 두 개나 빌릴 예산은 없잖아."

나와 이로하가 눈싸움을 벌이고 있을 때, 오즈가 끼어들었다.

"여기서 묵게 된 것만으로도 원래 여행 일정보다 예산이 오버됐거든? 호텔 예약 날짜도 변경해야 해. 게임에 할애할 예산은 더 깎는 건 합리적이지 않다고 생각하는데 말이야."

"으…… 반박을 못 하겠네."

원래 묵을 예정이었던 호텔에 연락해서 날짜를 변경할 수 있는지 협상을 해야 한다. 아마 캔슬 비용이 발생할 게 분명하며, 추가로 새로운 일정에 맞춘 숙박료도 지불해야 할 것이다.

이 지출은 꽤 뼈아프다.

"그럼 방을 몇 개 이용할 거지요?"

여관 주인이 빨리 대답하라고 독촉하듯 그렇게 말했다.

괴로운 결단을 내릴 수밖에, 없다.

"방은 하나만…… 부탁, 드려요……."

나는 두뇌전으로 패배한 악역이 된 것처럼, 쥐어 짜낸 목소리로 그렇게 말했다. 절망에 빠진 채, 피눈물을 흘릴 듯한 심정으로 이로하를 돌아보았다.

그러자 이로하는 히죽 웃으면서 내 등을 두드렸다.

"즐거운 밤을 보내도록 해요. 선, 배♪"

젠장. 히죽거리지 말라고.

그렇게 체크인 수속을(불만이 넘치기는 하지만) 큰 문제 없이 마친 후…….

스미레가 갑자기 긴장한 목소리로 말했다.

"자아. 짐을 정리하는 건 이로하와 오즈마 군에게 맡기기로 하고, 우리는 슬슬 가보자."

"……아, 그래."

체크인이 끝났으니 이제 본론에 들어가야 한다.

이번의 메인 디시.

무라사키 시키부 선생님의 창작활동과 인생을 좌우할지도 모르는, 절대 실패하면 안 되는 일대 이벤트.

"그럼— 할아버님이 계시는 카게이시 가문의 저택으로, 출발!"

*

"그런데, 여관은 괜찮은 거야?"

꼬불꼬불한 논두렁길을 나아가던 도중, 나는 옆에서 걷고 있는 스미레에게 물었다.

"이 마을 주민 대부분은 네 친척이라며? 여관에서 정보가 새어나갈 가능성은 없어?"

"괜찮아. 그 여관은 이 마을에서 유일하게 카게이시 가문의 영향력이 미치지 않는 치외법권이거든."

"이런 촌락에 그런 거창한 것도 있는 거야?"

"이런 촌락이니까 있는 거야. 그 여관은 시에서 마을 부흥을 위해 사들여서 운영하고 있거든. 거기서 일하는 사람은 대부분 시에서 파견한 공무원이야. 순수한 이 마을 사람은 한 명도 없어."

"여관을 경영한다고 관광객이 늘어날 것 같지는 않은데……."

"때때로 폐허 마니아나 마감 직전의 만화가가 통조림 여행을 하러 와. 주위에 놀 곳이 없어서 일이 잘 되나 봐."

"호오, 좋은 이야기를 들었는걸. **무라사키 시키부 선생님.**"

"그, 그 눈빛은 뭐야?! 마감 직전의 나를 이딴 곳에 가둬두려는 거야?!"

"자기 고향을 이딴 곳이라고 하는 건 좀 그런 것 같은데……."

말이 너무 심하다는 생각이 들었다.

"뭐, 안전하다면 됐어. ……하지만, 사람이 너무 없네."

"그럴 거야. 다들 집 뒤편의 밭을 경작하거나, 산에 사냥을 하러 가거나, 집에서 온라인게임을 하고 있거든."

"문명 레벨이 상당한 녀석이 섞여 있는 것 같지 않아?"

일본 지도의 어디에 위치하는지 알 수 없는 이 마을도, 인터넷은 연결되어 있는 건가.

꼬리에 꼬리를 무는 의문 탓에 눈썹을 찌푸렸을 때, 문뜩 어린애들의 목소리가 들려왔다.

빛바랜 단층집의 처마에서 몸을 웅크리고 있는 어린 소녀 세 명이 나뭇가지로 지면에 뭔가를 그리며, 이상한 노래를 부르고 있었다.

아~기~새~ 아~기~새~ 아기새 상인이 찾아왔다.

아~기~새~ 아~기~새~ 우는 아이를 팔러 왔다.

부모는 동쪽으로 해는 서쪽으로 간식 시간에 찾아오세요.

부모는 동쪽으로 해는 서쪽으로 간식 시간에 찾아오세요.

"처음 듣는 가사네. 이 마을의 전래 동요 같은 거야?"

"글쎄. 내가 어릴 적에는 저런 걸 부른 기억이 없는데…… 뭐, 우리 부모님은 도시에 살아서, 본가에는 명절 때나 왔거든. 내가 모르는 전통이 있더라도 이상할 건 없어."

"그래. ……왠지 불안을 느끼게 하는 노래인걸."

"불안?"

"전래 동요에는 어른이 아이들에게 설교하고 싶은 내용을 담아서 만드는 경우도 있다고 해. 그래서 음험한 테마가 담긴 것도 적지 않나 봐."

"하지만 아기새에 관한 노래잖아? 귀여운 이미지 뿐이지 않아?"

"저 『아기새』가 단순히 『아기새』라는 의미만 지녔다면 그렇겠지."

"무슨 소리야?"

"『아기새』의 발음인 『코토리』에는 일본어로 발음이 같지만 의미가 다른 말이 있어. 『아기새』, 『아이 잡이』, 『아이 뺏기』— 『아이 잡이 상인』이라면, 어린애를 납치해서 팔아치우는 노예상이라고 볼 수 있을 거야."

"완전 억지네. 너무 비약이 심한 거 아냐?"

“『부모는 동쪽으로 해는 서쪽으로』란 부분에서도 위화감이 느껴져. 『달은 동쪽으로 해는 서쪽으로』란 전통시에서 따온 것 같은데, 왜 하늘의 『달』을 일부러 『부모』로 바꾼 거야? 대체 왜?”

“글쎄……?”

“만약 아이를 납치하기 위해 부모를 죽였다는 의미라면 어떨까?”

“뭐……?!”

“동쪽은 『불타 죽다』, 서쪽은 『두 번 죽다』와 일본어로 동음이의어니까…….”

“스, 스톱! 무, 무서우니까 그만해!”

내가 낮은 목소리로 동요에 담긴 숨겨진 의도를 설명하려 하자, 스미레가 울먹거리며 말렸다.

음, 실은 나도 무서우려고 해. 아, 아냐. 무섭지 않아. 좀 섬뜩할 뿐이야.

이 이야기는 이제 그만하자.

“…….”

어느새 노래를 멈춘 세 소녀가 아무 말 없이 우리를 쳐다보고 있는 것 같지만, 분명 기분 탓이다. 신경 쓰지 말자. 신경 쓰지 말자고.

“자, 자아, 잡담은 그만하고 카게이시 가에 가는 게 어떨까요? 선생님.”

"으, 응. 그러자."

나와 스미레는 아이들의 섬뜩한 시선에서 도망치듯, 빠른 걸음으로 논두렁길을 나아갔다.

빨리 볼일을 마친 후, 한시라도 빨리 이 마을을 벗어나고 싶다.

그런 불가사의한 초조함에 사로잡혔다.

그렇게 한동안 걸어간 우리는 카게이시 가의 저택 앞에 도착했다.

호화로운 일본 저택이다.

외관이 낡기는 했지만 꽤 손을 본 흔적이 있으며, 고풍스러운 저택의 위용을 유지하고 있었다.

전통 사찰과 세계 유산이 그러하듯, 현대 기술로 손을 봤기에 본래의 풍취를 완전히 재현하고 있는 것이리라.

폐촌 느낌의 건물이 눈에 띄는 이 촌락에서, 이 저택만은 묘하게 빛나고 있는 것처럼 보였다.

고용인 같아 보이는 여성이 우리를 맞이해주더니, 거실로 안내했다.

잉어가 헤엄칠 듯한 연못과 하얀 자갈이 깔린 정원을 곁눈질하며 기나긴 툇마루를 따라 나아간 후, 장지문이 열리자 그 너머에는 다다미가 깔린 광대한 공간이 펼쳐져 있었다.

도쿄에 있는 고급 요정조차도 이렇게 넓고 우아하지는 않을 것 같다는 생각이 들었다.

다다미의 독특한 향기가 코끝을 스치는 가운데, 벽의 상단부에 걸린 역대 당주로 보이는 위엄 넘치는 남성들의 흑백 사진이 위압적으로 이쪽을 내려다보고 있었다.

입구에서 여기까지 오며 본 모든 광경에 나는 그저 압도당했다. 나는 방석에 무릎을 꿇고 앉은 후, 본래의 사고 회로가 회복됐을 즈음에 스미레에게 물었다.

"이 집, 장난 아니네. 문화유산이라도 되는 거야?"

"거의 지정될 뻔했다고 들었어. 흐흥~, 엄청나지?"

스미레는 으스대듯 콧김을 뿜었다.

이 녀석이 우쭐대니 짜증이 치솟지만, 이번만큼은 인정하지 않을 수 없다.

진짜로, 엄청나네.

"이런 명가의 아가씨가 어쩌다 시키부 따위가 된 거야?"

"어, 혹시 나를 디스하는 거야?!"

"역대 당주가 하나같이 위압감 넘치게 생긴 걸 보니, 꽤 엄격한 교육을 받았을 것 같네. 제대로 자랐다면, 미도리 부장처럼 성실한 인간이 자랐을 것 같은데 말이야."

"무슨 소리를 하는 거야? 나도 성실하고 엄격한 언니거든?"

"……뭐, 대외적으로는 그렇지. 하지만 실은 쇼타콤이잖아."

뿌리부터 성실 그 자체인 미도리와는 달라도 너무 다르다.

"쇼타콤 소리 좀 그만해! 옛날에는 열두 살 정도에 결혼하는 시대도 있었어. 서로 사랑한다면 문제 될 게 없잖아!"

"아무리 생각해도 아웃이거든? 그리고 네가 그렇게 좋아하는 아라시마 군은 다섯 살이잖아."

"괜찮거든요오오오오오오오. 2차원 세계라면 합법이거든요오오오오오오오."

메롱하듯 혀를 쑥 내민 스미레가 어린애 같은 반론을 늘어놓았다.

진짜 못 말리는 여교사다.

"애초에 겉과 속 같은 건 따질 필요 없지 않아? 남들이 모른다면, 본성 같은 건 없는 거나 마찬가지잖아."

"……그건 그래."

나도 많은 진실을 감추고 있다.

마시로와의 관계를 클래스메이트들에게 숨겼고, 이로하의 성우 활동을 《5층 동맹》 멤버들에게 비밀로 했으며, 삼촌에게는 내가 마시로 이외의 여자들과 가깝게 지내는 모습을 숨겼다.

진실이 드러나지 않는 한, 상대방은 거짓된 일면을 진실로 여긴다.

전원의 효율적인 행복을 실현하기 위해서는 그럴 수밖에 없다고 나는 여기고 있다.

하지만, 영원토록 이럴 생각인 건 물론 아니다.

"가족 앞에서 계속 가면을 쓰고 있는 건 힘들지 않아? 나라면 때려치웠을 거야."

"응. 정말 힘든 나날이었어……. 탄압당하던 과거의 기독교인처럼 본성을 숨긴 채, 몰래 아라시마 군을 날름날름하던 학창시절……. 참 고생했다니깐."

"내용은 최악이지만, 내 말이 그거야."

좋아하는 것을 좋아한다고 말하지 못하고, 부모 낯빛만 살피며 자기 자신을 억누른다. 그런 것은 낭비다.

인간의 한정된 인생에서 행복 수치를 올리기 위한 행동을 억제하고, 스트레스 수치를 올리는 행동을 강제하는 건 무의미하기 그지없다.

장래에 어엿한 어른이 되기 위해서는 자제할 필요가 있다?

참고 또 참으며, 남들과 같은 레일을 나아가는 게 정답이다?

헛소리 작작 하라고.

좋아하는 것을 계속 추구해서 재능이 꽃피운 끝에 손에 넣은 성과보다, 행실 바르게 부모가 시키는 대로 한 끝에 얻은 성과가 나을 거라고는 도저히 생각할 수 없다.

"……읏! 쉿, 오오보시 군. 오셨어."

"……어이쿠."

장지문 너머에서 인기척이 느껴지자, 나와 스미레는 자세를 고쳤다.

지금 나는 스미레의 가짜 약혼자로서 이 자리에 있다.

믿음직한 남자라는 사실을 어필해서, 스미레의 맞선을 저지해야 한다.

상대가 어떤 인물인지는 모르지만, 이래 봬도 나는 츠키노모리 사장이나 아마치 사장처럼 보통내기가 아닌 자들을 상대해왔다. 대등하게 맞서지는 못했지만, 그래도 어찌어찌 물고 늘어지며 버텨왔다.

상대가 멀쩡한 어른이라면, 어찌어찌 대처할 수 있을 것이다.

장지문이 열리더니, **두웅, 두웅** 하는 발소리를 내며 거실에 들어선 이는…….

"기다리게 했군."

"……윽?!"

위압적인 목소리로 그렇게 말한 이를 올려다본 순간, 나는 말문이 막히고 말았다.

산에서 내려온 곰으로 착각하고도 남을 거한이었다. 뻣뻣해 보이는 수염이 무성하게 났고, 한쪽 눈에는 맹수에게 찢긴 듯한 흉터가 있으며, 입에서는 푸쉭— 하며 새하얀 김이 흘러나왔다.

어쩌지. 전혀 멀쩡하지 않은 인물이 나타났어.

"만나서 반갑구나. 나는 카게이시 코우. 카게이시 가문의 현 당주이니라."

좋게 말하면 산적 두목, 나쁘게 말하면 등에 귀신이 새겨져 있을 듯한 거한이 내 맞은편에 앉더니, 그렇게 말했다.

"처, 처음 뵙겠습니다. 스미레 선생님— 스미레 씨와 교제하고 있는, 오오보시 아키테루라고 합니다."

"흠……."

낮은 신음을 흘린 코우는 사냥감을 살피는 듯한 눈길로 내 얼굴을 노려보았다.

위압감이 어마어마한 탓에 무릎을 꿇고 있는 내 발이 덜덜 떨릴 것만 같지만, 나는 그 떨림을 억누르며 상대방의 눈을 응시했다.

"스미레한테서 우리 가문에 대해서는 들었느냐?"

"자세한 이야기는 아직 듣지 못했습니다. 마을을 실제로 살펴보며, 조금씩 알아가는 중이죠."

"우리 카게이시 가문은 전통 있는 일족이지. 대대로 교사를 생업으로 삼아왔느니라."

"예. ……하지만, 그에 관해 좀 궁금한 점이 있습니다."

"말해봐라."

"전통과 규율을 존중하는 일족이라 들었습니다만, 교사란 아이들과 학교가 있어야만 존재할 수 있습니다. 학교가 있는 도회지가 아니라, 인적이 드문 산속 마을에 본가가 있는 이유가 있습니까?”

옆에 있는 스미레가 흠칫 놀랐다.

시골을 부정하는 발언처럼 들린 것이리라. 하지만 나는 이 의문을 두루뭉술 넘어가지 않고, 솔직하게 물어보고 싶었다.

카게이시 가가 지키려 하는 전통의 정체— 그것을 정확하게 파악해야, **스미레를 진정으로 자유롭게 만들기 위한 교섭이 가능한 것이다.**

“이 마을은 원래 대규모의 닌자 마을이었지.”

“예……? 닌자, 라고요? 검은 복장 차림으로고, 영주를 모셨다는…….”

“음. 세간에 알려진 일반적인 닌자와는 좀 다르지. 현대의 『스파이』라는 것에 가깝다고 할까. 위험을 감수하며 적지에 침입해서, 암살과 첩보 등의 일을 해왔느니라.”

“즉, 전국 시대부터 이어져온 거군요. 역사의 무게가 느껴집니다.”

“그러하니라(인정~). 하지만 에도 시대에 접어들면서 전란이 끝난 후, 카게이시 또한 닌자로서의 역할을 다했느니라. 실업자가 되어 일가 전체가 동반자살을 하려던 선조들을 구원해주신 분이 당시의 쇼군[#4] 님이시다. 쇼군께서는 일족의 젊은이들을 『서당』의 교사로 채용해주셨느니라.”

#4 쇼군(将軍) 일본 무신정권인 막부의 수장을 가리키는 칭호.

"그랬군요. 그래서 교사를 생업으로— 방금 요즘 애들 유행어를 쓰지 않았나요?"

"그 후로 쇼군께서 주신 직무를 다하기 위해 우리 일족은 윗분들에게 감사와 충성을 다하며, 현대에 이르게 된 것이니라."

내 의문을 깔끔하게 무시한 당주님은 설명을 마쳤다.

뭐, 됐다. 이걸로 뼈대는 얼추 파악됐다.

즉, 원래 충성심이 두터웠던 닌자 일족이 쇼군에게 하달받은 교사란 직무를 막부가 사라진 현재도 우직하게 수행하고 있는 건가.

그런 신념 자체는 싫어하지 않는다. 역사와 전통을 부정할 마음 또한 눈곱만큼도 없다.

하지만 옛날부터 이어져 내려온 속박 탓에 스미레가 자유를 구가할 수 없는 건 간과할 수 없다.

—정정하겠다.

스미레가 일러스트의 재능을 발휘해 《5층 동맹》에 이익을 가져다주는 것을 그런 이유로 방해하는 것은 정당하지 못하다. 응, 이쪽이 훨씬 와닿는걸. 스미레를 위한 게 아니다. 어디까지나 《5층 동맹》과 내 이익을 위해서다.

"일족 전원이 교사라면, 사위가 될 나— 저도 교사가 되어야 하는 겁니까?"

인정~

"그러하니라."

"그런가요……. 그런데, 방금 또 요즘 유행어를 썼죠?"

"—그렇기에 카게이시 일족은 똑똑해야만 하느니라. 사위 또한 마찬가지지. 오오보시 군, 자네가 진정으로 스미레의 약혼자가 될 자격이 있는지, 내 앞에서 증명해보거라."

나는 마른침을 삼켰다. 옆을 쳐다보니, 스미레가 불안한 표정으로 몸을 웅크리고 있었다.

항상 시끌벅적한 스미레가 이렇게 위축되어 있다니……. 그 정도로 눈앞의 상대는 강대한 것이다.

하지만 덕분에 나는 각오를 다졌다.

스미레 몫까지 내가 의연한 태도를 보이며, 카게이시 코우란 남자에게 맞서야 한다.

"……바라던 바입니다. 물러설 수는, 없으니까요."

"좋다. 그럼 질문을 몇 개 던지도록 하지. 미리 말해두겠다만, 나는 허울 좋은 말에 속지 않느니라, 젊은이. —그럼, 시작하지!!"

카게이시 코우는 눈을 부릅떴다. 그 압도적인 패기로부터 도망치고 싶어졌지만, 나는 필사적으로 참았다.

자, 와봐. 뭐든 물어보라고. 그 어떤 질문에도, 만족할 만한 대답을 들려주겠어……!!

*

그로부터 30분 후…….

"와~하하하핫!! 유쾌(대박~)!! 꽤 괜찮은 사내(훈남)이지 않느냐!!"

상대방은 나를 매우 마음에 들어했다.

아까까지의 험악한 분위기가 사라지더니, 거구의 당주님은 기쁜 듯이 내 어깨를 두드렸다.

왠지 요즘 말을 쓰는 빈도도 늘어난 것 같았다.

"스미레도 꽤 하는구나. 이렇게 괜찮은(쩌는) 남자와 사귀면서, 왜 즉시(호다닥) 보고하지 않은 게지?"

"하, 학생을 사랑해도 정말 괜찮을지, 고민이 되어서요."

만면에 미소를 지은 할아버지가 그렇게 묻자, 스미레는 시선을 피하며 기어 들어가는 목소리로 대꾸했다.

그러자 당주는 호쾌하게 웃음을 터뜨렸다.

"무슨 소리를 하는 것이냐! 사랑에 장벽 같은 건 없느니라! 쇼군께서도 제자를 사랑해선 안 된다고 말씀하시지는 않았으니 말이지! ……사실 확인은 안 됐지만 기록으로 남아 있지 않은 만큼, 아마 그런 말씀은 하지 않으셨을 것이니라."

명령에는 충실히 따르지만, 그 명령에서 벗어난 부분은 의외로 대충대충 넘어가는걸!

엄격한 가문이라고 생각했지만, 분위기를 보아하니 말이 꽤 통하는 것 아닐까?

스미레도 분위기가 좋다고 느낀 건지, 가슴을 쓸어내렸다.

"저와 그의 관계를 인정해 주시는 거죠? 그럼 맞선은—."

"없었던 일로 하겠노라! ……라고 말하고 싶지만, 스물다섯이 될 때까지 배우자(썸남)를 구해서 자손을 이을 준비를 하라, 라는 규율도 있어서 말이지. 이걸 어길 수는 없느니라."

"뭐……."

"옛날에는 열다섯 살까지였느니라. 시대상(삘링)에 맞춰 스물다섯으로 바꿨지."

그 규율, 너무 유연한 거 아냐?

그럼 시대의 흐름에 맞춰 서른 살 혹은 마흔 살까지 독신으로 지내는 것도 허락해줬으면 하지만, 그건 어렵겠지.

"하지만 나도 매정한 인간은 아니니라. 규율을 어기는 건 용납 못 하나, 소중한 손녀의 미래는 응원해주고 싶구나. 그러니—."

카게이시 코우는 숨을 들이마시더니, 눈을 치켜떴다.

"—내일 밤, 『결연(結緣)의 의식』을 거행하겠노라!!"

"뭐라고요……?!"

"『결연의 의식』?"

과장된 어조로 당주가 그 말을 입에 담자 스미레는 숨을 삼켰고, 나는 고개를 갸웃거렸다.

“그게 뭐죠? 이 마을의 전통 행사 같은 건가요?”

“그러하니라(인정~). 산신님 앞에서 『커플』의 유대를 증명하는 의식이지. 현대의 법제도 탓에 서류상의 부부는 될 수 없지만, 신 앞에서 사랑을 맹세한다면 혼인을 한 것이나 다름없느니라.”

“재미있는 문화군요. 흥미로워요.”

이것은 빈말이 아니다. 진짜로 호기심이 있었다.

일본 지도의 어디에 있는지도 모르는 촌락. 그곳에서만 전해져 내려오는 기괴한 의식을 현지에서 취재할 수 있다면, 『검은 새끼 염소가 우는 밤에』의 소재로 써달라고 마키가이나마코 선생님에게 정보 제공을 할 수 있을 것이다.

가짜 약혼자 건을 제쳐두더라도, 흥미가 샘솟았다.

바로 그때, 스미레가 방석에서 엉덩이를 떼며 고함을 질렀다.

“—자, 잠깐만요, 할아버님!”

“흠, 목소리가 너무 크구나.”

네가 그딴 소리 하지 말라고.

“그는— 오오보시 군은 아직 열여섯 살이에요. 아직 너무 젊단 말이에요. 『결연의 의식』을 치르기엔 너무 이르지 않을까요?!”

“무슨 소리를 하는 게냐. 옛날에는 열두 살에 혼인을 마치는 이도 있었으니라. 서로를 맞사랑(러브러브)하고 있다면 문제가 없지."

"문제가 너무 많단 말이에요!!"

스미레는 탁상을 내려치며 맹렬히 항의했다.

아까 똑같은 일이 벌어졌던 것 같은게, 그건 내 착각일까?

"왜 갑자기 태도가 싹 바뀐 게냐. 나는 스미레의 미래를 생각해서 이런 제안을 하는 것이니라. 아니면 뭐냐. 그를 포기하고 다른 남자와 결혼하겠느냐?"

"그, 그건……."

말문이 막힌 스미레가 힘없이 자리에 앉았다.

"……그것만은, 받아들일 수 없어요."

"그렇지? 그러니 『결연의 의식』을 거행하려는 것이니라. 즉시(호다닥) 마을 사람들에게 준비케 하지."

카게이시 코우는 그렇게 말하더니, 복도에서 대기하고 있던 고용인을 불렀다.

짤막하게 지시를 내리자, 고용인은 전부 이해한 듯한 표정을 지으며 밖으로 나갔다.

—아하, 카게이시 가의 실체를 슬슬 알 것 같다.

당주인 카게이시 코우도, 다른 사람들도, 스미레를 싫어하지 않는다.

오히려 매우 좋아한다고 해도 과언이 아닐 것이다.

그리고 그들은 자신들이 할 수 있는 범위 안에서, 일족의 일원인 스미레를 행복하게 만들어주고 싶다는 생각을 가지고 있다.

단, 절대 넘어선 안 되는 확고한 선으로서, 『전통』과 『규율』이 존재할 뿐이다.

사회 상식의 범주에 사로잡혀 재능을 옭아매는 것과 다름없다.

나쁜 인간은 한 명도 없는데, 악의가 없다는 것도 아는데, 누가 만든 건지도 모르는 문화와 윤리관 탓에 이렇게 되고 만다. 악의가 없다는 걸 알기에, 본인도 반발하지 못하고 그저 참는 길을 택하고 만다.

—정말, 오랜 세월 동안 쌓여온 고정관념이란 건 성가시고, 비효율적이다.

"오오보시 군. —오오보시 군?"

"……아, 예. 죄송합니다. 무슨 일이죠? 당주님."

이러면 안 되지. 생각에 잠기느라 커뮤니케이션에 집중하지 않는 건 위험하다.

"방을 준비해놨느니라. 오늘은 거기서 묵도록."

"감사합니다. —하지만, 죄송하지만 사양하겠어요."

"호오, 어째서지?"

"『결연의 의식』을 통해 산신님께 인정을 받는다…… 거꾸로 말하자면, 저는 아직 남편으로 인정 받지 못했습니다. 아직 이 가문의 사람이 아닌 제가 뻔뻔하게 이 집에 묵을 수는 없죠. 여관에 방을 잡아뒀으니, 오늘은 거기서 묵도록 하겠습니다."

의역. 숨 막히게 엄격한 이 집에서 하룻밤을 보내는 긴 싫으니, 친구들과 느긋하게 지낼 수 있는 여관으로 돌아가겠습니다.

그것을 상대방이 마음에 들어 할 듯한 대사로 변환했다. 역시 나는 사기꾼이 될 재능이 있는 것 같다.

아니나 다를까, 당주님은 산적 같은 눈을 반짝이며 말했다.

"음! 오오보시 군, 자네가 더욱 마음에 드는 군! 아니, 앞으로는 아키테루 군이라고 부르지!!"

"여, 영광입니다."

"아키테루 군이 정식으로 내 손녀사위가 되는 날이 기다려지는 구나! 와하하!!"

반응이 꽤 괜찮았다. 아무래도 일이 꽤 잘 풀린 것 같다.

—해냈어, 무라사키 시키부 선생님.

나는 그런 의미가 남긴 눈짓을 스미레에게 보냈다.

하지만…….

"『결연의 의식』…… 끝났어……. 내 인생…… 끝나버렸어……."

스미레는 외환거래와 가상통화로 전 재산이 순식간에 녹

아서 사라진 듯한 표정으로 그렇게 중얼거리고 있었다.

겨우 의식 하나 치를 뿐인데, 왜 저렇게 절망에 빠진 걸까.

구두로 약속한 가짜 약혼도, 아무런 법적 구속력도 없는 의식도, 거기서 거기인데 말이다.

아무튼…….

카게이시 가문 당주, 카게이시 코우와의 첫 대면은 대성공으로 끝났다.

*

『아키는 괴짜 어른한테 인기가 좋은 것 같네.』

『인정~.』

007 제7화…… 여관의 망령이 치명적인 굼벵이

나는 해가 진 후에야 여관으로 돌아갔다.

가로등 하나 없는 어두운 길을 스마트폰의 빛에 의지해 나아간 끝에, 겨우겨우 낡은 여관에 도착했다. 낮에 봤을 때보다 더 섬뜩하게 느껴지는 건 어째서일까. 정체 모를 괴상한 새가 까악까악 울고 있었으며, 짐승을 쫓으려고 설치해둔 대나무 물통이 돌을 때리는 소리가 들리는 건 좀 과도한 연출 아닐까 싶었다. 공포심을 불러일으키는 것이 목적이라면, 전부 초일류다. 그래도 공부가 되는걸. 『검은 새끼 염소가 우는 밤에』의 공포 연출을 돋보이게 할 힌트를 단시간에 학습할 수 있으니 효율적이잖아. 그래. 이건 축복받은 환경이지, 결코 두려워—.

"밤늦게까지 수고가 많군요."

"나왔다아아아아아아아앗?!"

"어머나. 왜 그러시지요? 망령이라도 본 것처럼 비명을 지르시는군요."

"어…… 아, 여관 주인 분……."

눈앞에 불쑥 떠오른 망령의 얼굴을 본 나는 무심코 비명을 질렀지만, 유심히 보니 그 사람은 낮에도 봤던 이 여관의 여관 주인이었다.

나는 무심코 무례하기 그지없는 반응을 보였지만, 그것보다 심장에 멎을 듯한 방식으로 등장하지 말아줬으면 좋겠다.

“손님, 낮에는 일행분들만 입실하셨지요? 그래서 방의 위치를 모르실 것 같아서, 이렇게 기다리고 있었답니다.”

“그, 그랬군요. 신경 써 주셔서 감사합니다.”

스마트폰으로 연락을 하면 바로 해결될 문제지만, 시골 어르신은 이해가 안 되는 방식일지도 모른다.

이럴 때는 괜한 소리 하지 말고, 상대방의 호의에 감사하며 안내를 받도록 하자.

“이쪽입니다.”

“감사합니다.”

나는 여관 주인에게 안내를 받으며 2층으로 올라갔다. 긴 복도를 나아간 후, 어느 방 앞에서 우리는 멈춰섰다.

도라지실이라고 적힌 객실 앞에 선 나는 여관 주인을 향해 머뭇머뭇 고개를 숙였다.

“번거롭게 해서 죄송해요.”

“아뇨. 이게 저희의 일이니까요.”

여관 주인은 주름 가득한 얼굴로 빙그레 웃은 후, 돌아서려 했다.

하지만, 문뜩 뭔가가 생각난 것처럼 멈춰섰다.

“아, 맞다. 먼저 입실한 두 분에게는 이미 말씀드렸습니다만, 옆방인 『창포실』에는 들어가면 안 됩니다."

"으음…… 뭐, 남의 방에 들어갈 일은 없을 것 같은데요."

"『굼벵이』라는 것 같으니까요."

"예? 그게 무슨—."

나는 뜻밖의 단어를 듣고 되물어보았다. 하지만 허리가 상당히 휘었는데도 불구하고 어느새 한참 떨어진 곳까지 이동한 노파는…….

"부디 유의하시길. 끌끌끌끌!"

그 말을 넘긴 후, 사라졌다.

굼벵이라는 게 무슨 소리일까. 굼벵이 귀신이라도 나오는 걸까. 아무튼 간에 신경쓰이는 말을 남기고 사라지지 좀 말아줬으면 좋겠다.

나는 진절머리가 난 채로 도라지실의 문을 연 후, 안으로 들어갔다. 이로하가 죽어 있었다.

불을 켜보니, 유서 깊은 객실이 눈에 들어왔다. 다다미가 깔린 객실에는 탁자와 좌식 의자가 있었다. 넓은 툇마루 너머의 베란다에는 노천 욕실이 있었다. 노송나무 향기가 기분 좋게 내 폐를 채웠다. 이로하는 아직도 죽어 있었다.

목욕탕이 따로 있다고 안내판에 적혀 있었지만, 방마다 이렇게 온천이 있는 줄은 몰랐다. 꽤 호화로운걸.

오즈가 없는 것을 보면 혼자 돌아다니고 있거나, 먼저 목욕하러 간 것 같았다.

좋아. 나도 카게이시 가에서 쌓인 긴장을 풀고 싶으니까…….

"목욕하러 가야지!"

"목욕하러 가야지, 같은 소리 할 때예요?! 왜 무시하는 건데요?!"

이로하가 울먹거리며 딴죽을 날렸다.

현관 바로 옆의 벽 쪽에는 가슴에 나이프가 무참하게 박힌 이로하의 사체가 놓여 있었지만, 나를 놀리려는 수작 같아서 그냥 무시했다.

"소중한 후배가 살해당했는데 아무런 반응을 보이지 않는 거예요?! 진짜 너무해요!"

"하지만 딱 봐도 가짜 시체였는걸. 나이프가 박혀 있는데 피도 나지 않잖아."

"피를 흘리지 않으며 사망했다는 수수께끼를 푼다는 전개도 충분히 가능하잖아요!"

"뭐, 그런 불가사의한 사건이 발생할 법한 분위기의 여관이긴 한데……."

고등학생 명탐정 같은 녀석이 묵지만 않는다면 아마 괜찮을 것이다.

이로하는 불만을 표시하듯 볼을 부풀리더니, 가슴에서 나이프를 쏙 뺐다.

아무래도 옷 단추 사이에 장난감 나이프를 집어넣은 다음, 가슴 계곡 사이에 끼우고 있었던 것 같았다.

네 가슴, 진짜 재주 좋네. 그리고 되게 크네.

"아아~, 이런 시추에이션에 대비해 깜짝 이벤트용 일곱가지 도구도 준비했는데~."

"여섯 개나 더 있는 거냐……. 나를 놀리려고 그렇게까지 사전 준비를 하는 게 정말 대단하네."

"그야 선배를 놀리는 게 제 삶의 보람이니까요☆"

"좀 제대로 된 삶의 보람을 찾아봐……."

하아, 하고 한숨을 내쉰 나는 이로하가 손으로 만지작거리고 있는 나이프가 신경쓰였다.

"그런데 그 장난감 나이프, 왠지 눈에 익네."

"연극부의 소도구를 빌렸어요. 미도리 부장과는 이제 완전 절친이거든요."

"아, 방학식 때 봤던 그거구나. ……또 보게 될 줄은 몰랐어."

"그것보다, 선배를 기다리고 있었어요!"

"응?"

"이 방 텔레비전에서는 재미있는 방송을 하나도 안 하고, 월말이라 스마트폰도 데이터 제한 상태인데, 놀릴 선배까지 없으니 심심해서 죽을 것 같았어요!"

"오즈와 도둑잡기라도 하면 되잖아."

"오빠와 1대1로 게임을 하는 건 고문이라고요. ……그리고 체크인을 하자마자 바로 어딘가에 가버렸다니까요. 흥미로운 걸 발견했어~ 하고 말하면서요."

"아~, 그래. 호기심이 자극된 거구나. 자유 그 자체네."

"무슨 소리를 하는 거예요, 선배. **그런 쪽으로 오빠를 조교한 사람은 다름 아닌 선배잖아요.**"

"그건 그래. 그 녀석은 너무 극단적이거든."

중학생 시절, 컴퓨터 속에서 벌어지는 일에만 관심이 있던 탓에 다른 클래스메이트들에게 툭하면 오해를 받던 오즈에게, 나는 조언을 해줬다.

좀 더 적극적으로 다양한 것을 보고, 관심을 가지며, 다가가 보라……고 말이다. 이해하지 못해도 된다. 불가사의한 현상이네, 재미없는 수식이네, 같은 적당한 감상을 느끼기만 해도 된다.

우선 현실에 관심을 가지고, 관여하려 해보라고 말했다.

그러자, 오즈의 주위에서는 새로운 만남이 툭하면 발생하게 됐다.

이상할 정도로, 네가 무슨 이야기 속 주인공인 거냐 싶을 정도로 말이다.

의식의 방향성을 조금만 바꿨을 뿐인데 이렇게 수많은 만남이 쇄도하는 것을 보면, 역시 오즈는「가진 자」라고 할 수 있을 것이다.

"뭐~, 그런 건 아무래도~ 좋거든요~? 아무튼, 심심해요!

심심해 죽겠다고요~!"

이로하는 단정하게 개인 이부자리에 엉덩이부터 다이빙하더니, 어리광부리듯 두 발을 버둥거렸다.

양말에 감싸인 발이 공기를 걷어차는 모습을 보며, —어라? 하고 의문에 휩싸였다.

"맨발이 아니네. 너, 항상 편한 옷차림을 하고 싶어하잖아."

"으음~."

버둥거리는 것을 멈춘 이로하가 발끝을 지그시 응시했다. 그러자 치마가 들리면서 허벅지 안쪽이 보이려고 하니, 좀 자제해줬으면 좋겠다.

"뭐~, 남의 집에서 맨발로 있는 건 좀 그렇잖아요."

"그럼 왜 우리 집에서는 맨발로 있는 건데? 우리 집도 너한테는 남의 집이잖아."

"그야 선배 방은 제 방이나 다름없으니까요♪"

"너, 통통이 뺨치게 제멋대로구나……."

이로하와 대화를 나누면서 피로가 폭발한 나는 그 자리에서 주저앉았다.

목욕을 할 기력도 사라졌다. 이로하와 대화를 나누다 긴장이 한꺼번에 풀렸다 같은 그런 긍정적인 상황이 아니라는 것만 이 자리에서 강조해두겠다.

"그러고 보니 선배는 들었어요?"

"뭘 말이야?"

이로하가 다다미 위에서 고양이처럼 데굴거리면서 말했다.

"여기 여관 주인 씨가 『창포실』에 절대 가지 말래요."

"아, 그 말 말이구나."

나는 이로하의 말을 듣고, 옆방—『창포실』 쪽 벽을 힐끔 쳐다보았다.

"불길~한 느낌이 들어요. 하필이면 바로 옆방이잖아요. 유령이라도 나오는 거 아니에요~?"

"『들어가지 말라』고 했지, 괴기현상이 일어난다고 말한 건 아니잖아. 무서워할 필요는 없을 거야."

"선배, 그건 플래그거든요? 방심한 순간, 옆방에서 망령의 울음소리가 들려올—."

『으으으…….』

"—어?!"

이로하가 부리나케 벽 쪽을 돌아보았다.

"서, 선배. 방금 그 목소리—."

"인마, 너무 뻔뻔한 거 아냐? 그런 똑같은 수가 몇 번이나 통할 것 같아?"

나는 최근 들어 이로하의 호러 보이스를 듣고 몇 번이나 겁을 먹었다.

하지만 내가 심령 현상에 겁먹…… 아니, 놀라는 건 어디까지나 느닷없이 생리적 혐오감을 자극당했기 때문이다.

미리 심리적으로 대비를 해둔다면, 그리고 상대가 이로하라는 걸 안다면, 과도하게 놀라지는 않는다.

기분 나쁜 소리를 내기는, 하고 생각하긴 하겠지만 말이다.

"아, 아니에요, 선배. 저는 아무 말도 안 했다고요! 옆방에서—."

"그래. 아이고, 무서워라."

"정말! 제 말 좀 진지하게 들어주세요! 진짜로 옆방에서 들려왔다고요! 자아!"

이로하는 어느 유명한 신사에 있는 손으로 입을 막은 원숭이 조각상처럼 양손으로 입을 막았다.

저러면 발성을 할 수 있을 리가 없는데…….

『부족해…… 부족, 해…….』

고통에 찬 신음이 지금도 계속 들려오고 있었다.

"거봐요오오오오오! 들렸죠? 들렸잖아요!!"

"대, 대단한 걸 이로하~. 복화술로도 호러 보이스를 낼 수 있구나~."

"현실 도피 하지 마세요!"

"현실이라고 우기고 싶으면 좀 더 현실미 있는 전개를 준비하라고! 이건 완전 오컬트 호러 전개잖아!"

"저한테 그런 소리 하면 곤란하거든요?! 그것보다 여기는 진짜로 저주받은 여관인 거 아니에요?!"

"잠깐만. 진정해봐. 이럴 때야말로 냉정하게 대처해야 해. 오컬트 공략의 열쇠는 원령의 대사 안에 있다는 게 정석이잖아. 즉—."

"—저 음산한 목소리에 귀를 기울이면, 귀신 퇴치 방법을 알 수 있다……?!"

"그래. 좀 섬뜩하긴 하지만 어쩔 수 없어. 저 목소리에 귀를 기울이자. —그럼 잘 부탁해."

"어어어어, 싫어요! 선배가 들어보세요!"

내가 이로하를 벽 쪽으로 떠밀자, 어느새 얼굴이 새파랗게 질린 그녀가 반발했다.

몸싸움을 벌이며 벽 쪽으로 이동한 우리는 이윽고 그 목소리가 똑똑히 들릴 정도로 다가갔다.

『부족해……. 부족해……. 이대로는…….』

"히익!"

이로하는 온몸을 부르르 떨더니, 금방이라도 울음을 터뜨릴 듯한 눈길로 나를 응시했다.

아무래도 이건 연기 같지 않았다. 진귀하기 그지없는 이로하의 진심 겁쟁이 모드, 진심 울보 모드다.

"그게 틀림없어요. 유명한 그거 말이에요. 한 장~, 두 장~ 하는 그거!"

"여자 유령이 접시를 세는 그 괴담 말이구나. 에도 시대의 괴담이지만, 이 마을은 시대착오적인 분위기니까 말이야……."

"틀림없다고요. 원념의 목소리가 계속 들려오잖아요."

『원한 장…… 원두 장…… 부족해…….』

"……너무 많지 않아?"

잘못 들은 게 아니라면, 51장, 52장이라고 말한 것 같았다.

접시를 몇 장이나 잃어버린 건지는 모르겠지만, 괴담의 기원이 된 전승보다 잃어버린 접시 수가 훨씬 많은 것 같았다.

"아마 세월이 흐르다 보니 늘어난 거예요."

"대충 넘겨짚지 말라고. 이거, 진짜로 원령이 맞는 거야?"

미심쩍은 느낌이 들었다. 게다가 이 목소리는 어딘가에서 들어본 적이 있는 듯한 느낌이 들었다.

그게 어디였는지 떠올려보려던 나는 생각을 방해당했다.

"두 사람 다 벽에서 떨어져. ―그 목소리는, 듣지 않는 편이 좋을 거야."

느닷없이 들려온 그 말을 듣고 고개를 돌려보니, 오즈의 모습이 눈에 들어왔다.

"오즈……! 지금까지 어디 있었던 거야?"

"길을 걷다가 기묘한 창고를 발견했거든. 흥미가 생겨서 가봤더니, 덧없는 인상의 여자애가 감방에 갇혀 있었어."

"혹시나 해서 묻는 건데, 실제로 존재하는 거 맞아? 에로 게임 세계의 히로인 같은데 말이야."

"물론 실존 인물이야. 『창포실』에 관한 소문도 그 사람한테서 들었어."

오즈는 그렇게 말하며 객실을 가로지르더니, 툇마루에 놓인 마사지 의자에 몸을 맡겼다.

나와 이로하도 무의식적으로 벽에서 떨어진 후, 좌식 의자에 앉았다.

"『창포』는 일본어로 살해란 의미를 지닌 『아야메(殺め)』와 동음이의어야. 그러니 『창포실』은— 『살해실』이라고도 읽을 수 있어."

"『살해실』……."

흉흉한 단어가 들리자, 나는 무심코 마른침을 삼켰다.

"구체적으로 어떤 장소인지는 모르지만, 흉흉한 사연이 있는 방인 건 틀림없나 봐."

"사고 매물 같은 거구나. 어이, 아직 늦지 않았어. 빨리 방을 바꿔 달라고 하자."

"차, 찬성! 모처럼 여행을 왔는데 저주라도 당한다면 말짱 꽝 이하니까요!"

"하지만 이 마을에는 도망칠 곳이 없어."

오즈는 베란다에서 어두워진 하늘을 올려다보았다. 그곳에는 찬란히 빛나는 새하얀 달이 떠있었다. 불빛 한점 없는 이 마을에서, 유일하게 밤길을 비춰주는 것이 바로 달빛이다.

"이 마을에는 저주받은 동요에 관한 소문이 있어. 아기새 노래라고 하는 거야."

"아기새 노래…… 설마……!"

"선배, 알아요?"

"응. 카게이시 가의 저택으로 향하던 도중에, 그 노래를 부르며 노는 아이들을 봤어."

"『아기새』는 『아이 잡이』— 즉, 그 노래에는 아이를 납치한다는 암시가 담겨있나 봐. 아이가 밤에 집 밖을 돌아다니면, 어딘가에서 『아기새 노래』가 들려오면서 그대로 끌려가고 만다는 말이 있대."

"『살해실』에, 『아기새 노래』. ……이 마을에는 온갖 괴이한 소문이 있어서, 도망칠 곳이 없다는 거구나."

"맞아. 저 신음이 들리지 않도록, 반대편 구석에 모여서 잘 수밖에 없을 거야. 좁아서 이부자리를 세 개나 까는 건 무리니까, 너희 둘만 이부자리를 깔고 자."

"오즈야말로 이부자리에서 자. 피곤하잖아?"

"괜찮아. 나는 여기서 잘래."

오즈는 그렇게 말하며 마사지 의자를 켰다. 위잉위잉 하는 소리가 들리더니, 방금까지 굳어 있던 오즈의 표정이 그대로 녹아내렸다.

"아아……♪ 결리던 등이 풀려……."

항상 책상 앞에 앉아있는 데다, 최근에는 여행 준비로 여념이 없었던 만큼, 마사지가 더욱 기분 좋게 느껴지는 것이리라.

오즈가 괜찮다고 하는 만큼, 나도 강경한 태도를 보일 생각은 없다.

"선배, 어떻게 하죠?"

"글쎄……."

오즈의 말을 100% 신용하는 건 아니다. 오즈가 만났다는 감옥 안의 여자애는 이제까지 오즈의 연애 게임 히로인 조우 이벤트와 마찬가지로, 실존하기는 하지만 내가 만날 일은 평생 없을 것이다. 까놓고 말해 평생 마주칠 일이 없는 인간이 제공한 정보에 이리저리 휘둘리는 것 자체가 말도 안 되는 일이다.

하지만, 이로하의 얼굴에는 불안한 기색이 남아 있었다. 그리고 이로하가 살며시 쥔 내 옷소매를 통해, 그녀가 떨고 있다는 것을 알 수 있었다.

그 불안을 해소해주는 게, 남자의 의무일 것이다. 남자의 의무 같은 건 요즘 세태에는 비난당할 소지가 있는 생각이겠지만, 이것은 어디까지나 내 신념의 문제다.

"알았어. 구석에 모여서 자는 걸로 하자. —하지만, 수면을 방해하지는 마."

"아, 안 해요! 오늘만큼은 그럴 여유가 없다고요."

"그럼 됐어. 오늘 밤에는 일시 휴전하자. 원령의 저주를 피하기 위해서 말이야. 알았어?"

"……알았, 어요."

이로하는 경례를 했다. 짜증 덩어리 여자라도 리얼 원령 상대로는 강하게 못나가는 모양이다.

만약 원령을 잘 길들인다면, 이로하의 치근덕을 막을 수 있지 않을까?

수도자가 되어서 그쪽 술법을 터득하면 효율이 상승하지 않으려나?

—아니다. 실수라도 해서 내가 저주를 받기라도 한다면 그거야말로 비효율적이다. 애초에 수도자가 되어서 수행을 한다고 해서, 내가 그런 초자연적인 능력을 얻을 수 있을 거란 보증이 없다. 리스크와 리턴, 기대치에 상응하지 않는 투자는 투자가 아니라 갬블이다.

응, 관두자. 원령이 무서워서 관두는 게 아니라고.

그리하여…….

나, 이로하, 오즈, 세 사람은 원령의 기척이 농후한 여관에서, 아무 일도 일어나지 않기를 절실히 빌며, 하룻밤을 보내게 됐지만…….

우리의 소망과 달리, 사건이 터지고 말았다.

*

"이건…… 심각한 사건이야……."

심야. 시간은 확인하지 않았지만, 아마 오전 두 시경이리라.

보통 축시(丑時)라고 불리는 시간이다.

평소 같으면 곤히 잠들었을 시간대인데도 나는 눈을 시퍼렇게 뜨고 있으며, 머릿속 또한 맑기 그지없었다.

아까 우리는 타이밍을 봐서 따로 목욕하러 갔고, 관광지도 아닌데도 수준급인 천연 온천을 즐긴 후에 방에 돌아와서 잠자리에 들었다.

지극히 평범하고 딱히 재미있지도 상황이었다.

—잠자리에 들 때까지는 말이다.

"으음…… 흠냐흠냐…… 썬빼……."

"잘 수가 없어……."

내 숙면을 방해하는 원흉— 코히나타 이로하는 행복한 표정으로 깊이 잠들어 있었다.

이부자리에 들고 20초 정도 지났을 즈음, 그녀의 곤한 숨소리가 들려왔다.

그것 자체는 괜찮다. 금방 잠드는 것은 좋은 일이다. 잘 자는 아이는 쑥쑥 자란다고 하며, 안정된 리듬의 수면은 뇌기능의 효율화 측면에서도 이상적이다. 그러니 그 점에 대해 불평을 늘어놓을 생각은 전혀 없다.

하지만 왜, 내 팔을 베개 삼은 거지?

오즈의 제안에 따라, 『창포실』과 반대편 벽에 이부자리 두 개를 붙여서 깐 나와 이로하는 다른 이부자리에 들어갔다. 그리고 그대로 잠들었는데, 정신을 차려보니 이런 자세를 취하고 있었다. 무슨 말을 하는 건지 이해가 안 되리라고 생각하지만, 나도 뭐가 어떻게 된 건지 알 수가 없다. 잠버릇

흠냐
흠냐…
© tomari

이 나쁘다 같은 어처구니없는 이하 생략.

목욕을 마친 나는 이로하는 여관 측에서 준비해준 유카타를 걸치고 잠자리에 들었다.

이로하가 유카타 안에 속옷을 입었는지는 알 수 없지만, 아까부터 유카타 앞섶 사이로 언뜻 보이는 가슴의 속살 면적으로 추정 및 시뮬레이션을 해보니 「입지 않았다」는 결과만 출력되고 있다.

사춘기 남자 고등학생인 나는 염불을 외우며 못 본 척을 할 수밖에 없었다.

"이, 바보야. 남자 앞에서 이렇게 무방비하면 어떻게 해."

심장이 벌렁거리는 가운데, 나는 이로하가 베고 있는 팔을 슬며시 뺐다.

겨우 팔의 표면에서 부드러운 감촉이 사라진 순간, 이로하의 입에서 애절한 목소리가 흘러나왔다.

"가지 마……."

"윽?!"

이로하가 내 팔을 찾듯 손으로 허공을 더듬었다.

부모에게 버림받은 어린애 같은 그 모습을 보자, 나는 가슴이 옥죄어드는 듯한 느낌을 받았다.

이 녀석, 실은 외로움을 타고 있었던 건가?

"가면 안 돼…… 아직 가지 마……."

"이로하……."

나는 팔을 빼는 것을 멈추고 말았다.

그러자 이로하의 손이 내 팔에 닿았다.

"아……♪"

기쁜 듯한 목소리가 들렸다. 표정에도 안도의 기색이 어렸다.

그리고…….

"정말. 멋대로 가버리면 어떻게 해요, 조루 선배☆ ……흠냐흠냐."

"확 패버릴까."

나는 팔을 주저없이 빼버렸다.

하지만 이로하는 므흐흐, 하고 기분 좋은 듯한 반응을 보였다. 아무래도 꿈속에서도 『선배 놀리기 타임』이 계속되고 있는 것 같았다.

그건 그렇고, 이렇게 되면 여관에 묵기 전에 했던 내기에서 내가 이긴 게 되지 않나? 경품이 가슴을 주무를 권리라고 했던 것 같은데, 그럼 마음껏 주물러도 되는 거지? 뭐, 그런 짓은 안 할 거지만 말이야.

본인은 의식이 없으니 수면을 방해하지 않겠다는 약속은 아직 지켜지고 있는 걸지도 모르지만, 그래도 이래서는 잠을 잘 수가 없다. 자면서도 이러다니, 이로하의 치근덕은 DNA에 새겨져 있는 걸지도 모르겠는걸.

"……이제 어떻게 하지."

어처구니없어 하다 보니, 무방비 이로하 때문에 끓어올랐던 정욕이 가라앉았다.

하지만 잠기운이 달아났다는 사실에는 변함이 없다.

일단 전자 서적 사이트에서 책이라도 볼까. 활자를 읽다 보면 점점 졸리면서 그대로 잠들 수 있을 것이다.

그렇게 생각하면서 충전 중인 스마트폰을 둔 객실 한편으로 발소리를 내지 않으며 이동했다.

그러자…….

딸깍……. 딸깍……. 딸깍딸깍…….

벽 너머—『창포실』 쪽에서, 딱딱한 무언가를 두드리는 소리가 어렴풋이 들려오는 것 같았다.

기묘한 리듬의 소리였다. 일정한 리듬으로 템포 좋게 두드리나 싶다가 갑자기 멎더니, 또 느닷없이 그 소리가 다시 들려왔다. 영 불규칙적이었다.

귀에 익은 소리라는 느낌이 들었지만, 그것을 어디서 들었는지 그리고 무슨 소리인지는 아무리 생각해도 떠오르지 않았다.

매우 중요한 소리. 잊으면 안 되는 소리일 텐데…….

그런 내 생각을 방해하듯, 그 소리에 섞여 기묘한 신음이 들려왔다.

『으으…… 아키…… 아키…….』

"어?"

내 이름을 불린 듯한 느낌이 들었다.

그럴 리가 없지만, 분명 방금 그 목소리는 「아키」라고 말했다.

다시 확인하고 싶어서 벽에 귀를 대보니, 역시 딸깍…… 딸깍…… 하는 소리가 들렸다. 그리고…….

『아키…… 아키…….』

들렸다. 틀림없다. 분명 「아키」라고 말했다.

어쩌면 우연일지도 모른다. 내 이름이 아니라, 다른 사람의 이름 혹은 단어를 읊조린 걸지도 모른다. 하지만…….

"이대로는 신경 쓰여서 잘 수가 없어……!"

나와 아무런 연관도 없는 시골 마을의 여관에 내 이름을 부르는 원령이 있는 건지는 모르겠지만…….

의문을 품은 채로는 쾌적한 수면을 취할 수 있을 리가 없다.

이대로 수면 효율이 떨어졌다간, 내일, 그리고 그 이후의 생활 리듬도 흐트러지고 만다.

괴기현상은 전혀 무섭지 않다— 는 허세는 관두자. 무서워. 무섭고말고.

하지만 공포보다도 양보할 수 없는 것이 있다. 원령이 내 생활을, 내 효율적인 나날을 위협한다면, 맞서싸우고 말겠다. ……무섭지만 말이다!

나는 스마트폰을 손에 쥐었다. 그리고 가방 안을 뒤져서 부적을 열 장 정도 손에 쥐었다. 준비 완료다.

발소리를 죽인 채 『도라지실』을 나선 후, 어두운 복도에 섰다. 소등시간이 지난 여관 복도는 코앞도 보이지 않을 만큼 어두웠으며, 스마트폰의 불빛으로 발치를 비춰야 겨우겨우 걸음을 옮길 수 있을 정도였다. 서 있기만 해도 본능적인 공포에 사로잡힐 것만 같았다.

사시나무처럼 떨리는 발을 탁! 탁! 소리가 나게 두드려서 진정시킨 나는 각오를 다지며 『창포실』 앞에 섰다.

『출입 금지!』, 『열면 위험!』, 『굼벵이!』

『방해하지 마!』, 『개방 엄금!』, 『임종 3일 전!』

무시무시한 내용의 종이가 문을 뒤덮듯이 붙어 있었다.

딱 봐도 열리지 않는 저주받은 방이다.

그 흉흉함에 압도당한 나는 움츠러들었다.

하지만, 딸깍딸깍하는 소리와, 아키…… 하고 부르는 소리는 간헐적으로 계속 들렸다.

이대로 돌아갈 수는 없다.

마른침을 삼킨 나는 문에 노크를 하려…….

아~기~새~ 아~기~새~

"—윽?!"

손이, 얼어붙은 것처럼 꼼짝도 하지 않았다.

어딘가에서 여자아이의 즐거운 노랫소리가 들렸다.

게다가 그것은 『창포실』보다 더 안쪽, 어둠에 휩싸인 『카나리아실』이라 적힌 방에서 흘러나오고 있었다.

심야. 축시.

어른도 잠들었을 이 시간에, 대체 누가 노래를 부르고 있는 것일까.

게다가 그 노래는, 하필이면…….

아~기~새~ 아~기~새~ 아기새 상인이 찾아왔다.

아~기~새~ 아~기~새~ 우는 아이를 팔러 왔다.

부모는 동쪽으로 해는 서쪽으로 간식 시간에 찾아오세요.

부모는 동쪽으로 해는 서쪽으로 간식 시간에 찾아오세요.

예의, 저주받은 동요다.

왜 가장 무시무시한 타이밍에 이 노래가 들려오는 거냐고! 나를 가지고 노는 거냐!

한밤중에 원령의 정체를 알아내려 하는 어린이— 나를 마계로 잡아가기 위해, 『아이 잡이』가 찾아왔다는 걸까.

젠장. 이 타이밍에 몰아치는 거냐. 나한테 겁주는 게 그렇게 재미있는 거냐고.

점점 열받기 시작했다. 가슴속에서 활활 타오르는 이 거무튀튀한 감정은 뭐지. 최근에도 느낀 적이 있는 것 같은데…….

—그렇다. 이로하다.

그 녀석도 나한테 겁을 주며 반응을 즐기려고 했다.

그래. 이게 원령 스타일의 치근덕인 건가.

그렇게 생각하니 분노가 공포를 능가하더니, 머릿속에서 도파민이 활성화됐다.

이대로 당하기만 할 것 같냐.

이렇게 되면 반드시 원령의 정체를 밝혀내고 말겠다. 각오하라고, 이 망할 자식아.

저주해서 죽일 거면 얼마든지 죽여봐. 그러면 나는『검은 새끼 염소가 우는 밤에』같은 이야기를 현실에서 체험하는 거니 2차원 세계에 동화된다고 하는 모든 오타쿠의 꿈을 실질적으로 이루는 거야. 그건 불행이 아니라 행복 그 자체라고! 유감이지? 원령 자식아! 푸하하하핫!!

나는 반쯤 될 대로 되라는 심정으로『창포실』의 문에 노크를 했다.

어이, 원령! 거기 있지?! 빨리 튀어나오라고!

그러자…….

딸깍딸깍하는 소리가 멎더니,「아키」란 중얼거림도 들려오지 않았다.

그리고, 끼익…….

천천히.

천천히, 문이 열렸다.

히번뜩.

문틈으로 붉은 눈이 보였다. 눈과 눈이 마주친 순간, KILL이라는 것을 깨달았다.

핼쑥한 볼. 새하얀 재 같은 머리카락. 충혈되어 새빨간 눈, 그리고 피가 흐르지 않는 것만 같을 정도로 창백한 피부.

지금의 내 심정을 단적으로 표현할 단어를 뽑자면, 그것은「후회」일 것이다.

돌이킬 수 없다는 건 알지만, 지금 바로 몇 분 전으로 시간을 되돌려서 괴기현상을 무시한다는 선택지를 고르고 싶어졌다.

나는 눈동자조차 움직일 수 없었기에, 그 눈과 한동안 시선을 마주했다. 그리고—.

"우와아아아아아아아아아아아아아아아아아아아앗?!"

"꺄아아아아아아아아아아아아아아아아아아아아앗?!"

두 비명이 하모니를 이루며 포개졌다.

하나는 죽음을 직감한 내가 지른 비명이다. 단말마라고 해도 될 백점 만점짜리 비명이다.

그리고 상대방의 비명도 꽤 우수했다. 상어 영화나 호러 영화에서 사망 장면이 직접적으로 나오지 않더라도 「아아, 죽었네」 하고 직감하게 하는, 예술적인 비명이었다.

—그런데 왜 원령까지 비명을 지르는 거지?

"왜그래짹?!"

게다가 『카나리아실』의 문이 열리더니, 말끝에 괴상한 표현을 붙이는 신 캐릭터 여성이 등장했다.

"선배, 무사해요?!"

"혹시 재미있는 이벤트라도 일어났어?"

또한 『도라지실』에서는 이로하와 오즈가 튀어나왔다.

"꺄아아아아아! 꺄아아아아아아! 변태! 치한! 죽어!"

"누가 변태라는 거야! 피해자 행세 말라고, 이 원령 자식아!"

"야, 거기 변태! 그 애한테서 떨어져짹!"

"짹짹짹짹, 거 되게 시끄럽네! 쓸데없이 특이한 캐릭터가 아무 맥락도 없이 얼굴 들이밀지 말라고!"

"그쪽이야말로 선배한테서 떨어지세요, 이 귀신!"

"아키, 상황을 설명해줄래?"

"너희는 좀 동시에 떠들지 마~!!"

그야말로 혼돈(카오스) 그 자체다. 뭐가 어떻게 된 건지 알 수가 없다.

대체 변태는 무슨 소리야. 그리고 떨어지라는 건 또 뭔데? 이 원령이 나를 불러서— 응?

"마시로……?"

"아……키……?"

나와 원령은 동시에 움직임을 멈췄다.

그리고 서로의 얼굴을 확인했다.

내 눈앞에 있는 건, 눈이 충혈됐고, 볼이 핼쑥하며, 피부에 윤기가 없지만…….

내가 잘 아는 소녀가 틀림없었다.

"너…… 설마……."

"아…… 아키구나……. 어? 왜, 여기 있는 거야?"

이웃사촌이자 사촌 겸 가짜 여친, 츠키노모리 마시로였다.

*

우리는 상황을 정리하기 위해 일단 『도라지실』에 모였다.

하도 시끄럽게 떠든 탓에 무슨 일인지 2층까지 살피러 온 여관 주인에게 용서를 빌었지만, 그녀는 개의치 말라며 웃어

넘겼다. 아무래도 현재 이 여관에 숙박하고 있는 건 우리 일행과 마시로 일행뿐이며, 폐를 끼칠 다른 손님 자체가 없는 것 같았다.

역시 촌락이다. 이 여관의 경영 상태는 괜찮은 걸까.

아무튼, 나, 이로하, 오즈, 마시로, 정체불명의 말끝 짹짹 여성은『도라지실』의 탁자에 둘러앉았다.

"으음, 그러니까『창포실』에 묵고 있었던 사람은 마시로……였던 거야?"

"으, 응……."

"여행을 같이 못 가게 됐던 너와 이런 곳에서 재회할 줄은 몰랐어."

"그, 그건 마시로가 할 말이야. 너희는 바다에 간댔잖아?"

"그럴 예정이었는데, 갑작스럽게 장소를 바꾸게 됐어. 스미레 선생님의 본가에 들르게 됐거든. 약혼자로서 거기 당주와 인사를 하러 온 거야."

"뭐?"

"가, 가짜 약혼자로서 말이야. 충혈된 눈으로 노려보면 무서우니까 그러지 좀 마."

정신력 수치라는 게 실제로 존재한다면, 오늘 하루 동안 어마어마하게 하락했을 것이다.

잠깐만, 지금 중요한 건 그게 아니잖아.

"마시로 선배는 왜 여기 있는 거예요? 그리고 옆에 있는 나풀나풀한 복장의 귀엽고 조그마한 사람은 누구인가요?”

그래. 말 잘했어, 이로하.

지금 이 자리에서 가장 신경 쓰이는 의문은 바로, 태연한 표정으로 우리와 함께 앉아있는 말끝 짹짹 여성이다.

초등학교 고학년 혹은 갓 중학생이 된 여자애 같은 앳된 외모, 그리고 서양 사람 같은 아름다운 금발을 지녔으며, 밤인데도 불구하고 프릴이 잔뜩 달린 고딕 드레스 차림에, 실내에서 양산을 쓰고 있는 이 엄청난 캐릭터성을 갖춘 여자.

이로하가 언급을 하자, 그녀는 한 손을 귀에 대며 이렇게 말했다.

“어머~? 방금 카나리아 님을 세상에서 가장 귀엽다고 말한 사람은 누구~? 카나리아 님은 모두의 아이돌이니까, 꼬시려고 하면 안 돼짹♪”

“…….”

이로하는 시체 같은 눈길로 나를 쳐다보았다. 인마, 나를 쳐다보지 마. 나도 당혹스럽다고.

이 여자는 대체 뭘까. 하는 말마다 썰렁하기 그지없네. 말끝에 「짹」을 붙이면서 귀여운 표정을 짓는 것도 오글거려.

“정말~ 분위기 파악 못 하네~. 원래 팬에게만 보여주는 특별한 걸 선보였는데 말이야~! 짹짹! 카라리아 양 화났어짹!”

“팬? 지하 아이돌 같은 거야?”

“우엥~! 카나리아 님을 몰라? 유행에 뒤쳐졌네짹~!”

"짜증나아아아!! 선배, 이 애를 어떻게 하죠?! 제 아이덴티티를 위협할 정도로 짜증 덩어리거든요?!"

"안심해, 이로하. 나도 동감이야. 설마 너를 능가하는 인재가 있을 줄 몰랐어."

언동, 포즈, 목소리. 하나같이 핀포인트로 불쾌감을 자극하는 것 같을 정도로 예술적인 치근덕이다.

"귓구멍을 깨끗깨끗~하게 하고 잘 들어!"

그녀는 윙크를 하더니, 얼굴 옆에 든 손으로 피스 사인을 하면서…….

"중판 확률 100%! 『재미』란 바로 여기에 있다! 희극도, 비극도, 참극도, 과격하면서도 멋지게 전달쨱! UZA문고의 아이돌 편집자, 키라보시 카나리아, 열일곱 살♪ 잘 부탁해요~♪"

리듬감 있게 자기소개를 했다.

—어라? 방금 그 자기소개, 낯설지 않은걸.

나는 뭔가가 생각날 듯한 느낌을 받고 눈썹을 살짝 찌푸렸다. 키라보시 카나리아. 키라보시 카나리아.

잠깐만 있어 봐. 방금, 쟤가 UZA문고라고 말했지?

"아…… 앗~! 생각났어! 카나리아 씨라면 SNS에서 화제를 모으고 있는, UZA문고의 에이스— 마키가이 나마코 선생님의 담당 편집자!!"

"딩동댕동~! 정답이야쨱♪"

UZA문고는 SNS를 적극적으로 활용하는 편집자가 많은

© tomari

것으로 유명한 레이블이다.

하지만 그중에서도 SNS 활동량이 압도적으로 많고, 온리 이벤트, CD 판매와 라이브, 그 뿐만 아니라 편집자 단독 사인회 등, 멋대로 아이돌 활동을 펼쳐서 화제를 모으는 편집자가 바로 이 여자애— 아니, 성인 여성이 틀림없으니 『여자』라고 표현하자— 이 여자, 시라보시 카나리아다.

그녀의 활동은 찬반양론이 분분하지만, 헌신적인 영업 노력과 히트작을 민감하게 찾아내는 천성적인 후각 덕분에 담당 작품은 하나같이 중판됐으며, 담당작 중에 조기 완결된 작품은 하나도 없다고 한다.

차기 편집장이라는 말까지 듣고 있는, 슈퍼 민완 편집자다.

"왜 마키가이 나마코 선생님의 담당 편집자가 여기에…… 그것도, 마시로와 같이……?"

"그…… 그…… 그게……."

마시로는 얼굴이 새파랗게 질렸다. 곤란하다는 듯이, 나와 카나리아의 얼굴을 번갈아 쳐다보았다.

카나리아는 어리둥절한 듯이 고개를 갸웃거렸다.

"왜긴 왜야, 마시로 양이 마키—."

"맥키노 섬!"

"미시건?!"

마시로는 부리나케 오른손을 뻗어서 카나리아의 입을 막았다.

카나리아는 버둥거렸지만, 마시로가 꽤 용을 쓰고 있는 탓에 벗어나지를 못했다.

"뭐하는 거야쨕, 마시로 양!! 괴, 괴로…… 항복항복!"

"저, 저기, 카나리아 씨— 카나리아 언니는, 마시로의 언니야!"

"뭐? 자매야?"

"으, 응. 자매끼리 여행을 왔을 뿐, 이야. 진짜로, 그게 다야."

"마시로…… 너, 언니는 없잖아?"

나는 어릴 적에 츠키노모리 가에 자주 놀러 갔다. 기억은 어렴풋해졌지만, 그 집의 가족 구성만은 똑똑히 머릿속에 남아 있다.

그 집의 아이는 마시로와, 마시로의 오빠뿐이다. 나에게 있어 사촌형이자 친구인 그만이, 마시로의 『형제자매』였던 것으로 기억한다.

"……맞아. 그랬지."

"어이어이."

방금 반응은 뭐야. 자기 가족 구성을 깜빡한 거냐?

그것보다, 그럼 이 카나리아란 사람은 뭐야?

"저, 저기, 아키. 놀라지 마. 이 언니는 말이지? ……실은 오빠, 야."

"맙소사. 너, 성전환한 거야?"

딱히 성전환에 편견 같은 건 없지만, 솔직히 의외였다.

요즘 거의 못 봐서 어떻게 지내나 했더니, 설마 성별을 바꿨을 줄이야.

“잠깐, 마시로 양! 영문을 모르겠네짹. 갑자기 무슨—.”

“으! 으!”

마시로의 손을 입에서 떼어낸 카나리아가 그렇게 외쳤다. 마시로는 그런 그녀를 향해 눈을 계속 껌뻑거렸다. 잘은 모르겠지만, 눈짓으로 뭔가를 호소하고 있는 것 같았다.

그러자 카나리아는 뭔가를 눈치챈 듯한 표정을 지었다.

“맞아짹! 카나리아 님은 마시로 양의 오빠! 옛날에는 오토바이를 즐겨타는 사고뭉치였지만, 지금은 어엿한 아이돌이야짹♪”

“너, 가짜지?”

“어떻게 알았어?!”

“아, 그 녀석은 자전거 타다 심하게 넘어진 게 트라우마가 됐거든. 오토바이도 바퀴가 두 개 잖아? 그런 녀석이 오토바이를 탈 수 있을 리 없다고.”

“어어어, 그런 설정은 몰라짹! 애초에 알지도 못하는 사람 행세는 무리야짹! 무리한 짓 시키지 마!”

“미, 미안…….”

카나리아가 화를 내자, 마시로는 풀이 죽은 것처럼 움츠러들었다.

완전히 주종관계가 완성됐다.

그 모습을 본 나는 확신을 가졌다.

이 두 사람은 자매 관계가 아니며, 친구 사이도 아닐 것이다.

그런데 왜 이런 한계 촌락의 여관에 단둘이 온 것일까?

한쪽은 UZA문고의 에이스 편집자. 다른 한쪽은 요즘 바쁜 듯한 마시로.

그리고 오늘, 스미레에게 들었던 말이 생각났다.

『때때로 폐허 마니아나 마감 직전의 만화가가 통조림 여행을 하러 와. 주위에 놀 곳이 없어서 일이 잘 되나봐.』

이런 정보에서 도출된 결론은 단 하나다.

"마시로, 그렇게 숨기지 않아도 돼. 걱정하지 마. 나는 다 알아."

"뭐……?! 자, 잠깐만 있어봐. 아, 아냐. 그런 게 아니라—."

마시로는 다급히 두 손을 내저었다.

그 손바닥, 특히 손가락에 생긴 수많은 **굳은살**을 본 나는 확신을 가졌다.

피곤에 절은 듯한 낯빛. 충혈된 눈. 그리고 손가락의 굳은살.

이것들이 가리키는 사실은 단 하나다.

"마시로. 너는 소설을 쓰고 있는 거지? 그것도 UZA문고의 담당 편집자와 함께 통조림 여행을 하면서 말이야."

"……윽! 그, 그게……."

마시로의 목소리가 가늘어졌다. 그녀는 뭔가를 숨기는 것을 못한다. 거짓말을 하면 얼굴에 티가 나며, 무심코 본심을 입에 담고 만다. 그러니 딱 잘라 부정을 못 하는 것을 보면, 이미 확정된 것이나 다름없다.

마시로는 과거에 소설을 쓴다는 사실 때문에 클래스메이트들에게 놀림감이 된 적이 있다.

자신이 쓴 작품에 자부심이 있는 것 같지도 않다.

그래서 말하고 싶지 않았던 것이리라. 나와 《5층 동맹》 멤버들에게 밝히지 않고, 혼자만의 비밀로 삼으려 했다.

"너무하잖아. 이제까지 비밀로 해온 걸 탓하는 게 아냐. 네 결정에 이러쿵저러쿵할 자격은 나에게 없어. 하지만 이미 들통이 났는데도 계속 숨길 필요는 없지 않아?"

"아키……."

마시로가 가슴 앞으로 모은 조그마한 손을 움켜쥐었다.

"아키는, 경멸하지 않는 거야? 마시로가, 지금까지 쭉 숨겨왔잖아? 계속, 계속, 시치미를 뗐어. 이런 글을 쓴다는 걸, 이런 망상을 한다는 걸, 아키와 너희에게 알려지고 싶지 않아서……."

"프로 편집자에게 인정받은 망상은, 단순한 망상이 아냐. 그건 시장가치가 있는, 상품이지. 자기 자신을 자랑스럽게 여겨도 돼. 그러니까—."

나는, 환하게 웃었다.

부정적인 생각에 잠긴 마시로를 안심시키려는 듯이, 가능한 한 온화한 미소를 지으려 했다.

"축하해, 마시로. 담당 편집자가 생겼구나. 게다가 마키가이 나마코 선생님과 같은 담당 편집자라니, 대단한걸. 네 소설은 분명 대히트할 거야!"

"……어?"

"신인상에 도전하는 줄 알았더니, 이미 담당 편집자가 있었구나."

"……어어?"

"그것도 UZA문고잖아. 진짜로 마키가이 나마코 선생님의 후배가 됐네."

"……어어어?"

"언제 발탁된 거야? 나는 네가 이번 여름 방학 동안 투고작을 쓰는 줄—."

"잠깐만 있어 봐."

"어, 왜 그래?"

"혹시 마시로를 작가 지망생이라고 생각하는 거야?"

"응. 아, 이 경우에는 『전직 작가 지망생』이라고 해야 하나? 아니지, 실제로 책이 출판될 때까지는 아마추어인 건가? 으음, 정의하기 어렵네."

"아, 정의 같은 건 상관없거든? 으음~, 으……."

마시로는 한 손으로 머리를 감싸 쥐며 생각에 잠겼다.

그리고, 곧 카나리아의 소매를 잡아당겼다.

"이리 와봐."

"왜 그래쨱?"

방구석으로 이동한 마시로와 카나리아는 속닥거리기 시작했다.

그 모습을 본 이로하가 나에게 귓속말을 했다.

"뭘 저렇게 상의하는 걸까요? 혹시 소설 쓰는 게 들통난 것 때문에 저러는 거 아니에요?"

"그럴지도 몰라. 친구로서 그냥 모르는 척 해줄 걸 그랬나……."

"마시로 선배의 노력을 순수하게 칭찬해주고 싶었던 거죠?"

"내 머릿속을 허락 없이 읽지 말라고."

"아하☆ 선배의 생각 정도는 전부 꿰뚫어 보고 있거든요! 진짜 좋은 사람이라니깐."

"……놀리지 마."

애초에 좋은 사람, 이란 말을 들을 일일까.

마시로는 《5층 동맹》의 성공을 위해 내가 가짜 남친 행세를 해주고 있는 상대일 뿐, 《5층 동맹》의 멤버는 아니다. 그녀의 소설이 누구에게 어떤 평가를 받든 《5층 동맹》에는 아무런 득이 없으며, 내가 효율적으로 성공하는 데도 보탬이 되지도 않는다.

그러니 이것은 이해관계를 벗어난 솔직한 마음이며, 그렇기에 『좋은 사람』이라고 평가된 것이다.

하지만 나는 마시로에게 담당 편집자가 생길 수 있도록 도와주지 않았으며, 작품 집필에 도움이 될 만한 조언을 해주지도 않았다.

이것은 마시로가 스스로 도전해서, 스스로 쟁취한 기회다.

"노력을 칭찬해주는 건 개나 고양이도 가능해. 마시로에게 아무런 도움도 되지 못했으면서, 이제 와서 큰 도움이라도 준 것처럼 뻐기고 싶진 않아."

"선배는 참 배배 꼬였다다니깐~. 뭐, 선배다워서 좋지만요☆"

이로하는 히히히, 하고 웃음을 흘렸다. 나는 멋쩍은 나머지 고개를 돌렸다. 나와 이로하가 이야기를 마치는 것과 동시에 마시로와 카나리아도 작전회의를 끝낸 건지, 이쪽으로 돌아왔다.

"결론, 나왔어. 마시로는…… 담당 편집자와 함께, 데뷔를 준비 중인 신인 작가야."

"아쉽게 신인상을 받지 못했지만 전도유망하다 느낀 작가에게, 다음 신인상 수상을 목표 힘내자~ 같은 식의 제안을 하는 경우도 있어쨉. 즉, 마시로의 재능에 띠리링~~~ 해버린 카나리아 님이 맹렬 스카웃 LOVE콜을 했단 말씀♪"

마시로와 카나리아는 호흡을 척척 맞추며 설명을 했다.

아하, 역시 그랬구나. 예상에서 한치도 벗어나지 않는걸.

"하지만 마키— 마시로 양은 마감이 코앞인데 원고를 완성시키지 못했거든? 그래서 카나리아 님의 전속 통조림 여관에 데려온 거야짹."

"전속……?"

"카나리아 님 수준의 슈퍼 편집자한테는 원고 진척이 **굼벵이** 수준인 작가를 감금할— 의욕 상승에 최적화된 통조림 방 후보를 여럿 가지고 있어짹. 이 카게이시 마을의 여관은 마을의 어두운 분위기를 비롯해, 마시로 양의 작풍에 딱 맞거든."

"그럼 『창포실』 문에 붙어 있던 종이와 여관 주인이 한 말은—."

"원고에 집중할 수 있도록 아무도 드나들지 못하게 해달라고 부탁했어짹."

"『카나리아실』은 설마—."

"작가를 가둬둘 때마다 예약을 하는 것도 귀찮으니까, 포켓머니로 1년치 방을 잡았더니, 방에 『카나리아실』이란 이름이 붙었어짹."

"아까 『카나리아실』에서 들려왔던 노래는—."

"그건 담당 작가가 작품에 오리지널 동요를 넣고 싶다고 해서, 카나리아 님이 어쩔~ 수 없이 작사 작곡한, 오리지널 동요야짹♪ 아기새의 귀여움이 가득 담긴 명곡이라, 이 마을 아이들 사이에서 엄청 인기있어짹! 아까도 교정 작업을 하면서 흥얼거린다니깐짹!"

"그렇게 된 거냐아아아아아아~~~……."

괴기현상의 진실을 알게 되자, 나는 온몸에서 힘이 쭉 빠졌다.

즉, 이렇게 된 것이다. 이 슈퍼 아이돌 편집자, 키라보시 카나리아— 카나리아는 이 카게이시 마을을 자주 찾았다. 그 과정에서 현지 사람들과도 가까워지면서, 이 마을에 새로운 문화가 생겨난 것이다.

저주받은 동요는 무슨. 나는 바보야.

"아하하. 리얼리스트인 척 하던 아키가 이런 걸 믿을 줄은 몰랐네."

"오즈. 너, 설마 눈치채고 있었던 거야?"

"상식적으로 생각해보면 원령 같은 게 있을 리 없잖아. 감방에 갇혀 있던 여자애가 들려준 오컬트 이야기도, 게임 소재로 써먹을 수 있을 것 같아서 기억해뒀던 거야."

"우와, 오빠는 정말 저질! 이번만큼은 저도 선배 편을 들거예요!"

"무슨 소리를 하는 거야? 이로하는 고마워해야 하지 않아?"

오즈는 빙긋빙긋 웃으며 말을 이었다.

"원령 이야기를 해줬기 때문에, 아키와 한 이부자리에서 잘 수 있었잖아."

"윽……! 무슨 소리를 하는 거야?!"

"오즈, 너……. 설마 그걸 노리고 우리한테 겁을 준 거냐?"

"뭐, 나는 너희 둘이 이어지기를 바라거든."

오즈는 새하얀 치아를 드러내며, 음흉 미남 왕자 스마일을 지었다.

그렇다. 이 녀석도 목적 달성을 위해 두뇌를 풀 회전시켜서 전략을 짜는 남자다.

이로하를 나에게 시집보내고 싶다는 발언이 진심이라면, 이런 모략을 짜고도 남는다.

"뭐, 어쨌든 이 여관이 진짜 심령 스팟이 아니라 다행이야. 이제 마음 편히 잘 수 있겠네."

"……잠깐만 있어 봐."

"응? 마시로, 왜 그래?"

가슴을 쓸어내리던 나는 그 말을 듣고 뒤를 돌아보았다.

약간 고개를 숙인 마시로가 두 손을 부들부들 떨면서…….

"**한 이부자리에서 잤다**……는 게, 무슨 소리야?"

"……윽?!"

실내 온도가 2도 내려갔다.

마시로의 온몸에서 엄청난 냉기가 뿜어져 나오더니, 두 눈에는 무시무시할 살의의 빛이 어렸다.

"아, 아냐. 그건 사고야. 이로하의 잠버릇이 고약해서, 우연히 내 이부자리에……."

"어, 선배가 저를 자기 이부자리로 끌어들인 거예요? 저희, 혹시 금단의 선을—."

"아무 짓도 안 했어! 그딴 소리 하면서 쓰레기통 뒤지지 말라고! 너 지금 뭘 확인하려는 거야?!"

"증거가 있을까 해서요!"

"그딴 게 나올 것 같냐?! 그것보다 여고생이 그딴 증거 수집 좀 하지 말라고."

"으…… 으으~~~……! 마시로도, 아키와 같은 방에서 잘래……!"

볼을 한껏 부풀린 마시로가 내 팔을 꼭 끌어안았다.

이로하를 상대로 경쟁심을 불태우고 있는 것이리라. 나와 이로하 사이에서는 아무 일도 없었으니, 괜한 걱정할 필요 없는데 말이다.

"열심히 글 쓰려고, 바다에 가고 싶은 것도 참았어. 하지만, 너희 얼굴을 보니, 더는 못 참겠어. 오늘 밤 정도는, 같이…… 히익?!"

"마~시로짱♪"

느닷없이 목덜미를 잡힌 마시로가 펄쩍 뛰듯 자리에서 일어났다. 그리고 그녀는 부들부들 떨며 뒤를 돌아보았다.

"느, 늦은 시간이잖아. 이 방에서 자면, 안 돼?"

"안 돼~요♪ 선생님은 자기 방에서 원고 써야죠~♪"

"시이이이이잃어어어어! 이~거~ 놔~……!"

"그럼 오늘은 이만 가볼게쨱. 쌓인 이야기는 일이 끝난 후에 나눠♪"

"그, 그래요…… 다음에 봐요."

저 조그마한 몸의 어디에 저런 완력이 숨겨져 있는 건지, 카나리아는 두 손 두 발을 버둥거리며 저항하는 마시로를 질질 끌며 방을 나서려 했다.

하지만 문을 열고 복도로 나서기 직전, 걸음을 멈춘 그녀는 뒤를 돌아보았다.

"아키 군, 맞지? 뭐 하나만 물어봐도 될까?"

"어. 아, 예."

"마시로 양한테서, 네가 《5층 동맹》이란 팀을 결성해서 게임을 만들고 있단 이야기를 들은 적 있어. 마키가이 나마코 선생님이 시나리오를 맡아주고 있다며?"

"카, 카나리아 씨. 무슨—."

"자아, 아무 상관 없는 마시로 양은 입다물어쨱. 이건 어른들의 이야기야~."

"하지만……."

"아무튼, 그게 사실이야? AKI 군."

"……윽! 아, 예. 마키가이 나마코 선생님께는 항상 신세를 지고 있어요."

마음속으로 식은땀을 흘렸다. 혹시 화난 걸까. 우리 레이블의 소중한 간판 작가에게 감히 일을 맡겨? 같은 식으로 말이다.

나는 비난을 각오하며 주먹을 말아쥐었다.

"에이~♪ 그렇게 무서운 표정 짓지 마~. 마키가이 선생님의 시간을 빼앗은 것 때문에 울컥☆한 건 사실이지만, 그걸로 비난할 생각은 전혀 없어쨉. 그건 마키가이 선생님을 독점하지 못하는 카나리아 님 잘못이기도 한걸~. —하지만, 딱 하나 물어보고 싶은 게 있어~."

"뭐……죠?"

"《5층 동맹》에 협력할 근거를, 너는 마키가이 선생님에게 제공하고 있어?"

"……윽!"

어린아이처럼 천진난만한 미소를 머금은 카나리아는 고개를 갸웃거리면서…….

바늘처럼 날카로운 질문을 내 가슴에 찔러넣었다.

"마키가이 선생님은 아마 개인적인 이유로 《5층 동맹》을 돕고 있어. 게임 제작에 흥미가 생긴 건지, 아니면 다른 이유가 있는 건지는 모르겠지만 말이야~. 하지만 《5층 동맹》은, 그 사람에게 메리트를 제공하고 있긴 하려나~?"

"그……건……."

알고 있었다. 하지만 모르는 척 했다.

오즈는 본인의 성격, 인간의 감정과 수요에 대한 공감력의 결여 탓에 혼자서 무언가를 만들어서 대중에게 전할 수 없다.

무라사키 시키부 선생님은 가문의 규율 때문에 선생님이 될 수밖에 없기에, 일러스트를 생업으로 삼을 수 없다.

이로하는 어머니의 교육 방침 탓에 성우의 길을 걸을 수 없고, 그런 공부를 하는 것조차도 허락되지 않았다.

하지만 마키가이 나마코 선생님만은 다르다. 그는 원래 프로 소설가였으며, 어찌된 건지 우리에게 협력해주고 있을 뿐이다.

물론 애플리케이션으로 낸 수익 중 일부를 마키가이 나마코 선생님에게 지불하고 있으며, 기본적인 원고료도 드리고 있다. 하지만 금전적 측면으로도, 본인의 커리어 면에서도, 『검은 새끼 염소가 우는 밤에』의 시나리오를 쓸 시간에 책을 한 권이라도 더 출판하는 편이 이익일 것이다.

호의일까. 변덕일까. 어느 쪽이든 간에, 나는 현재 마키가이 나마코 선생님에게 어리광을 부리고 있을 뿐이다.

"만약, 《5층 동맹》이 마키가이 선생님을 계속 쓰고 싶다면—."

카나리아는 양산 끝으로 나를 가리켰다.

"그녀— 그에게, 뭘 해주면 좋을지 생각해보는 편이 좋을 거야. UZA문고는— 아니, 나, 키라보시 카나리아는 선생님에게 최고의 성공과 최강의 명예를 약속했어. 작품을 할리우드 영화화시켜서, 전 세계에 그 이름을 떨치게 할 거야."

"……윽."

너무나도, 장대한 꿈이다. 하지만, 그녀— 카나리아의 눈동자는 전혀 흔들리지 않았다.

자신이라면 해낼 수 있다고 믿는 것이다. 아니, 마키가이 나마코의 재능은 전 세계에 먹힐 것이라고 믿어 의심치 않는 것이다.

그리고 그것은 근거 없는 허세가 결코 아니다.

마키가이 선생님에게 의뢰를 하기 전, 담당 편집자인 키라보시 카나리아에 관해 조사한 적이 있다.

그때, 그녀가 직접 쓴 에세이 『찬란한 빛을 만드는 방법 -Beautiful Word World-』를 읽었다. 거기에는 작가 발굴의 요점, 재능을 이끄는 법, 선전 방식, 코미컬라이즈와 애니화 전략 등에 관해, 언뜻 멍청해 보이는 문체이기는 하지만 본질을 정확하게 짚으며 해설되어 있었다.

나도 프로듀스의 교본 삼아 몇 번이나 읽었을 정도다.

그 책의 띠지에 적혀 있던 내용에 따르면, 그녀는 자기가 담당한 작품을 전부 중판시켰고, 미디어믹스를 수도 없이 성공시켰으며, 모든 담당 작품의 발행 누계는 3천만 부를 넘는다고 한다.

실적이 말해주고 있다. 편집 경력을 생각하면 서른 살 전후인 사람이 저런 프리티 스타일을 고수하는 게 어처구니없기는 하지만, 실력은 확실했다.

"제대로 생각해두지 않으면, 내가 전부 채갈 거야~♪"

그녀는 순진무구하게 웃으며 말했다.

놀리는 듯한 미소에서, 파프리카 냄새 같은 『진심』이 피어오르고 있었다.

"이 카나리아 님이 라이벌이라는 걸, 잊지 마~. —AKI군♪"

그 말을 남긴 후, 그녀는 마시로를 데리고 이 방에서 나갔다.

"……."

"……선배, 괜찮아요?"

내가 침묵에 잠기자, 이로하는 걱정스러운 말투로 나에게 말을 건넸다.

"응…… 일단은 말이야."

"너무 신경 쓰지 마세요. LIME에서의 분위기를 보면, 마키가이 선생님과도 이제 절친이나 다름없잖아요. 선배와의 관계를 갑자기 끊거나 하지는—."

"신경 써줘서 고마워. 하지만 정말 괜찮아. 카나리아란 사람이 한 말에도 일리가 있거든."

나는 이제까지 『대단한 어른』을 몇 명이나 만났다.

츠키노모리 마코토. 허니플레이스 워크스 대표이사 사장. 거대한 조직을 이끄는 리더이며, 아직 내가 절대 이길 수 없는 상대.

아마치 오토하. 텐치도 대표이사 사장. 효율적인 수완으로 비즈니스를 성공시키는 마케터이자 데이터 사이언티스트이며, 아직 내가 절대 이길 수 없는 상대.

그리고, 키라보시 카나리아. 아마 내가 죽을힘을 다하더라도, 프로듀스 능력으로 그녀를 이기는 건 아직 무리일 것이다.

그녀도 우리가 목표로 삼은 세계에 있는 선도자이며, 내가 넘어서야 할 상대 중 한 명이다.

“오히려 정신이 번뜩 들었어. ……역시, 생각해야만 해.”

“선배……?”

걱정스러운 표정을 짓고 있는 이로하를 보고, 더욱 결의를 굳혔다.

그저 《5층 동맹》이란 틀에 만족해선 안 된다. 오즈와 스미레와 이로하가 《5층 동맹》이란 틀을 필요치 않게 됐을 때—세 사람이 《5층 동맹》에 남고 싶어질 메리트를 준비할 수 없다면, 나는 아무 쓸모도 없는 존재에 지나지 않는다.

친구라는 포지션을 이용해, 이 녀석들의 출중한 재능에 기생해서 단물만 빨 수는 없다.

마키가이 나마코 선생님에게 어떤 메리트를 제시할 것인가. 그것이 첫 시금석이 될 것이다.

그리고, 나는 카게이시 마을에 온 의미도 생각해봤다.

카게이시 가문 당주, 카게이시 코우. 그와 가까워진 만큼, 나는 스미레의 행복을 위해 가장 효율적인 수를 써야만 한다.

그것을 해내야만, 스미레는 허니플레에 취직할 때까지 기다리지 않고도 무라사키 시키부 선생님이란 이름을 밝히며 일러스트레이터의 길을 나아갈 수 있다.

그렇게 된 후에도 그녀가《5층 동맹》을 남아줄지는 알 수 없지만, 그래도 나는 무라사키 시키부 선생님의 프로듀서로서 그것을 해내야만 한다.

내일『결연의 의식』을 반드시 성공시키고 말겠다. 그리고, 카게이시 코우의 신뢰를 얻어서…….

—스미레가 교사를 그만둘 수 있도록, 철저하게 손을 쓸 것이다.

*

『나는 무슨 일이 있어도 아키의 곁을 떠날 생각은 없는데 말이야.』

『알아. 하지만—.』

『상대방의 호의에 기대기만 할 생각은 없다?』

『그런 멋진 소리 안 해. 일방적으로 의지하기만 하는 관계는 신용할 수 없어. 그저, 그뿐이야.』

『후후. 괜찮네. 나는 아키의 그런 면을 좋아해.』

interlude 막 간 …… 마시로와 카나리아

"왜 아키한테 그런 소리를 한 거야?"

밤의 끝자락. 곧 해가 떠오를 즈음의 일이다.

장소는 『창포실』.

소설 집필을 위해 키보드를 계속 타이핑 중인 마시로는 방구석에서 태블릿을 응시하며 홍차를 홀짝이는 담당 편집자에게 물었다.

솔직히 말하자면, 가슴이 철렁했다.

아키 앞에서 느닷없이 마키가이 나마코의 이야기를 했잖아. 들키면 어쩌려고 그런 거야.

"으음~."

카나리아 씨는 마시로의 질문을 듣고 뭔가를 생각하는 듯한 반응을 보였다.

그리고, 곧 쿨한 느낌이 감도는 포즈를 취했다.

"퇴장 순간에 의미심장한 말을 하면, 강캐 느낌이 나서 멋지지 않아?"

"바보야?"

"대앵~! 담당 작가한테 바보 소리를 들었어!"

카나리아 씨는 충격을 받은 시늉을 하며, 과장되게 무릎을 꼭 끌어안았다.

그리고 다다미 위에 검지로 뭔가를 그리며…….

"됐어~. 카나리아는 영원한 중학교 2학년인걸. 그래서 잘 나가는걸……."

……아, 이건 연기가 아니네. 진짜로 상처 입었나 봐.

으음, 새로운 면을 발견했네. 실력파 편집자가 지닌 의외로 순수하고 섬세한 일면을 알고 말았어.

"뭐, 그래도 아키 군에게 못 박아둬야겠다 싶었거든~."

"못…… 아무리 카나리아 씨라도, 아키를 해친다면 내 손에 죽을 줄 알아."

"아니, 평범한 관용구거든?! 작가면 그 정도는 알아들어 줄래?! 그리고 발상이 너무 무시무시하거든짹?!"

허억허억 하고 숨을 고르면서…….

"마시로 양, 일전에 멍텅구리 같은 문장만 쓰게 된 적 있잖아짹?"

"윽……."

"그 원인은 아키 군이지? 그런 식으로 작가를 망가뜨린다면, 이쪽도 참을 수 없단 말이야짹."

"할 말이 없네……."

그 말에는 뭐라 반박할 수가 없다.

아키를 향한 억누를 수 없는 감정이 창작에도 영향을 끼친 시기가 있다.

지금 생각해보면 낯뜨겁기 그지없는 졸고를 아무런 의심 없이 양산하고 말았다.

마시로에게 있어서도, 그것은 흑역사다.

"게다가 《5층 동맹》의 AKI— 전부터 주목했어짹."

"뭐?"

"프로에 비하면 아직 멀었지만, 『검은 새끼 염소가 우는 밤에』를 마키가이 선생님에게 집필하게 한 센스는 높이 평가하거든."

"……정말?"

"물론물론~. 5년 후에 이 카나리아 님이 UZA문고의 패권을 쥐고, 천하의 대제국서점에 하극상을 할 때— 그가 내 오른팔이었으면 좋겠어짹."

"어. 하지만 아키는 《5층 동맹》을……."

"그래서 생각해보라고 말한 거야. 《5층 동맹》이 마키가이 선생님과 다른 동료들에게 어떤 메리트를 제공할 수 있는가? ……그리고, 아키 군 본인 또한 그 길을 계속 나아가도 괜찮은지를 말이야."

"아키를 유혹해서, UZA문고에 영입하려는 거야……?"

"에이~♪ 남들이 들으면 오해하겠네~. 그의 재능을 인정하니까, 쬐~끔 도와줬으면 하는 것뿐이야~☆"

카나리아 씨는 몸을 배배 꼬며 귀여운 척을 했다.

하지만 마시로는 안 속아.

"《5층 동맹》에 허튼짓 하지 마. 만약 그런다면 마시로는 소설 집필을 그만둘 거야."

"진짜로 잘못했습니다. 그것만은 참아 주세요."

카나리아 씨는 정색을 하며 그렇게 말했다.

"의도적으로 《5층 동맹》을 망가뜨릴 생각은 없으니까 걱정하지 마쨉. 하지만 아까 내가 한 질문의 답을 아키 군이 찾지 못한다면, 《5층 동맹》은 분명 무너지고 말걸?"

"그게 무슨, 소리야?"

"설명해봤자 마시로 양은 이해를 못 할 거야쨉. 조직이라는 건 참 어려운 것이거든~."

"……."

"아키 군이 내가 내준 과제를 푼다면 《5층 동맹》을 계속 이어가면 돼. 만약 그러지 못한다면, 그는 우리 쪽에서 영입할 거야. ……어때? 카나리아 님은 나쁜 애가 아니지쨉?"

"그럼, 괜찮지만……."

"그리고, 이건 마키가이 선생님을 위한 일이기도 해쨉."

"엥?"

무심코 괴상한 소리를 냈다.

눈을 껌뻑이며, 카나리아 씨의 얼굴을 응시했다.

"마키가이 선생님이 《5층 동맹》을 선택한 이유…… 그건 단순명쾌해. 심플하기 그지없는 매우 단순한 해답이야쨉."

그녀는 손가락을 하나 세우더니, 수천만 번은 연습했을

완벽한 윙크를 했다.

"아키 군을 좋아하니까. 효율충인 그라면 《5층 동맹》을 지키기 위해, 결혼해줄지도 모르잖아♪"

"으~~~~!!"

얼굴이 새빨갛게 달아올랐다. 거울을 보지 않더라도 자기 얼굴이 새빨개졌다는 것을 알 수 있었다.

이 사람이 뜬금없이 무슨 소리를 하는 걸까.

"그, 그런 이유로…… 결혼해줘도, 기쁘지 않아……!"

"정말이야~?"

"당연……하, 잖아……."

목소리가 점점 작아졌다.

솔직히 말하자면, 스미레 선생님이 가짜 약혼자가 된다는 말을 듣고 엄청나게 질투했다.

거짓말이라도 좋다. 가짜라도 상관없으니 같이 있고 싶다. 곁에 있고 싶다.

……어? 혹시, 마시로한테 있어서도, 그편이 이득……?

『마키가이 나마코…… 그게, 마시로의 또 하나의 이름.』

만약 그런 식으로 정체를 밝히면서, 《5층 동맹》 존속을 원한다면 결혼해달라는 카드를 꺼내든다면…….

아키는 진심으로 결혼을 고려해줄지도 모른다.

만약 이 카드를 꺼내 들지 않고, 마키가이 나마코로서 매정한 결정을 내린다면 어떻게 될까?

그렇게 되면 《5층 동맹》은 힘을 잃을 것이며, 자신의 역할을 다한 아키는 자유로워질 것이다.

UZA문고를 함께 키워가면서, 마시로의 고백을 진지하게 고려해줄지도…….

……안 돼! 그런 짓을 하면 안 된다.

아키는 이유가 있어서 《5층 동맹》 활동에 최선을 다하고 있어. 그 마음을 무시하며, 멋대로 행동하는 건 절대 안 돼!

아키를 좋아하는 건 사실이고, 마시로를 돌아봐 줬으면 해.

하지만 마키가이 나마코로서 《5층 동맹》을 통해 아키와 함께 한 시간도, 소중한 추억이야.

그걸 부정하고 싶지 않아!

마시로는 고개를 저으며 다시 책상 쪽으로 돌아앉더니, 초고속으로 키보드를 두들기기 시작했다.

"돼, 됐어. 원고 작업에 방해돼. 나가……!"

"예이예이~. 제발 농땡이를 피우지 마세요~. 그럼 바이바이쨱쨱~♪"

카나리아 씨는 가볍게 손을 흔들며 방에서 나갔다.

결국…….

방에서 타인의 기척이 사라졌지만, 그날은 아침까지 그다지 집중하지 못했다.

008 제8화 …… 아침 여관에서 선생님만 새하얗다

아침, 이라기에는 좀 늦은 오전 열 시경.

어젯밤에 마시로와 마주친 바람에 늦게 잠든 탓인지, 이렇게 늦은 시간에 잠에서 깨어났다.

오늘이 여름 방학이라 정말 다행이다.

만약 등교해야 하는 날이었다면, 찢어질 듯한 절규와 함께 머리카락이 새하얗게 변하며 사망하고 말았을 것이다.

호들갑스럽게 들릴지도 모르지만, 나한테 지각이란 그 정도로 심각한 문제다.

"꺄아아아아아아아아아아아아아아아아아아아아아아!"

그렇다. 이런 단말마를 질렀을 것이다.

모처럼 어제 일로 오컬트 호러가 부정됐는데, 내가 변사체로 발견된다면 이곳은 진짜로 참극의 여관이 되고 만다.

자, 좀 늦었기는 하지만 아침을 먹으러 가자. 이 시간이면 점심인가? 그런 생각을 하면서 몸을 일으켜보니, 세면장에서 나온 이로하의 얼굴이 새파랗게 질려 있었다.

"서, 선배. 방금 그거 들었어요?"

"이로하, 무슨 소리를 하는 거야? 오늘은 여름 방학이라고. 절규 백발화 사망 코스는 피했단 말이야."

"무슨 소리를 하냐는 건 제가 할 말이거든요?! 빨리 정신 좀 차려요!"

이로하가 내 볼을 살며시 때렸다.

차가운 손의 감촉 덕분에 뇌가 순식간에 깨어났다.

"……어?! 방금 그 비명은……."

"오오. 선배가 정신을 차렸어요!"

"무슨 소리를 하는 거야. 나는 항상 제정신이라고. 너처럼 머리통이 맛 가지는 않았단 말이야."

"와우~, 말이 되게 심하네요. 아까 자기가 어떤 넋두리를 늘어놨는지 기억 못 하는 게 틀림없어요. 증상이 엄청 심각한 거 아니에요?"

"무슨 소리를 하는 건지 도통 모르겠네. —그것보다 너, 방금 내 볼을 찰싹찰싹 때렸지? 시비 거는 거야? 아앙?"

"머리가 자기한테 유리한 쪽으로만 휙휙 돌아가나 보네요!"

"두 사람 다 여유가 넘치는걸."

나와 이로하가 말다툼을 벌이고 있을 때, 툇마루의 마사지 의자에 앉아있던 오즈가 몸을 일으켰다.

"방금 목소리는 아래층에서 들려왔어."

"여관 입구 쪽일지도 모르겠는걸. 일단 가보자."

"라져!"

"오케이."

내 말을 들은 이로하가 경례를 했고, 오즈는 쿨하게 고개를 끄덕였다.

진짜로 살인 사건이 일어난 건 아니었으면 좋겠는데 말이다.

마음속으로 그렇게 기도하며 계단을 내려가 보니, 다리가 풀린 채 부들부들 떨고 있는 여관 주인과…….

새빨간 액체로 된 물웅덩이에 고개를 처박은 채 쓰러져 있는, 카게이시 스미레가 있었다.

"스, 스미레 쌤이……."

"주, 죽었어……."

아연실색한 이로하와 내가 그 광경을 쳐다보았다.

엎드려 있어서 얼굴이 보이지 않지만, 머리 모양과 체형으로 볼 때 내 담임인 카게이시 스미레가 틀림없다.

붉고 걸쭉한 액체는 스미레의 몸을 중심으로 바닥에 퍼져 나가고 있었다. 복부 혹은 가슴에서 흘러나오고 있는 걸까. 만약 저것이 피라면, 과다출혈로 사망했을 게 틀림없다.

"스미레 선생님……."

오즈는 망연자실한 목소리로 그렇게 중얼거리더니, 비틀거리며 스미레에게 다가갔다.

그리고 그는…….

"멋대로 죽어 나자빠지지 말아 줄래? 빨리 일어나."

길바닥에서 말라가고 있는 거북이한테 하듯, 발끝으로 스미레의 몸을 뒤집었다.

너무해! 인간도 아냐! 오즈, 네가 이런 인간 말종인 줄은 꿈에도 몰랐어.

"으, 으흑……."

몸이 뒤집힌 스미레는 아직 의식이 있는지, 어깨를 떨며 훌쩍거렸다.

—아직 숨이 붙어 있어!

"괜찮아?! 이로하, 응급차를 불러!"

"예!"

나는 급히 스미레에게 다가가서 몸을 일으켰다.

이럴 때는 함부로 옮기지 않는 편이 낫던가?

우선 지혈부터 할까? 옷에 생긴 붉은 얼룩으로 볼 때, 출혈량이 상당했다.

일단 욕실에 가서 수건을 잔뜩 가져와서…… 어?

고속으로 사고회로를 회전시키던 내 눈에 어떤 물체가 들어왔다.

발치의 지면. 방금까지 스미레가 쓰러져 있던 장소에 떨어져 있는 물건.

엉망으로 찌부러진 종이팩 토마토 주스가 네 개 있었다.

유심히 보니, 훌쩍이고 있는 스미레의 옷에는 구멍 난 곳이 없었다. 흉기에 찔리지 않은 게 틀림없다.

“인마, 헷갈리는 짓거리 좀 하지 마!!”

“흐냐아아아아앗, 거, 거기는 안 돼! 데스크워크 근무자의 급소란 말이야아아아아아앗!!”

꾸욱꾸욱꾸욱. 허리 양옆의 혈을 발가락 끝으로 자극해서 건강하게 만들어주자, 스미레는 맛이 간 듯한 표정으로 애원하며 몸을 배배 꼬았다. 이번 주 뿅 간 얼굴 할당량 달성.

“뭐하는 거예요?! 너무해요! 악마! 선배가 이렇게 비인간적인 사람인 줄은 꿈에도 몰랐어요!”

“아냐. 잘 봐, 이로하. 이건 피가 아니라 토마토 주스라고.”

“예? 토마토 주스?”

이로하는 그 말을 듣고서야 바닥에 떨어져 있는 차 바퀴에 깔린 개구리처럼 찌부러진 종이팩을 발견했다.

“대체 왜 이렇게 헷갈리는 짓을 한 거예요?!”

“꺄하하하하하! 거긴 안 돼! 귀 뒤편은 약하단 말이야아아아! 간지럽히지 마아아아아아아!”

간질간질간질. 귀 뒤편과 무릎 뒤편처럼 부드러운 부분을 이로하가 섬세한 손가락 놀림으로 간지럽히자, 스미레는 맛이 간 얼굴로 바닥을 데굴데굴 굴러다녔다. 우리 행동이 좀 과해 보일지도 모르지만, 이번만큼은 양해줬으면 한다. 우리에게 걱정을 끼친 그녀의 죄질은 그만큼 불량하니 말이다.

"훌쩍, 훌쩍…… 아냐아아아……. 이건 이로하한테 사죄의 표시 삼아서어어……."

"사죄의 표시?"

"이로하가 좋아하는 토마토 주스를 바치며, 용서를 빌자고 생각했어. 그런데 생각보다 높은 여관 문턱에 걸려서 그대로 꼬꾸라지고…… 우에에에엥! 이대로 있다간 이로하한테 미움받을 거야아아아! 나도 시집가게 돼애애애애!!"

"무슨 소리를 하는 건지 모르겠는데요……. 그리고 보통은 『시집을 못 가게 돼』라고 하지 않나요……."

어른스럽지 못하게 목 놓아 우는 스미레를 본 이로하는 도움을 청하듯 나를 돌아보았다.

나를 쳐다보지 마. 나도 뭐가 어떻게 된 건지 모른다고.

"훌쩍. 훌쩍. 아키한테 못 들었어? 『결연의 의식』을 하게 됐다는 거 말이야."

"『결연의 의식』…… 저는 처음 듣는데요. 저기, 선배. 그렇게 재미있는 일을 왜 저한테 비밀로 한 거예요?!"

"나도 그게 뭔지 모르는데 어떻게 설명을 해. 그리고 딱히 법적 구속력이 있는 것도 아니잖아. 별일 아니—."

약았어, 약았어 하고 외치며 휴일에 응석 부리는 어린애처럼 굴어도 곤란하다.

전통 행사라니까 이 비경에 전해져 내려오는 제사 같은 것이리라. 아무튼, 형식적인 이벤트일 테니 후딱 해치우면 된다고 생각했다. 그래서 이로하와 오즈에게 딱히 설명할 필요도 없다고 여겼다.

그런 내 생각을 말하자, 스미레는 눈을 치켜떴다.

"별일 아닐— 리가 없잖아아아아아아아아아아아아아아아아아아아아?!"

"어이, 들러붙지 마! 토마토 주스부터 닦으라고!"

"아키는 아무것도 몰라! 그건……『결연의 의식』은……."

나한테 밀려나면서도 얼굴만 쑥 내민 스미레는 목을 쥐어짜낸 것처럼 강렬하면서도, 한 치의 흔들림도 없는 목소리로…….

황당무계한 말을, 토했다.

"커플링 성공률 100%. 사상 최악의 저주받은 결혼 활동 의식이야!!"

…………………….

………….

예?

*

"『결연의 의식』은 이 마을에 전해져 내려오는 전통 행사야. 남자와 여자를 100% 이어준다고 전해지는, 최악의 저주지!"

도라지실로 장소를 옮긴 후, 스미레는 다시 자신의 주장을 재기했다.

참고로 이동을 한 건, 여관 입구에서 계속 떠들다간 마을 사람들의 눈에 띌지도 모르기 때문이다.

전통 행사에 대한 디스를 오픈 스페이스에서 하는 건 좋지 않을 거라는, 사회인으로서의 당연한 컴플라이언스 의식을 발휘한 것이다. 그럴 거면 디스 자체를 하지 않으면 된다 싶겠지만, 그 부분은 애교로 봐줬으면 한다.

이야기를 들으면서 이불 위에서 데굴거리던 이로하가 웃음을 터뜨렸다.

"저주라니, 우습네요☆ 주관하는 신도 불쌍하고요! 연을 맺어줄 뿐인데 저주 취급을 당하는 거잖아요~!"

"진심으로 서로를 좋아하는 남녀라면 괜찮아. 하지만 나와 아키는…… 으…… 우에에에에에에엥! 미안해, 이로하아아아아아아아!! 마시로오오오오오오오!!"

말을 하면서 마음이 북받쳐 오른 건지, 스미레는 이로하의 유카타에 매달리며 엉엉 울었다.

이로하는 그런 스미레의 머리카락을 쓰다듬어줬다. 어느

쪽이 교사인지 모르겠네.

“아하하! 왜 저희한테 미안해하는 거예요~?”

“그야…… 방구석 관엽식물 같은 인생을 살고 싶은 커플링충인 내가, 남의 연애에 개입하다니…… 나는 진짜 최악의 구제 불능 쓰레기야!! 우에에에에엥!!”

“잠깐만, 그렇게 큰 소리로—.”

“스, 스미레 선생님은 과대망상에 빠져 있어. 마, 마시로는 아키한테 아무런 감정도…….”

스미레의 한가운데 직구급 폭탄 발언에 이로하는 당황했고, 마시로는 나를 힐끔힐끔 쳐다보았다.

마시로는 어떻게 들통난 건지 몰라 의아할지도 모르지만, 사실 스미레는 예전부터 이로하와 마시로가 나를 좋아하는 게 틀림없다고 단정 짓고 있었다. 아무런 근거도 없는 헛소리지만 말이다.

—어? 하지만 마시로는 진짜로 나를 좋아하잖아. 그럼 이로하도……. 아니, 그럴 리가 없나. 그 녀석이 나를 좋아할 리 없어. 응.

잠깐만 있어 봐. 너무 자연스럽게 우리 사이에 섞여 있어서 그냥 넘어갈 뻔했는데, 마시로가 왜 여기 있는 거야?

“어이, 마시로. 너, 원고 지옥 중이었던 거 아냐?”

“아…… 으음, 시끄러워서 좀 신경 쓰였거든. 기분 전환 삼아서 잠시 와본 거야.”

"그 담당 편집자에게 혼날 것 같은데……."

"괜찮아. 이 시간대에는 숲에서 새들과 놀거든."

"뭐 그딴 습관이 다 있어."

역시 슈퍼 편집자, 키라보시 카나리아다. 생활 루틴부터 일반인의 상상을 벗어난다.

몇 살인지는 모르겠지만, 이 정도로 메르헨에 젖어 사는 건 좀 문제 있지 않나…….

아니, 잠깐만 있어봐. 혹시 나는 상상조차 할 수 없는 스트레스 컨트롤법인 건 아닐까?

가능성은 충분히 있다. 그 정도로 엄청난 실적을 쌓은 편집자가 그저 「오글거리는 성향」 때문에 새와 노닥거리지는 않을 것이다. 그녀가 효율적인 사회 경쟁을 추구하는 인간이라면, 심오한 의미가 있을 게 분명하다.

마감을 강요하는 입장, 재능을 프로듀스하는 입장에서의 대선배. 그런 선배에게 배울 것이 많을지도 모른다. 경우에 따라선, 미래의 나도 숲에서 새들과 노닥거릴지도 모른다.

그런 쓸데없는 생각에 빠져 있을 때, 마사지 의자를 즐기던 마시로가 쿨한 표정으로 말했다.

"스미레 선생님는 호들갑이 심해. 『결연의 의식』 같은 건 오컬트야. 본인에게 그럴 마음이 없다면, 효과가 있을 리 없어."

지극히 올바른 발언이다.

왜 스미레가 철석같이 믿는 건지 모르겠지만, 이 세상에

100%는 존재하지 않는다.

아무리 우수한 전문가라도, 그 분야의 미래가 어떻게 될지 맞힐 확률은 7할이 넘지 않는 경우가 많다. 8할이 넘는다면 그 분야에서 가장 뛰어난 학자라 해도 과언이 아닐 것이다.

반드시 대박 터질 거예요! 절대 손해는 안 봐요! 그런 것은 사기꾼의 입버릇이다. 반드시, 절대 같은 말을 강요하는 상대만큼 의심스러운 자는 없다.

"—아냐. 미신이라고 단정 짓는 건 어려울지도 몰라."

"오즈……?"

하지만 뜻밖의 인물이 반론을 입에 담았다.

오컬트와 가장 거리가 먼 디지털 남성, 하이퍼 엔지니어에게 이 자리에 있는 이들 전원이 시선이 쏠렸다.

자료를 열람하고 있는 듯한 오즈가 스마트폰 화면을 보면서 말했다.

"인터넷으로 검색해봐도 정보가 안 나오길래, 이 마을 행정 센터의 데이터베이스를 해킹해서 전통 행사 기록을 조사해봤어."

"이 촌락에 그런 하이테크 설비가 있는 거야?"

"잔말 말고 내 말이나 들어."

"……오케이."

오즈의 무시무시한 미소를 본 나는 그냥 그가 시키는 대로 하기로 했다. 이번 여행을 통해 오즈가 좀 무서워진 것 같았다. 거역할 수가 없다.

“조사해본 결과, 『결연의 의식』이란 건 신부 행렬의 일종 같아.”

“신부 행렬?”

“응. 옛날에는 고개 너머에 있는 마을이나 성에 시집을 가게 되면, 저녁부터 밤에 걸쳐 관계자가 행렬을 이뤄서 이동하는 경우가 많았대. 초롱불을 든 여러 어른이 행렬을 이뤄 어두운 길을 나아간다……. 『여우 시집가기』 같은 괴기현상과 비슷하지 않아?”

“아, 맞네.”

나는 이해가 됐다. 『검은 새끼 염소가 우는 밤에』를 제작하는 과정에서, 괴기현상이나 전승 같은 것을 조사하는 일이 잦다. 기본적으로는 마키가이 나마코 선생님에게 의지하고 있지만, 스스로 이벤트를 고안해야 할 때는 인터넷의 힘을 빌리고 있다.

“『결연의 의식』도 전체적으로는 그것과 비슷해. 몸을 깨끗하게 한 남자와, 여우 가면을 쓴 전통 혼례복 차림의 여자가, 마을 사람들의 행렬을 이끌며 산속에 있는 신성한 사당으로 가. 그리고 도착하면 마을 사람들은 산을 내려가고, 남녀는 그곳에서 단둘이 하룻밤을 보내는 것 같아.”

“하룻밤을? 딱히 특별한 의식을 치르진 않는 거야?”

"사당에서 뭘 하는지는 적혀 있지 않았어. 그저 단둘이 하룻밤을 보낸다고만 되어 있네."

"그렇다면 문제 될 게 없지 않아? 그냥 잠을 자면 될 거 아냐."

"나도 그렇게 생각해. 하지만, 신경 쓰이는 데이터가 있어."

오즈는 눈을 가늘게 뜨더니, 심각한 표정으로 스마트폰 화면을 나에게 보여줬다.

거기에는 원형 그래프가 표시되어 있었다. 농담처럼 보일 만큼 한 색깔로 물들어 있는 그 그래프가 의미하는 건…….

"『결연의 의식』을 치른 남녀는 100%, 단 한 쌍의 예외도 없이, 그 후에 결혼해서 자식을 봤다고 해. 그야말로 완벽하게, 완전무결하게 두 사람의 인연을 이어주는 거야. 그 사실을, 숫자가 증명해주고 있어. 샘플 숫자도 유의미한 수준에 도달했는데도 그 결과가 이러한 거야. 꽤 비정상적인걸."

"……맙소사."

나는 아연실색했다. 효율을 존중하는 나에게 있어, 숫자란 유일신이나 다름없는 존재다.

물론 통계 매직일 가능성도 있기는 하다.

전통을 중시하는 촌락인 만큼, 이런 의식까지 치른 두 사람이 결혼하지 않는 것이 용납되지 않는다. 그런 주위의 압력을 견디다 못해 전원이 결혼한 것이다. 그런 다른 요인 탓에 100%라는 말도 안 되는 숫자가 도출됐을 가능성도 있다.

하지만, 어떤 이유든 간에…….

“오컬트든, 인위적이든 간에, 의식을 치른 두 사람을 어떻게든 결혼시키려 하는 힘이 작용하고 있을 가능성이 있는 거구나.”

“그런 거야. 스미레 선생님이 절망하는 것도 무리는 아냐.”

“이해가 됐지? 나, 이제 어떻게 하면 좋을지 모르겠어. ……이로하와 마시로를 볼 면목이 없네.”

“스미레 쌤…….”

“…….”

스미레가 미안해하듯 고개를 푹 숙이자, 이로하와 마시로는 걱정스러운 눈길로 그녀를 응시했다.

—스미레가 절망한 이유가 드디어 이해됐다.

본가에 약혼자가 있다는 거짓말까지 했는데, 이대로 가다간 나와 결혼을 하게 될지도 모른다.

이로하와 마시로가 나를 좋아한다고 오해한 스미레는 제자들에게 면목이 없을 테니, 폭주하는 것도 무리는 아니다.

뭐, 마시로는 진짜로 나를 좋아하지만 말이다. 아무튼 그건 일단 제쳐두기로 하고…….

스미레가 죄책감을 품고 의식에 임하게 하는 건, 좀 그렇겠지.

게다가 나 또한 스미레와 맺어지는 미래는 사양하고 싶다.

일러스트를 뜯어낼 수 있다면 서류상으로 결혼하는 것도

괜찮을지 모른다고 생각하지만, 신의 힘 같은 묘한 게 작용해서 우리 사이에 애까지 생긴다면 실제 부부나 다름없는 것이다.

꾸욱.

아무도 눈치채지 못할 만큼 은근슬쩍, 마시로가 내 옷자락을 잡아당겼다.

"……어?"

"마시로는, 싫어. 의식에 참여하지 마."

"……으, 음……."

고개를 숙인 마시로가, 자신의 진심을 전해왔다. 이 숨김없는 애정 표현에 뭐라 답하면 좋을지 몰라서, 그저 애매하게 답할 수밖에 없었다. 그러면서 가슴이 콩닥거리고 있을 때, 이번에는 반대편에서 누군가가 내 배를 꼬집었다.

"왜 좋아 죽으려고 하는 거예요~? 선배는 변태라니깐~."

"뭐?! 좋아한 적 없거든?!"

"잊은 건 아니죠? 청춘을 즐기는 걸 미뤄두고, 진심으로 임하기로 한 걸—."

"기억한다고."

이로하가 내 귓가에서 그렇게 속삭이자, 나는 마음을 다졌다.

그렇다. 이렇게 우왕좌왕할 때가 아니다.

안심해, 이로하.

나에게 최우선은 《5층 동맹》이야.

가장 효율적으로, 장래를 손에 넣는 거라고.

"가짜 약혼자 이야기가 나왔을 때부터, 생각했던 게 있어."

오컬트? 그딴 건 아무래도 상관없다.

중요한 것은 성공율 100%인 『결연의 의식』 같은 게 아니다.

진짜로 결혼한다, 그것이 싫다, 같은 차원의 이야기가 아닌 것이다.

그것은 다름 아닌…….

카게이시 스미레란 한 사람의 여성이, 어떤 미래를 선택할 것인가. 그 분기점에 서게 됐을 뿐인 이야기다.

"저기, 스미레 선생님. 물어볼 게 있어."

"뭔데……?"

스미레는 울먹거리며 그렇게 말했다.

나는 그녀를 동정하면서도, 말을 이었다.

"진짜로 제자에게 미안하다고 생각한다면, 당신이 할 수 있는 일이 있어. 그걸 하지 않는 건, 어째서야?"

"……읏! 그, 그건……."

스미레의 낯빛이 변했다. 얼굴이 새파랗게 질린 채, 입술을 꼭 깨물었다.

이로하는 어리둥절한 표정을 지었다.

"할 수 있는 일?"

"간단해. 의식을 치르게 된 건, 가짜 약혼자를 만들었기 때문이잖아? 자업자득이야. 이 사태에 책임을 느끼고 있다면, 진실을 털어놓는 게 지름길이야."

"그, 그랬다간 스미래 쌤은 알지도 못하는 사람과 맞선 결혼을 해야 하잖아요. 거짓말을 한 만큼, 입장이 더 곤란해질 거라고요."

"자업자득이야. 나이도 먹을 만큼 먹어놓고 아라시마 군이 어쩌고 하는 게 나쁘다고. 꿈에 마침표를 찍을 때가 찾아왔을 뿐이야. ―어른이 되는 것을, 받아들이면 되잖아?"

"……윽."

"선배, 그 말은 좀……."

스미레는 입술을 깨물며 고개를 숙였다. 이로하는 비난하듯 나에게 따졌다.

나는 방금 한 말을 취소하지 않았다. 뽑아 든 칼을 거두지 않은 채, 스미레의 눈을 지그시 응시했다.

자, 선택해. 네 본심을 털어놔.

스미레는 이미 눈치챘을 것이다. 이것은 나와 『결연의 의식』을 치르냐 마느냐의 선택지가 아니다.

교사로 살아가고 싶은지, 아니면 일러스트레이터로 살아가고 싶은지를 선택해야 한다.

마시로(와, 스미레의 개인적 생각으로는 이로하)가 슬퍼할 것을 알면서, 이 헛짓거리를 이어갈 것인가.

마시로(와, 스미레의 개인적 생각으로는 이로하)의 마음을 우선해, 교사로서 올바른 길을 선택할 것인가.

스미레는 선택을 해야만 한다. 그런 분기점에 서고 만 것이다.

그리고 나는 스미레의 선택에 따라, 무라사키 시키부 선생님을 《5층 동맹》에서 탈퇴시킬 각오를 해야만 한다.

"나……는……."

스미레의 팔이 떨렸다.

그녀의 눈에서 눈물이 줄줄 흘러내렸다.

연중 바겐세일인 것처럼 흘러내리는 희소가치 제로의 눈물.

하지만 지금 이 순간의 눈물은 눈동자의 얕은 부분이 아니라, 더욱 깊은 곳에서 흘러나오고 있었다.

"싫어."

스미레의 입에서 『답』이 흘러나왔다.

"결혼해서, 매일 남의 눈길을 신경 쓰느라, 아무것도 그리지 못하며 사는 건, 싫어……."

숨김없는 스미레의 본심. 무라사키 시키부 선생님의 진심 어린 호소.

그것이 눈물과 함께 가슴 속 깊은 곳에서 넘쳐 나왔다.

"그리고 싶어……. 그림을 더 그리고 싶단 말이야……."

생각해보면 이번 가짜 약혼자 건도 어처구니없는 짓 같지만, 그녀에게 있어서는 진심이었다.

본가가 소개해준다는 사람과 결혼하면, 자신의 일거수일투족이 전부 본가에 알려질지도 모른다. 지금까지 교사로 지내면서 몰래 그려왔던 동인지도, 가족들의 눈길을 신경 써야 한다면 그릴 수 없다.

장난스러운 태도로 쭉 본심을 숨겨왔지만…….

스미레는 일러스트레이터 인생이 끝난다는 공포와, 계속 싸워왔다.

"미안…… 미안해, 이로하. 마시로. 제멋대로인 선생님이라 정말 미안해. 나, 교사로서 실격이야. 그래도 싫어. 그림을 못 그리게 되는 건, 절대 싫어……."

이 자리에 있는 건 냉철한 여교사도 아니고, 구제 불능 어른도 아니다.

그저 자신의 억지란 이름의 솔직한 불안을 털어놓고 있는, 앳된 여자애다.

역시, 그랬구나.

네 본심이 그럴 줄 알았어, 무라사키 시키부 선생님.

그때, 《5층 동맹》에 그녀를 스카우트한 날, 그때도 그녀는 지금처럼 공포를 드러냈다. 학교 측에 알려졌다 두 번 다시 동인 활동을 하지 못하게 되는 게 아닐까. 그림을 그리지 못하게 되는 게 아닐까. 그런 두려움에 사로잡혀 있었다.

그래서 나는 약속했다. 언젠가 그녀의 본가를 굴복시키고, 그녀를 족쇄에서 해방해주겠다고 말이다.

"네 본심이 그렇다면, 나도 결심을 굳히겠어. 무라사키 시키부 선생님."

"……뭐?"

"그날 했던 약속을 지킬게. 예정을 앞당기게 됐지만, 너를 가문의 족쇄에서 해방해 주겠어."

나는 스미레의 어깨에 손을 얹으며, 굳은 목소리로 그렇게 선언했다.

그리고 손으로 바닥을 짚은 후, 깊이 고개를 조아렸다.

"—너를 시험하는 듯한 소리를 해서 미안해. 이제부터 내가 제안하는 건, 실패가 허락되지 않는 혹독한 미션이야. 그래서, 우선 네 진심을 들어두고 싶었던 건데…… 네가 울음을 터뜨릴 정도로 궁지에 몰아넣고 말았어. 솔직하게 사과할게."

"아키……."

"한 대 때려. 뻔뻔한 소리일지도 모르지만, 그걸로 용서해줬으면 해."

"무, 무슨 소리를 하는 거야."

내가 무릎을 꿇으며 결의에 찬 눈으로 바라보자, 스미레는 당혹스러운 표정을 지었다.

스미레는 고개를 푹 숙인 채, 기어 들어가는 목소리로 말했다.

"내가 아키를 어떻게 때려. 그런 짓 안 해도, 너를 용서할 수 있어."

"……그래. 뭐, 네가 때리지 않고 용서해준다면 나야 좋지만—."

묵직한 한 방을 각오했던 나는 안도하며 표정을 풀었다.

벌을 감수할 생각이었지만, 마음이 긴장되는 것은 피할 수 없었다. 때리지 않고 용서해준다면 그게 가장 좋지만, 그래도 빚을 진 듯한 느낌에 사로잡혔을 때였다.

"자아, 꾸——욱!!"

"아야아아아아아앗?!"

예상치 못한 방향에서 제재의 일격이 날아왔다.

하지만 그것은 따귀나 주먹질이 아니었다.

목과 어깨 쪽의 혈을 체중을 어마어마하게 실으며 자극한다고 하는, 고문에 가까운 일격이었다.

"이로하! 너!"

"아하하하! 제대로 먹혔어~! 선배, 몸이 너무 굳은 거 아니에요?"

"너, 너…… 어느새 어깨를 풀어주는 혈의 위치를……."

"그야 선배가 누르는 걸 몇 번이나 봤는걸요."

"쓸데없는 것에 학습 능력 발휘하지 마아아아아!!"

이로하가 팔꿈치로 혈을 꾸욱꾸욱~ 꾸욱꾸욱~ 누르자, 어깨에서 격렬한 통증이 느껴졌다.

이로하는 그러면서 내 귓가에 얼굴을 가져가더니, 남들에게 들리지 않을 목소리로 속삭였다.

"스미레 쌤을 대신해서 제가 벌을 줬으니까, 이제 마음 푹 놓고 선배의 작전을 이야기할 수 있죠?"

"너……."

뭐야. 다 꿰뚫어 보고 있었던 거냐.

진짜 짜증날 정도로 나에 대해 잘 아는 녀석이라니깐.

—고마워, 이로하.

"잘 들어. 이번 작전에는 이로하, 네 협력에 모든 게 걸려 있어."

"오☆ 뭐예요~. 저의 도움이 필요한 거예요?"

"응. 그래. 네 힘을 빌려줘."

"어쩔 수 없네요~. 특별히 이 이로하 님이 팔 걷어붙이고 도와줄게요! —특별히!"

"……네가 기어오르니 열 받지만, 그래도 이번만큼은 네 도움을 받겠어."

나는 이로하를 업은 채, 진지한 목소리로 이 자리에 있는 이들 전원에게 말했다.

"카게이시 가문의 당주인 카게이시 코우를 설득해서, 무라사키 시키부 선생님을 자유롭게 만들자. 그러기 위해, 너희가 해줬으면 하는 일이 있어."

*

『드디어 일을 벌이려는 거구나.』

『응. 결심했어. 이참에 무라사키 시키부 선생님의 가문 쪽 문제를 해결해버릴 생각이야.』

『하지만 남은 페이지가 얼마 안 되는데, 괜찮겠어?』

『……몰라.』

『그리고 이로하와 네가 몸을 밀착시키고 있을 때, 츠키노모리 양의 눈빛이 악귀 나찰 같이 변했어.』

『……모, 모르는 일이야.』

009 제9화 …… 전통 의식은 남녀 당사자에게만 짜증난다

밤이 찾아왔다.

초롱의 오렌지색 빛이 줄을 만들더니, 어두운 산길을 천천히 나아갔다.

멀리서 보면 둥둥 떠다니는 불덩이, 방황하는 망령의 무리처럼 보일 것이다.

귀를 기울여서 흙과 나뭇가지를 밟는 발소리를 듣고서야, 저것이 살아있는 인간의 행렬이라는 것을 알고 가슴을 쓸어내리리라.

이 행렬을 만든 것은 카게이시 마을에 사는 사람들이다. 다들 전통복 차림에 전통 가면으로 장엄한 분위기를 자아내고 있으며, 잡담 한마디 없이 선두에 선 카게이시 코우의 뒤를 따르고 있었다.

그리고, 거구인 카게이시 코우의 뒤편에 숨듯…….

이 의식의 당사자인 남녀가 걷고 있었다.

한 명은 바로 나다. 그리고 다른 한 명은…….

내 옆에서 걷고 있는 인물은 어둑어둑한 주위와 기묘한 의식을 통해 기묘한 분위기를 자아내고 있다.

얼굴에는 여우 가면을 썼다. 일본 전통 행사와 역사 미술관 혹은 호러 영화에서나 볼 법한, 붉은 눈동자를 지닌 새하얀 여우가 히죽 웃고 있는 형태의 가면이다.

입은 것은 일본 전통 혼례복이며, 소매와 옷자락이 지면에 닿을 정도로 길었다. 두꺼운 천에 감싸인 육체의 곡선적인 바디라인을 통해 겨우겨우 여자라는 것을 알 수 있으며, 키를 통해 상당한 장신이라는 것이 드러났다.

옛날에는 이렇게 외모를 감춰서, 불한당의 허튼짓을 막으려 했다고 하지만…….

현대에는 그저 불길한 느낌을 자아내는 요소에 지나지 않았다.

“꺄아…….”

“어이, 괜찮……나요. 스미레 선생님.”

나는 굵은 나무줄기에 발이 걸려 넘어질 뻔한 상대를 허둥지둥 부축했다.

여우 가면 때문에 얼굴이 보이지 않지만, 왠지 멋쩍은 듯한 목소리로…….

“미, 미안해. 이런 옷에 익숙하지 않아서 발치가 잘 안 보이거든.”

“조심하세요. 중요한 신부가 진흙 범벅이 된다면, 산신께서 화낼 거잖아요.”

“그러하니라(인정~). 카게이시 가의 여식답게 언제 어느 때나 의연하게 행동하거라. 스미레.”

"아, 예. 알고 있어요, 할아버님……."

나는 가라앉은 스미레의 목소리를 들으며, 살며시 손을 내밀었다.

"사당까지 손을 잡고 가죠."

"응. 고마워, 아키테루 군."

손을 맞잡았다. 손바닥을 통해 그녀의 체온이 느껴졌다. 부드럽고, 따뜻하며, 또한, 희미하게 땀이 배어 있었다.

긴장한 것이리라.

당연했다. 우리는 이제부터 눈앞의 거한과 뒤편에 있는 마을 사람들을 속일 생각인 것이다.

손을 잡고 산길을 몇 분 정도 나아갔을 즈음, 행렬이 갑자기 멈춰 섰다.

카게이시 코우가 초롱불을 들어 올리자, 눈앞에 있는 건물의 윤곽이 어렴풋이 보였다.

사당이라는 말을 듣고 예상했던 것보다 훨씬 거대한 건조물이었다. 신사라고 부르기에는 작지만, 사당이라고 부르기에는 컸다. 목조 건물이며, 비바람 때문에 낡은 느낌이 있지만 정기적으로 손질을 하는 건지 나무가 썩은 부분이 없었다.

입구 위편에 친 금줄에 달린 흰 종이가 그럴듯한 분위기를 자아내고 있었다.

"아키테루 군, 이걸 들거라."

"아, 예."

나는 카게이시 코우가 내민 초롱을 정중히 건네받았다.

여기까지는 타인의 빛에 의지해서 왔지만, 사당 안에는 단둘이서 들어가란 뜻이리라.

그 의도를 이해한 나는 고개를 끄덕인 후, 손을 맞잡은 그녀를 데리고 사당 안으로 들어갔다.

"아키테루 군."

"예."

카게이시 코우가 부르자, 나는 뒤를 돌아보았다.

그는 곰 같은 얼굴로 환한 미소를 지으며, 엄지를 치켜들었다.

"손녀는 자네에게 맡기겠노라. 열심히 분발(불끈불끈)하거라."

"……불끄? 뭐라고요?"

묘한 소리를 들은 듯한 느낌이 들었지만, 카게이시 코우는 대답을 하지 않았다. 그리고 우리의 등을 밀어서 사당 안으로 집어넣었다.

—드디어, 우리는 예의 그 사당에 들어왔구나.

솔직히 말해 의식이 신통력이라는 게 진짜라서, 함께 들어온 여자와 무조건 맺어진다면 그야말로 최악이다.

하지만 현실은 그렇게 오컬트스럽지 않을 것이며, 뭔가 트릭이 있을 게 틀림없다. 땀으로 흥건한 손을 맞잡은 나와 그녀는 그렇게 믿으며 사당에 들어섰다.

그런 우리의 뒤편에서, 카게이시 코우의 장엄한 목소리가 들려왔다.

"잘 들어라. 너희 둘은 여기서 하룻밤을 함께 보내야 한다. 아침이 될 때까지, 절대 밖으로 나오면 안 되느니라."

"혹시 밖으로 나간다면…… 어떻게 되죠?"

"들개의 밥이 될 것이다."

현실적이기 그지없는 대답인걸.

재액이니 저주 같은 단어를 들을 줄 알았는데, 매우 현실적인 대가다.

뭐, 현실미가 있어서 더 무시무시하지만 말이다.

"자, 사당 안쪽으로 들어가거라. 산길에는 마을 사람들이 보초를 서고 있지만, 너희의 목소리가 들리는 곳에는 아무도 없느니라. 그러니 안에서 무엇을 하든, 우리는 알 수 없지. 다시 한번 말하마. 사당 안에서 무슨 짓을 하든, 그것을 듣고 비난하거나 방해하는 인간은 없느니 안심하거라."

"아, 예."

그 점을 너무 강조하니 오히려 불안했지만, 일단 고개를 끄덕였다.

"그럼 할아버님. 다녀오겠어요."

"음."

옷자락을 살며시 들어 올리며 예를 표하는 신부의 예의 바른 모습을 본 카게이시 코우는 만족한 것처럼 고개를 끄덕였다.

그런 그에게서 돌아선 우리는 사당 안으로 발을 들였다.

손을 뒤로 뻗어 사당의 문을 닫자, 그 모습을 본 카게이시 코우가 자신의 역할을 다했다는 듯이 이렇게 말했다.

"철수! 보초 몇 명을 남겨둔 후, 하산하도록 하겠노라!"

마을 사람들의 발걸음 소리가 들려왔다. 닫힌 문을 몇 밀리미터 정도만 열어서 밖을 살펴보니, 초롱불 행렬이 멀어져 가는 모습이 눈에 들어왔다.

이곳에 남은 건 나와 **그녀** 뿐이다.

"이제 우리 둘뿐이네."

"그래. 후후, 후후후."

여우 가면을 쓴 스미레가 우습다는 듯이 웃음을 흘렸다. 전통 혼례복에 감싸인 어깨가 위아래로 흔들렸다.

하아, 뭐가 재미있다고 저렇게 웃는 거야.

진짜 너란 녀석은 재능 덩어리구나.

"완벽하게 속여넘겼네요. 선배~☆."

그녀는 힘차게 여우 가면을 벗어던졌다. 그러자 안습 미인인 냉철 여교사가 아니라, 어느 각도에서 봐도 짜증이 치솟게 하는 이로하의 안정감 넘치는 의기양양 얼굴이 모습을 드러냈다.

*

"의식에는 나와 이로하가 참가하겠어."

몇 시간 전.

내가 작전을 들려주자, 동료들은 카오스 그 자체라 해도 과언이 아닌 반응을 보였다.

"드디어 이로하를 아내로 맞을 결심을 했구나! 만세!"

"바, 바보 아냐? 왜 그렇게 되는 거야? 아키, 너 혹시 이로하 양을……!"

"아, 나는 괜찮은데 말이야. 하지만 어, 그렇게 된 거야? 이로하를 좋아한다? 같은 거?"

오즈는 주먹을 말아쥐며 기뻐했고, 마시로는 슬픔과 분노가 반반씩 섞인 듯한 반응을 보였으며, 스미레는 그저 당혹스러워했다.

그들의 반응은 예상 그대로였지만, 예상을 완전히 벗어나는 반응을 보이는 이가 한 명 있었다.

—바로 이로하다.

"어, 잠깐만. 선배. 그건, 어? 아…… 아~! 아하~, 선배는 그렇게 저와 결혼하고 싶은 거구나~. 어쩔 수 없을 거예요~. 이로하 님은 너무너무 귀여우니까요~. 불가항력 그 자체일 거예요~!"

기고만장한 발언 자체는 평소와 다름없지만 목소리가 미세하게 떨리고 있었으며, 눈빛이 흔들릴 뿐만 아니라 볼도 약간 발그레해졌다.

뭐, 평소에는 나를 유혹하는 척하며 놀려댔지만, 진짜로 맺어질지도 모르는 상황에 부닥치니 세게 나오지를 못하는 것이리라. 그런 모습을 보니, 나와 진짜로 잘 될 생각이 없는 것 같아서 안심이 되기는 했다.

"바보 같은 소리 하지 마. 이로하와 맺어지고 싶은 게 아니라고~. 『결연의 의식』에는 뭔가 트릭이 있을 게 뻔하잖아."

어떤 힘이 작용하고 있든 상관없다. 그런 것을 두려워하다 기회를 놓치는 게 오히려 바보 같은 짓이다.

스미레를 가문의 굴레에서 해방해주기 위해, 나는…….

"오히려 의식을 이용해주는 거야."

"뭘 할 건데?"

스미레가 불안한 듯이 고개를 갸웃거리자, 나는 히죽 웃으며 말했다.

"카게이시 가문의 『이면』을 밝혀내겠어."

"이면……."

"카게이시 가문은 엄격한 전통과 문화를 지키며, 자손에게도 그것을 강요하고 있어. 하지만, 그 룰을 지키는 이들에게 떳떳하지 못한 약점이 있다면 어떨까?"

"내가 룰에 속박될 이유가…… 사라져……."

"응. 적어도 반론의 여지는 생길 거야. 전통을 부정해서, 자유를 거머쥐기 위한 첫걸음을 내딛는 거지. 그러기 위해, 스미레 선생님은 카게이시 가의 저택을 뒤져줬으면 해."

"뒤져……?!"

동료들이 술렁거렸다.

당연했다. 범죄에 저촉될지도 모르는 제안이니 말이다. 하지만, 그렇기에…….

"그러니 스미레 선생님이 해야 하는 거야. 카게이시 가문 사람이 그 집을 뒤진다면, 아슬아슬하게 세이프겠지. 『결연의 의식』으로 마을 사람들 대부분이 신부 행렬에 참여한다며? 그럼 그동안 저택은 텅 비어있을 거야."

"맞아……. 그래서 이로하와 나를 바꿔치기하는 거구나."

"응. 스미레 선생님은 집을 뒤져야 하니, 의식에 참여할 수 없잖아."

"그, 그렇다면, 마시로가 바꿔치기하면…… 안 돼?"

"너는 스미레 선생님 흉내를 못 내잖아. 연기가 능숙하지 않다면, 마을 사람에게 바로 들통날 거야."

"으…… 그건 그래……."

"하지만, 내가 저택에서 뭘 찾으면 되는 거야? 할아버님이 자기 약점을 눈에 띄는 곳에 뒀을 리가 없어."

스미레가 그런 의문을 품는 게 당연했다.

곰 같은 외모, 지옥 밑바닥에서 흘러나오는 듯한 목소리를 지닌 그 거한에게 찔리는 구석이 있을 것 같지는 않다.

하지만 나는 감지하고 말았다. 한 줄기 광명과도 같은, 예감을 말이다.

“카게이시 가문의 당주와 이야기를 나눴을 때— 그리고 스미레 선생님에게서 카게이시 가문의 가치관을 들었을 때, 약간의 위화감을 느꼈어. 만약 내 예상대로라면, 그게 돌파구가 될지도 몰라. 이 집에 숨겨진 비밀. 그것은—.”

“그것은……?”

스미레가, 이로하가, 마시로가, 오즈가, 다들 숨을 삼키며 내가 말을 잇기를 기다렸다.

나는 그들의 얼굴을 둘러본 후, 진지한 표정으로 이렇게 말했다.

“로리 음란물이야.”

“……뭐?”

시간이 얼어붙었다. 다들 무슨 말을 들은 건지 모르겠다는 표정을 짓고 있었다.

“너무해요~, 선배. 이렇게 심각한 분위기를 형성해놓고 그딴 소리를 하는 거예요? 진짜 너무하네요~.”

잠깐만, 이로하. 내가 헛소리 한 것처럼 분위기를 몰고 가지 말라고.

“노, 농담하는 게 아니라고! 나는 진심이야. 카게이시 가문 사람들— 특히 당주인 카게이시 코우는 로리콤이 틀림없어!!”

“진심이라면 더 문제라고요! 《5층 동맹》이 총력을 기울여 당주가 로리콤인 증거를 모은다? 그건 완전 개그 노선이라고요!”

“시끄러워. 개그든 뭐든 상관없어. 증거만 움켜쥐면 카게이시 가를 논파할 수 있잖아. 스미레 선생님이 매력적인 캐릭터를 만들어내는 직업을 가지는 것을 억지로라도 인정하게 할 수 있다고!”

“그건 그럴지도 모르지만요. ……하지만, 로리콤이란 증거가 나올까요? 선배는 왜 그런 생각을 하는 거예요?”

“근거는 총 세 가지야.”

나는 손가락 세 개를 세웠다.

“첫 번째 위화감은 학생과의 연애에 대한 관용이야.”

엄격한 교사 일족이란 이미지와 달리, 아직 법적으로 결혼을 할 수 없는 남자와의 약혼을 인정한다는 관대함을 카게이시 가문의 규율은 갖추고 있다. 게다가 학생과 결혼한 전례가 있다고 한다.

“으, 으음…… 그것만으로는 부족할 것 같은데 말인데요. 옛날에는 로리콤 여부를 떠나 젊은 애와 결혼하는 일이 많았다잖아요. —일단 다른 근거도 들려주세요.”

“두 번째 위화감은 여고생 말투야.”

"여고생 말투?"

"그 당주는 기본적으로 고풍스러운 말투를 쓰지만, 때때로 여고생 말투를 입에 담아. 그건 평소에 여고생과 요즘 말투로 커뮤니케이션을 나눈다는 근거지. 그 정도로 친밀한 여고생이 있다는 건, 좀 수상하지 않아?"

"아, 그건 그래요……. 아무리 교사라고 해도, 여고생 말투가 옮을 정도로 대화를 나누지는 않으니까요. 으음, 하지만 그것만으로는 근거로 삼기엔 부족한 것 같아요. 그냥 교육에 열정적이라 여고생과 커뮤니케이션을 자주 나누는 것뿐일지도 모르고요……."

"세 번째는 위화감이 아니라, 추측에 지나지 않은데—."

나는 스미레를 힐끔 쳐다보았다.

"—스미레 선생님과 같은 DNA를 지닌 일족이잖아. 변태가 될 소양을 지녔을 거라고 예상하는 건, 지극히 당연한 일 아닐까?"

"아하. 완전히 납득했어요!"
"그걸로 납득하지 말아줄래?!"

입 다물고 듣고 있던 스미레가 울먹거리며 딴죽을 날렸다.

"하지만 진짜로 납득이 되는걸요. 스미레 쌤이 돌연변이적으로 변태가 됐을 확률보다, 일족의 DNA 자체가 로리콤 및 쇼타콤 성향이라 다른 일족도 스미레 쌤과 마찬가지인데 평소에는 성적 취향을 숨기고 있을 가능성이 크다고요!"

"어어어어어…… 그렇지는 않을 거라고 생각하는데……. 나, 철들기 전부터 이 일족과 계속 교류하면서 지냈거든?"

"하지만, 태어나서 지금까지 항상 같이 지낸 미도리 부장은 네 본성을 눈치채지 못했잖아?"

"……헉! 그건 그래!"

겉으로는 그렇게 보이지 않더라도, 왠지 부모와 자식은 근본적인 부분이 닮는 법이다.

스미레는 엄격한 전통에 얽매여왔기 때문에, 그에 걸맞지 않은 가치관을 드러내지 않으려고 숨겨왔다.

그 바람에 자신의 변태성을 마음속 깊은 곳에 감췄고, 겉으로는 완전무결한 쿨뷰티를 연기하게 됐다.

—하지만, 이 일족 중에서 스미레만이 그런 연기를 하는 걸까?

만약 스미레만이 아니라, 가족 전원이 규율 때문에 진정한 자신을 감추고 있다면…….

체면이란 이름의 벽을 허물어 버린다면…….

카게이시 가문의 전통을 지킨다는 대의명분을 완전히 박살 내버릴 수 있다.

"이건 도박이야. 로리콤이란 증거도, 카게이시 가문을 흔들 빈틈도 존재하지 않을지도 몰라. 하지만 그렇다면 다음

수를 찾으면 돼. 『그럴지도 몰라』라는 이유로 행동하지 않으며 발만 동동 굴릴 바에야, 될 대로 되라는 심정으로 화끈하게 일을 벌여보자고. ―어때? 무라사키 시키부 선생님."

"아키……."

스미레는 망연자실한 표정으로 한동안 나를 쳐다보았다. 그녀의 눈동자에는 망설임이 잠시 맴돌았다.

무슨 생각을 하는 걸까. 혹은 아무런 생각도 하지 않는 걸까.

스미레는 입술을 깨물며 손을 말아쥐었다. 힘없이 축 처져 있던 눈가가 서서히 하늘을 향해 치켜 올라가더니…….

이윽고, 결의에 찬 눈빛을 머금으며 이렇게 말했다.

"좋아, 그 작전에 걸어볼래. 다른 누구도 아닌, 나 자신의 미래를 위해서……!"

*

―그 결과, 지금에 이르게 됐다.

"바꿔치기 작전, 성공이네."

"브이브이~!"

이로하는 씨익 웃으며 V사인을 날렸다.

정체가 들통나지 않으며 의식은 순조롭게 진행해서, 스미레 일행이 카게이시 가문을 뒤질 시간을 벌었다. 여기까지는 순조롭다.

이로하— 내가 프로듀스하고 있는 이 성우는, 역시 최고의 재능을 지녔다.

몸매는 천이 두꺼운 전통 혼례복으로 감췄고, 목소리와 행동거지 및 말투는 스미레를 완벽하게 흉내 냈다.

유일한 걱정거리는 이로하가 스미레보다 키가 작다는 점이었지만, 소지하고 있던 아이템을 동원해 그 문제도 어찌어찌 해결했다.

"이 신발은 진짜 걷기 불편하네요~."

그렇게 말하며 긴 옷자락을 들어 올린 이로하는 신고 있던 **슈퍼 키높이 부츠 느낌의 샌들**을 벗어던졌다.

이 샌들은 스미레가 차에 실었던 짐 안에 있었다.

출발 직전, 키가 크고 위압적인 미녀로 변신해서 양아치 서퍼 헌팅남들을 격퇴할 거라고 했던가.

그딴 걸 신어봤자 의미가 없다는 생각이 들었지만, 이런 식으로 도움이 될 줄은 몰랐다.

"산길을 걷느라 엄청 힘들었어요~."

"운동 부족 아냐? 젊다고 운동을 게을리하면 장래에 고생할 거야."

"그 나이에 책상 앞에만 죽어라 붙어 있는 선배한테 그런 말 듣고 싶지 않아요~☆ 추간판이 골로 가도 몰라요!"

“그렇게 안 되기 위해 온몸의 혈을 공부하는 거야. 건강 마니아를 얕보지 마.”

“오, 세게 나오네요. 그럼 돌아갈 때는 건강 마니아인 선배한테 업어달라고 해야지~.”

“……호오? 오래간만에 내 어부바를 즐기고 싶은 거야?”

“아, 죄송해요. 거짓말이에요. 잘못했어요. 그딴 굴욕은 두 번 다시 느끼고 싶지 않다고요~!”

나와 이로하의 대화는 평소와 마찬가지로 한심하기 그지없었다.

『결연의 의식』이니 뭐니 하는 거창한 것을 치르게 됐지만, 역시 평소와 다를 게 없었다.

한결같고, 대등하며, 뇌를 전혀 사용하지 않아도 되는 느긋한 관계.

그러니 만에 하나 이상한 힘이 작용하더라도, 나와 이로하라면 절대 「그렇고 그런 짓」을 하지 않을 것이다.

—그럴 거라고, 확신했지만…….

“이 옷 무거우니까, 후딱 벗어던지고 쉬어야……?!”

“이로하, 왜 그래? 왜 꼼짝도 하지 않는, 거야…….”

이로하는 나보다 먼저 이 사당의 안쪽으로 향했다.

반응이 이상해서 무슨 일 있나 싶어 쫓아간 나는 이로하와 마찬가지로 말문이 막혔다.

지금까지는 예정대로다. 전부 순조롭게 일이 풀리고 있다.

하지만, 눈앞에 펼쳐진 이 광경은, 너무나도…….

너무나도, 예상에서 벗어나고 있었다.

"이, 이건……."

눈을 찌르는 듯한 핑크빛이 실내를 비추고 있었다. 무드 있는 힐링 계열 음악이 들려왔으며, 그에 맞춰서 천장에서는 정체불명의 은색 구체가 돌고 있었다. 그 구체는 핑크빛을 반사하면서, 건물 전체에 음란한 분위기를 연출하고 있었다.

그리고, 방 한가운데에 자리하고 있는 것은 새것이 분명해 보이는 커다란 더블베드이며, 베갯머리에는 「0.01mm」라고 적힌 사각형의 무언가가 휴지 곽에 기대듯 네 개 정도 놓여 있었다. 껌인가?

응. 오케이. 충분해. 더 세세하게 설명하지 않더라도 현자인 여러분에게는 충분히 전해졌을 것이다.

더는 한계다. 이제 일침을 날리도록 하겠다.

"러브호텔이잖아."

틀림없는 러브호텔입니다. 완벽한 러브호텔입니다.

왜 이렇게 고풍스러운 외관을 지닌 사당 내부가 철두철미하게 러브호텔로 꾸며져 있는 거야. 세계관 붕괴 상태잖아.

"선배, 장난 아니에요. 콘돔에 전부 구멍이 뚫려있어요!"

"게다가 악랄하기 그지없잖아!! 그리고 콘돔을 보자마자 그것부터 체크하는 거냐?! 요즘 여고생, 무서워!"

"아니, 피임구는 상태 체크가 중요하니까요……. 따, 딱히 쓰게 될지도 모른다고 생각한 건, 아니거든요?"

"부끄러워할 거면 하지를 말라고. ……우와, 진짜네. 포장 위로 구멍을 뚫어놨어. 이쑤시개나 바늘로 찌른 것 같아."

이건…… 방향성 자체는 예상대로지만, 출력 면에서는 예상을 완벽하게 넘어서고 있다.

일종의 트릭이나 장치 같은 게 준비되어 있을 거라고 생각하기는 했다.

연애 성취율 100%를 자랑하는『결연의 의식』— 그 정체는 어떤 식으로 커플을 강제적으로 이어주는 것이리라고 추측했다. 그렇게 예상했기 때문에, 이 의식을 거꾸로 이용하는 방법을 선택한 것이다.

미리 예상을 했으니, 무슨 일이 벌어져도 어느 정도는 버틸 수 있을 거라고 여겼다.

그렇다. 어느 정도는 말이다.

하지만 이건 예상을 능가했다. 빨리 사고를 치라고 속삭이고 있다. 아니, 이 정도면 속삭이는 수준이 아니다.

빨리 사고를 치라며 귓가에서 확성기로 고함을 질러대는

수준이다.

두통이 날 정도로 어처구니없는 설비지만, 이만큼 노골적으로 무드 있는 분위기가 연출되니 마음이 흔들리려고…….

아, 안 돼! 사념아, 사라져라!

"아, 아무튼 진정하자. 나는 저쪽에 앉아있을게."

"아, 예……."

이 노골적인 환경 때문에 부끄러운 건지 평소보다 얌전한 이로하한테서 떨어지듯, 나는 침대 반대편으로 향했다. 좁은 사당 안 대부분을 이 침대가 차지하고 있는 탓에, 꽤 걷기 힘들었다.

말캉.

"어…… 우왓?!"

"어? 꺄앗."

침대를 밟고 반대편으로 가려고 했지만, 쿠션이 예상 이상으로 좋았다.

이렇게 탄력이 뛰어난 침대가 존재하는 거야?!

우리 집 침대의 곱절은 될 듯한 탄력 탓에 균형을 잃은 나는 반사적으로 손을 내밀었다가 이로하의 어깨를 잡았고…….

출렁!!

탄력 넘치는 소리를 내며 출렁거린 침대가 균형을 잃고 쓰러지는 내 등을 받아줬다. 지나치게 탄력적인 바람에 넘어졌지만, 지나치게 탄력적인 덕분에 다치지 않았다.

"아야야…… 미안해, 이로하. 무심코— 어, 으악?!"

눈을 반쯤 뜬 나는 무심코 비명을 지르고 말았다.

숨결이 느껴질 정도로 가까운 곳에, 이로하의 얼굴이 있었다.

입고 있는 전통 혼례복에서 풍겨 나오는 고풍스러운 향기, 그리고 머리카락에서 감도는 요즘 여자애다운 달콤한 향기…….

몸이 밀착되자, 온 너머로도 온수처럼 따뜻한 온기가 느껴졌다.

이로하가 내 몸 위에 올라타고 있는데도 전혀 무겁지 않았으며, 오히려 미세하게 느껴지는 그 체중이 기분 좋게 느껴졌다.

"서, 선배…… 으음……."

"미, 미안해. 이럴 생각은 아니었어. 빨리 떨어질게……!"

나는 허둥지둥 이로하에게서 떨어지려 했다.

그러자, 아까보다 이로하가 무겁게 느껴졌다.

"어, 어이. 이로하?"

"선배……. 혹시, 가슴이 두근거리나요?"

"뭐……."

이로하의 얼굴은 내 가슴 언저리에 있었다. 이로하는 내

가슴에 귀를 댄 채, 나를 올려다보듯 응시했다.

—그만해. 그런 눈길로 나를 쳐다보지 마. 가슴이 뛰는 게, 긴장하는 게, 당연하잖아.

그런 나의 마음속 애원은 전해지지 않았지만, 내 심장 뛰는 소리만은 이 녀석에게 전해지고 말았다.

"뭐 하나만 물어봐도 돼요?"

"그건 괜찮은데, 그 전에 빨리 떨어져. 이대로 있다간—."

흥분하고 말 거야.

그런 직구성 발언을 입에 담을 수 없었던 나는 하려던 말을 삼켰다.

꾸욱……. 이로하가 내 옷을 움켜잡으며, 더욱 체중을 실었다. 이로하의 얼굴은 여전히 내 가슴 위에 있었다. 이렇게 정면에서 그녀와 시선을 마주한 적이 거의 없었다.

이 녀석은 **항상 내 등 뒤에서 몸을 맞댔다.**

그래서, 나와 몸을 밀착시킨 이로하가 어떤 표정을 짓고 있는지 본 적이 없었다.

"선배는 전부 작전을 위해서라고 말했잖아요? 하지만 저하고라면 『결연의 의식』을 해도 괜찮다고, 마음 한편으로 생각했나요?"

그렇게 묻는 이로하의 표정을 본 나는 당황했다.

나한테 다가왔을 때, 이 녀석은 항상 이런 표정을 지었던 걸까?

아니면 지금 이 순간, 이 장소의 분위기에 휩쓸렸을 뿐인 걸까?

장난을 칠 때 짓는, 남을 골리며 히죽거리는 듯한 짜증나는 표정. 항상 그런 표정으로 사람이 난처해하는 모습을 즐기는 게 틀림없다고 생각했는데…….

이로하의 지금 얼굴은, 일전에 프랑스 요리점에서 나와 마주했을 때의 마시로의 표정과 흡사해 보였다.

"딱히 오컬트 같은 걸 믿는 건 아니에요. 하지만 100% 맺어졌다는 데이터가 존재하는데, 저와 의식에 참가하는 건 괜찮다고 생각한 거잖아요? 그건 저한테 마음이 있다고 돌려서 말하는 거나 마찬가지 아니에요?"

"……그렇게 치면, 너도……."

심장 박동을 억누르지 못한 채, 겨우겨우 쥐어짜듯 내가 한 말은 반론이었다.

이로하의 질문에 대한 답이 아니라 그저 후퇴를 위한 한 수에 지나지 않는, 남자답지 않은 발언이다.

하지만, 지금의 나에게는 이게 한계다.

"저는, 선배와 그렇게 되어도 괜찮다고 생각해요."

© tomari

"뭐?"

평소 그렇게 목소리가 크고, 짜증나는 소리만 해대면서…….

왜 이럴 때만 이렇게 작고 속삭이는 듯한, 가녀린 목소리로 말하는 걸까.

"진심으로 싫다면, 아무리 작전을 위해서라도 오케이하지 않았을 거라고요."

"너……."

그게, 무슨 의미야?

요즘 들어, 어떤 생각이 내 머릿속을 스칠 때가 있다.

—혹시, 이로하는 나를 좋아하는 게 아닐까.

짜증나는 언동으로 귀찮게 구는 것을 보면 절대 그럴 리가 없다는 생각이 들지만, 나를 볼 때마다 독설을 퍼부어대던 마시로가 나를 좋아하는 것이다.

겉으로는 그렇게 보이지 않지만 실은 나를 좋아한다, 같은 일이 러브코미디에서나 볼 수 있는 비현실적 망상이라고 단정 지어선 안 되는 게 아닐까.

그렇다면…….

그렇다면— 나는, 어떻게 해야 할까?

하아, 내 심장 소리가 너무 시끄럽네. 아까부터 너무 기운이 넘쳐서, 귓속에서 계속 울려 퍼지고 있을 정도야. 너무

시끄러우니 생각을 정리할 수가 없잖아.

젠장. 왜 이렇게 마음이 흐트러지는 걸까.

설령 이로하가 나를 좋아한다고 해도, 그녀는 내 취향이 아니다.

목소리가 크고, 시끌벅적하며, 짜증나게 군다.

하지만 내가 아무리 남에게 미움받을 길을 선택해도, 절대 나를 버리지 않으며 따라와 준다.

게다가 하필이면 이런 상황에서, 왜…….

그럴듯한 분위기로 꾸며진 밀실 공간에서, 단둘이 몸을 완전히 밀착시킨 채, 서로의 호흡과 심장 뛰는 소리까지 느껴지는 상황에서, 왜…….

왜 귀까지 붉힌 채, 내 눈을 응시하고 있는 거냐고.

"이대로 이 의식의 마력에 휩쓸리고 싶다— 제가 그렇게 말하면, 선배는 곤란한가요?"

이로하는 배시시 웃었다. 장난기는 눈곱만큼도 어려 있지 않은, 그저 귀엽기 그지없는 얼굴로 나를 응시하고 있었다.

이 고혹적인 유혹의 탄환에 꿰뚫린 나는 매료된 것처럼 아무 말도 하지 못했고, 그저 마른침을 삼킬 수밖에 없었다.

해가 뜨려면, 아직 멀었다.

"하아~. 나는 교사가 적성에 맞지 않나 봐."

한밤중의 카게이시 본가 저택, 안뜰의 일본 정원.

달빛이 쏟아지는 툇마루에 걸터앉아, 초롱불 행렬이 산 너머로 향하는 광경을 바라보던 나, 카게이시 스미레는 한숨을 토했다.

어른이 되고 몇 번이나 한숨을 쉬었을까. 학생 시절에 한숨을 쉰 건, 신급 일러스트레이터가 그린 애정 커플의 존귀함 때문에 죽어가며 「하아~, 죽여주네!」 하며 내쉰 것이 전부였다.

그런데 언제부터인가 진짜로 우울한 한숨을 내쉬게 되었다.

아키의 말을 듣고 뜨끔했다. 교사로서 살아가는 길을 선택할 것인가, 일러스트레이터로서 살아가는 길을 선택할 것인가. 지금 이 자리에서 정하라는 말을 듣고, 반론의 여지가 없는 정론이라고 여겼다.

나는 이제까지 쭉 도망치기만 했다.

하고 싶은 것을 포기하고, 아니, 겉으로만 포기한 척하며 몰래 즐겨왔다.

많은 이들을 속이고, 자신의 마음을 속인 것으로 모자라,

열 살가량 어린 그 아이들에게— 학생들에게 도움을 받아서 앞으로 나아가려 하고 있다.

구제 불능 교사인데도 정도라는 게 있잖아.

하지만 부정적인 생각에 사로잡혀서 멈추어 서봤자, 더욱 구제 불능이 될 뿐이다.

아키와 이로하가 만들어준 기회를 살려야만 해.

어릴 적부터 착한 아이가 되라는 말을 들었다.

누구보다 뛰어난 성적을 얻고, 누구보다 예의가 바르며, 누구보다 올바른 길을 걸으라는 말을 들었다.

맞는 말이다. 너무 맞는 말이라서, 갑갑하다는 느낌을 받으면서도 반론을 하지 못했다.

그 엄격한 할아버님과 우리 친척들이 나와 마찬가지로 숨겨진 일면을 지녔을 거라는 게 믿기지 않았다. 만약 나와 마찬가지라면……. 아키가 말한 것처럼 반론의 여지가 있을 것이다.

아니, 그렇게 나를 엄하게 키운 작자들이 이래도 되는 거냐, 하고 설교를 해줄 수 있다.

그런 식으로 반항할 수 있을 거라고는 생각도 못 했다. 《5층 동맹》에 들어오라는 제안을 받았을 때도 생각했지만, 오오보시 아키테루란 남자는 나는 생각도 못 할 관점을 알려준다.

내가 가진 고정관념을, 마음속에 정해뒀던 경계를, 태연한 얼굴로 박살 낸다.

“그래서 안심하게 되는 거야.”

무라사키 시키부 선생님이란 얼굴을 보여줄 수 있는 건, 한때 같이 서클 활동을 하며 협력했던 판매원 아르바이트와 일부 사람들 뿐이었다.

지금은 《5층 동맹》의 LIME 그룹은 물론이고, 이로하와 마시로 앞에서도 본성을 드러낸다.

만약 그 두 사람이 아키를 향한 호감을 겉으로 드러내지 않았다면…….

“결혼한다면 행복하긴 할 거야~.”

……같은 상상을 할 정도로, 그 애의 사내다움에 반했다. 뭐, 결혼 같은 건 할 생각이 애초에 없지만 말이다. 나는 방 구석에 놓인 관엽식물 정도의 위치가 딱 좋거든. 두 젊은이의 연애를 방해하는 짓거리를 할 생각이 없다.

“스미레 선생님은…… 아키를 좋아해?”

“글쎄. 좋아하는지 싫어하는지를 따지자면 좋아하긴 해. 그래도 나는 커플링에 나 자신을 끼워 넣는 취미가 없거든.”

질투심이 어린 목소리가 들려오자, 나는 고개를 저으며 그렇게 답했다.

“그렇구나. 다행이야.”

정말, 그렇게 걱정하지 않아도 되는데 말이야.

뭐, 이런 갸륵한 면도 마시로의 매력이라 귀엽지만 말이야~.

……어?

"어라, 마시로?! 네가 왜 여기 있는 거야?!"

"증거 수집을 도우러 왔어."

부스럭거리는 소리를 내면서 안뜰의 정원수 뒤편에서 모습을 드러낸 이는 바로 방금 언급했던 츠키노모리 마시로 양이었다.

실버 블론드 머리카락 위에 나뭇잎이 놓인 모습이 참 귀여운 그녀는 언짢은 기색을 감출 생각이 없는 듯이 볼을 부풀린 채 말했다.

"빨리 미션을 끝내고 사당에 가겠어. 아키와 이로하 양을 단둘이 두는 건…… 싫어."

"마시로…… 그럴 거야. 미안해. 내가 이상한 일에 너희를 끌어들인 바람에……."

"괜찮아. 선생님 탓이 아냐."

마시로는 뿌루퉁한 태도로 그렇게 말하더니, 신발을 벗으며 툇마루에 올라왔다.

바로 그때, 마시로의 오른손이 언뜻 보였다. 그녀의 손가락 끝이 약간 부었다는 것을 눈치챘다.

"저기, 손이……."

"응? ……아, 이거 말이구나. 키보드를 너무 두드려서 그래. 신경 쓰지 마."

아키 일행에게 들은 이야기에 따르면, 마시로가 우연히 이 마을에 온 것은 담당 편집자와 통조림 여행을 하기 위해서라고 한다. 이 애가 소설을 쓰고 있다는 건 알고 있었지만, 담당 편집자가 있을 줄은 생각도 못 해서 깜짝 놀랐다.

손가락의 굳은살을 보니, 남들처럼 사춘기의 망상을 휘갈겨 쓰며 흑역사를 만드는 게 아니라 진심으로 집필에 임하고 있다는 것을 알 수 있었다.

"담당 편집자한테 허락을 받았어? 마감 지옥 중인 것 아냐?"

"창문으로 몰래 빠져나왔어. 카나리아 씨는 마시로가 말을 걸기 전에는 작업방에 들어오지 않거든. 아마 괜찮을 거야."

"창문으로 몰래…… 그런 방법이 있었구나!!"

"에이, 시키부한테는 무리일걸? 평소 행실에 문제가 많으니 말이지."

"아하하, 맞아! 나는 항상 마감을 어기니까…… 어, 어라?"

방금, 말투가 좀 이상하지 않았어?

그러면서도, 왠지 친숙하게 느껴졌는데…….

"……윽! 미, 미안해. 마시로가 무심코…… 막말을……!"

"아, 아냐. 괜찮아. 학생과 친밀한 선생이 된 것 같아 오히려 기쁘네!"

왠지 대화가 삐걱거리는 느낌이 들었다.

지금 생각해보니, 마시로와 이렇게 단둘이서 대화를 나눌 기회는 많지 않았다.

전학을 오게 된 그녀와의 첫 면담, 그리고 때때로 단둘이서 면담을 할 때뿐이다.

예전 학교에서의 일이나 요즘 생활처럼, 교사와 학생으로서의 일반적인 대화만을 나눴다.

마시로가 사적인 자리에서 어떤 표정으로 어떤 이야기를 나누고, 어떤 화제가 나오면 웃으며, 어떤 일에서 발끈하는지, 실은 알지 못했다.

어떤 화제를 꺼내면 좋을까. 지난주에 본 애니메이션 이야기? 아니면 요즘 후끈후끈한 BL 커플링? 으음, 거리감을 파악할 수가 없네.

카게이시 저택 안의 다다미가 깔린 거실을 둘이서 탐색하며, 나는 어떤 화제가 좋을지 필사적으로 생각했다.

잡담을 나눌 때가 아니지만, 그래도 침묵을 지키며 집안을 뒤지기만 하는 이 분위기를 견딜 수가 없었다.

하지만 어떤 게 좋을지 몰라 고민하는 사이, 마시로에게 선수를 빼앗기고 말았다.

“스미레 선생님은, 어른, 이지?”

“응? 뭐, 사람마다 의견이 다르겠지만 말이야. 일단 어엿한 어른이라고 자부해.”

“그럼…… 물어봐도 되겠네.”

마시로는 벽장을 열고 안을 뒤지면서 말을 이었다.

“최근에 담당 편집자한테서, 마시로가 이해할 수 없는 말을 들었어. 하지만, 그 내용이 머릿속에서 떠나지를 않아.”

"어, 그게 뭐야?! 혹시 야한 이야기야?! 감히 나의 청초한 마시로한테 그딴 발칙한 짓을 해?!"

"시키부."

"옙. 잘못했어요. 너무 흥분했어요."

—어, 역시 미묘하게 데자뷔가 느껴져. 이게 대체 뭐지.

"《5층 동맹》이 받기만 하는 게 아니라 뭔가를 제공해주지 못한다면, 무너지고 말 거래. 그게 무슨 말인지, 알겠어?"

"《5층 동맹》이?"

의외로 진지한 이야기였다. 그렇다면 나도 진지하게 생각해보기로 했다.

"서로에게 원하는 것을 제공해줄 수 있는 관계. 흔한 표현을 쓰자면 WIN-WIN 관계라는 거네. 이해득실이 일치하지 않는다면, 어른의 협력 관계는 간단히 망가져. 아마 담당 편집자는 그 말이 하고 싶었던 게 아닐까?"

"이해관계."

"고등학생은 아마 이해하기 어려울 거야."

"무라사키 시키부 선생님도, 이해관계에 따라 《5층 동맹》에 참가하고 있어?"

"……응. 나는 오오보시 군— 아키가 해준 약속 때문이야."

그날, 그는 말했다. 세계적인 경쟁력을 지닌 허니플레이스 워크스에 취직했다는 사실을 통해, 본가에서 일러스트레이터 활동을 반대하지 못하게 하겠다고 말이다.

그가 허니플레에 들어가려는 이유 중 일부는 바로 나다. 물론 나만을 위한 일이 아니라는 것은 알고 있다. 하지만, 스스로는 무서워서 아무것도 못 하는 내 손을 잡아끌며, 꿈을 향해 걸음을 내디디게 해준 이가 바로 아키와 《5층 동맹》이다.

내가 과거를 추억하며 그렇게 말하자, 마시로는…….

"그렇다면, 만약 그 이해관계가 사라지면 어떻게 할 거야?"

"뭐?"

"예를 들어, 이번 계획이 성공해서 스미레 선생님의 할아버지를 성공적으로 설득하는 거야. 그래서 자유롭게 일러스트레이터로 활동할 수 있게 된다면…… 《5층 동맹》은, 무라사키 시키부 선생님에게 뭘 해줄 수 있어?"

"그, 건……."

말문이 막혔다. 별것 아닌 듯이 던진 그 질문은, 칼날처럼 날카로웠다.

그렇다. 《5층 동맹》은 아무런 뒷배경도 없는, 일개 학생이 만든 서클에 지나지 않는다.

내 입으로 이런 말을 하는 것도 좀 그렇지만 교사를 그만두고 업계에서 자유롭게 일을 할 수 있게 된다면, 무라사키 시키부 선생님의 그림을 갈구하는 클라이언트는 셀 수도 없을 만큼 많을 것이다.

그때, 《5층 동맹》에서만 얻을 수 있는 무언가가 있느냐면…… 딱 잘라서 있다고 단언할 수는 없다.

하지만, 미래의 자신이 마주하게 될 현실보다 앞서, 내 마음속에서는 어떤 의문이 생겨났다.

"왜, 그런 걸 묻는 거야? 마시로는…… 뭘 고민하는 거니?"

마치 《5층 동맹》과 관련이 있는 듯한…….

그리고 《5층 동맹》에서 그 어떤 것도 얻지 못하게 되는 미래를 불안시하는 듯한…….

마시로는 어째서 그런 질문을 던지는 걸까.

"……."

그녀는 침묵했다. 가슴에 손을 대더니, 뭔가를 두려워하듯 호흡이 약간 흐트러졌다.

"마시로는, 《5층 동맹》과의 인연이 끊어지는 게 두려워. 아키는 참 좋은 사람이니까, 분명, 마시로들을 위해서라면, 《5층 동맹》에게 불리한 선택이라도 고르고 말 거야."

"그건—."

"선생님이 자유로워지면, 《5층 동맹》은 곤란해질지도 몰라. 무라사키 시키부 선생님이 자유로워진다는 건, 《5층 동맹》을 고집할 이유가 없어진다는 걸 의미해. 하지만, 아키는 그래도 괜찮다고 생각하고 있을 거야. 멤버가 행복해질 수 있는 가장 효율적인 길이 《5층 동맹》을 버리는 것이라면, 그런 선택을 고르고도 남아. ……아키는 그런 사람이야."

"그건……."

확실히 그럴 것이다. 역시 사촌이자 가짜 여친이다. 최근에 전학을 왔는데도, 아키에 대해 잘 알고 있다.

하지만 방금 그 말은, 마치 예전부터 그에 대해 훤히 알고 있는 이의 발언처럼 느껴졌다.

"그래서, 두려워. 《5층 동맹》이 없어지면, 마시로는 아키와의 연결점을 잃고 말아. 그건, 싫어……."

"자, 잠깐만 마시로. 그게 무슨 소리야? 너는 《5층 동맹》의 멤버가—."

"응. 츠키노모리 마시로는, 그래. 하지만 말이야— 마시로가 가진 또 하나의 얼굴은, 그렇지 않아."

미래의 공포를 상상한 탓에 얼굴이 새파랗게 질렸지만……. 그래도 그녀는 그 공포를 떨쳐내려는 것처럼 앞을 똑바로 바라보며, 내 눈동자를 응시했다.

마치 압도당하는 듯한 심정으로, 나는 그녀의 고백에 귀를 기울일 수밖에 없었다.

"마키가이 나마코…… 그게, 마시로의 또 하나의 이름."

© tomari

■ 작가 후기

안녕하십니까, 여러분. 이번 『친구 여동생이 나한테만 짜증나게 군다』, 『동생짜증』의 후기는 실제로 있었던 무서운 이야기를 모은 호러 편으로 꾸며볼까 하는 미카와 고스트입니다.

모든 독자 여러분이 알고 계시다시피 동생짜증은 현역 고등학생들의 러브한 코미디이자, 때때로 그들의 크리에이티브한 청춘을 그리는 이야기입니다. 등장하는 여고생들은 실제 여고생답게 묘사해야 비로소 작품이 피와 살을 지니게 되며, 명백한 픽션인데도 묘한 생동감과 리얼리티가 있는 상태로 여러분을 이끌 수 있습니다만— 그렇다면, 현대에서 여고생을 그리는데 있어 절대 피해서 지나갈 수 없는 요소가 있습니다.

타피오카입니다.

예. 이 후기를 집필하는 2019년 10월 중순 현재는 타피오카 밀크티의 전성기입니다. 여고생의 일상을 묘사하는 데 있어서 이것을 다루지 않고 무엇을 다루겠냐 싶을 정도죠.

그래서 저는 롯폰기에 있는 가게에 담당 편집자를 데리고 경비(확인한 건 아니라 진짜로 경비로 처리되었는지는 모르겠습니다만, 아무래도 상관없죠)로, 타피오카 밀크티를 마시러 갔습니다.

감상을 말씀드리자면, 인기가 있는 게 이해가 될 정도로 맛있었습니다. 역시 백문이 불여일견이라고나 할까요. SNS에 올리기만 좋다는 말도 있습니다만, 겉보기에도 귀여운데다 마셔보면 달콤하고 맛있어서 인기가 있을 만 하다는 생각이 들더군요.

뭐, 타피오카 체험을 마친 저는 만전의 태세로 원고와 마주한 후, 어느 챕터 타이틀을 적었습니다.

『제2화 담임 선생님이 나한테만 타피오카』

오오…… 무게감이 어마어마하군요.

그저 트위터를 훑어보면서 얻은 얄팍한 지식으로는 자아낼 수 없는, 경험자 특유의 확연한 온도가 느껴집니다. 취재를 통해 타피오카를 소재로 다룰 자격을 손에 넣었다는 것을 직감한 저는 눈시울이 뜨거워지는 것을 느끼며 집필을 이어갔습니다.

그리고 원고가 완성됐습니다.

"이제부터 진짜 여고생, 진짜 현역 러브코미디라는 것을 보여드리죠."

저는「우쭐……」이라고 얼굴에 적힌 듯한 표정을 지으며, 담당 편집자에게 원고를 건네줬습니다.

그리고 며칠 후, 담당 편집자에게서 이런 지적 코멘트를 받았죠.

"이『타피오카 땡기고 싶다』는 부분 말인데, 정확하게는『타피오카 때리고 싶다』가 더 적절하지 않을까요?"

"……."

"어, 혹시 요즘 여고생 말투도 잘 모르면서 의기양양하게 써재낀 거예요? 잘 알지도 못하면서 억지로 쓴 티가 팍팍 나잖아요~!! 하긴, 취재 삼아 타피오카 밀크티를 마실 수는 있어도 진짜 여고생과 커뮤니케이션을 나누는 건 무리니까요. 푸푸푸풉!"

"어이, 인마. 이로하 대사를 흉내 낸 메시지를 보내면 봐줄 거란 착각 말라고, 망할 편집자야. 이로하는 짜증나는 애이긴 해도 귀여워서 봐주지만, 너는 그냥 짜증나기만 하지 하나도 귀엽지 않거든?!"

(※일부 표현이 과격하게 각색했습니다. 구체적으로 말씀

드리자면, 미카와의 말투는 전체적으로 좀 더 정중했습니다. 담당 편집자의 대사도 아마 달랐던 것 같습니다만, 저한테 들리기로는 큰 차이가 없었습니다.)

하지만 「타피오카 때리고 싶다」를 「타피오카 땡기고 싶다」로 착각한 것은 얼굴이 새빨갛게 달아오를 정도로 부끄러운 실수였습니다. 지금은 웃고 있지만, 당시에는 「우에에에엥, 부끄러워어어어어」 하며 로봇 청소기가 방금 청소한 거실 바닥을 굴러다니며 더럽혔죠.

어떤가요? 무섭죠?

다음에 유행어를 헷갈려서 체면을 구기는 건, 이 후기를 읽고 있는 당신일지도 몰라요.

그럼 이만 고마운 분들께 감사 인사를 드릴까 합니다.

일러스트를 맡아주시는 토마리 선생님. 이번에도 갓 일러스트를 그려주셔서 정말 감사하기 그지없습니다! 요즘 들어 저와 담당 편집자 사이에서 「갓토마」란 조어가 생겨났습니다(갓토마=토마리 선생님이 그려주신 갓 일러스트가 도착했다는 의미. 갓 토마리의 줄임말). 앞으로도 부디 잘 부탁드립니다.

담당 편집자인 누루 씨. GA문고 편집부 여러분. 영업부 여러분. 매장에서 판매해주고 계신 서점원 여러분. 그리고 이 책의 출판 과정에서 관여해주신 모든 분들. 진심으로 감사드립니다.

그리고 이 책을 구매해주신, 혹은 읽어주신 모든 독자 여러분. 감사합니다!

4권은 드라마CD 동봉 특별판도 판매될 예정입니다. 인기가 더욱 치솟고 있는 「동생짜증」을 앞으로도 잘 부탁드립니다! ―이상, 미카와 고스트였습니다.

■역자 후기

안녕하십니까. 근로청년 번역가 이승원입니다.

『친구 여동생이 나한테만 짜증나게 군다』 3권을 구매해주셔서 진심으로 감사드립니다.

12월도 중순이 넘으니 본격적으로 추위가 시작됐습니다.

방에서 키보드를 치려고 하는데, 손이 얼어서 오타가 어마어마하게 터지는 사태가 벌어지고 있네요.^^

그래서 화끈하게 보일러를 켜놓고 일하려 했는데, 보일러도 고장이 났습니다. AHAHA.

보일러 교체는 1월 초에나 가능하다고 하니, 보름 이상 이 추위를 버텨야 할 것 같군요.

……독자 여러분, 감기 조심하십시오!

그럼 『친구 여동생이 나한테만 짜증나게 군다』 3권에 관해 이야기를 좀 해볼까 합니다.

스포일러가 포함되어 있을 수도 있으니 본편을 안 읽으신 분은 유의해주시길!

『친구 여동생이 나한테만 짜증나게 군다』 3권은 여름 바다 여행 편……인 줄 알았더니 실은 스미레 선생님 편이었습니다.

초반에 수영복도 사러 가고, 즐겁게 차로 출발! 하는 부분을 보고 『아아, 캐릭터들의 매력적인 수영복 구경을 할 수 있겠구나!』 했습니다만, 도중에 스미레가 폭주하는 바람에 그녀의 본가가 있는 산속 마을로 납치를 당하는 사태가 벌어졌습니다.

그곳에서 만난 스미레의 할아버님을 만나면서 시리어스 국면을 맞이하나 했습니다만, 마시로와 그녀의 담당 편집자인 카나리아가 참전하면서 또 이야기는 개그 노선을 타게 됐습니다.

그리고 《5층 동맹》은 스미레를 구원하기 위한 계획을 실행에 옮깁니다만, 그 과정에서 아키와 이로하가 위기(오즈는 축배를 들 일^^)에 처하면서 이야기는 끝납니다.

지금까지 한 권으로 이야기를 마무리됐던 『동생짜증』이 이렇게 엄청난 절단신공을 선보일 줄은 꿈에도 몰랐습니다. 과연 저 두 사람이 그대로 분위기에 휩쓸려서 그대로 만리장성(^^)을 쌓을지, 벌써 궁금하네요.^^

그럼 이만 줄이겠습니다.

항상 재미있는 작품을 맡겨주시는 L노벨 편집부 여러분에게 진심으로 감사드립니다. 새해에도 잘 부탁드립니다!

거의 매주 얼굴 보다 두 달가량 만나지 못한 악우들아. 상황이 좀 나아지면 꼭 보자. 그리고 증정본은 너희 집으로 보냈어.^^

마지막으로 언제나 제게 버팀목이 되어주시는 어머니와 『친구 여동생이 나한테만 짜증나게 군다』를 읽어주신 모든 분께 진심으로 감사드립니다.

비밀을 공유하게 된 두 사람과 의도치 않은 베드인(^^) 중인 두 사람이 흥미를 고조시키는 4권 역자 후기 코너에서 다시 뵙겠습니다!

2020년 12월 중순

역자 이승원 올림

친구 여동생이 나에게만 짜증나게 군다 3

1판 1쇄 발행 2021년 3월 10일
1판 2쇄 발행 2021년 5월 28일

지은이_ mikawaghost
일러스트_ tomari
옮긴이_ 이승원

발행인_ 신현호
편집부장_ 윤영천
편집진행_ 김기준 · 김승신 · 원현선 · 권세라
편집디자인_ 양우연
관리 · 영업_ 김민원 · 조인희

펴낸곳_ (주)디앤씨미디어
등록_ 2002년 4월 25일 제20-260호
주소_ 서울시 구로구 디지털로 26길 111 JnK디지털타워 503호
전화_ 02-333-2513(대표)
팩시밀리_ 02-333-2514
이메일_ lnovelpiya@naver.com
L노벨 공식 카페_ http://cafe.naver.com/lnovel11

ISBN 979-11-278-5882-7 04830
ISBN 979-11-278-5641-0 (세트)

값 7,800원

그날, 신에게 바랐던 것은 1권

하즈키 아야 지음 | 플라이 일러스트 | 송재희 옮김

슈쿠세이시에만 피는 세계에서 가장 아름다운 기적의 꽃 「미라크티어」.
그 꽃에는 1년에 한 번, 하얀 신에게 대가를 바치면
어떤 소원이든 이루어진다는 「별의 행혼」이라고 불리는 전설이 있다.
하지만 17세 생일에 카자마츠리 토와가 만난 선배,
오미 토카에게 신이 부과한 것은 대가가 아니라 하나의 시련이었다.
그날, 그녀가 꼭 이루고 싶다며 신에게 바랐던 것은.
그리고 시련을 극복한 끝에서 두 사람을 기다리고 있던 다채롭게 피어나는
기적이란—.

1년에 한 번, 소원이 이루어지는 마을을 무대로 펼쳐지는
그와 「그녀들」의 상냥하며 조금 아픈 청춘 스토리, 개막.

L NOVEL

라이트노벨의 새로운 빛! L노벨의 신간은 매월 10일에 발매됩니다. http://cafe.naver.com/lnovel11

L NOVEL

데스마치에서 시작되는 이세계 광상곡 1~21권, EX

아이나나 히로 지음 | shri 일러스트 | 박경용 옮김

한창 데스마치를 치르던 프로그래머 스즈키 이치로(29).
『사토』란 닉네임을 쓰는 그가 잠시 잠들었다 깨어나 보니
듣도 보도 못한 이세계에 방치되어 있었다!
혼란에 빠질 틈도 없이 눈앞에는 처음 보는 괴물의 대군이 다가오고,
하늘에서는 유성우가 쏟아진다.
정신을 차리고 보니, 최강 레벨의 힘과 막대한 부를 손에 넣었는데……?!
이렇게 사토의 「유유자적, 가끔 시리어스, 그리고 하렘」인
이세계 모험담이 시작된다!!

최강 레벨과 막대한 재보를 가지고
시작되는 유유자적 이세계 관광!!